国家古籍整理出版
专项资助项目

中国古典文学
读本丛书典藏

苏轼诗词选

陈迩冬 选注

人民文学出版社

图书在版编目(CIP)数据

苏轼诗词选/陈迩冬选注. —北京：人民文学出版社, 2016（2024.12重印）
（中国古典文学读本丛书典藏）
ISBN 978-7-02-011709-3

Ⅰ.①苏… Ⅱ.①陈… Ⅲ.①宋诗—诗集②宋词—选集 Ⅳ.①I222

中国版本图书馆 CIP 数据核字（2016）第 121880 号

责任编辑　葛云波
装帧设计　陶　雷
责任印制　王重艺

出版发行　人民文学出版社
社　　址　北京市朝内大街 166 号
邮政编码　100705

印　　刷　三河市鑫金马印装有限公司
经　　销　全国新华书店等

字　　数　243 千字
开　　本　880 毫米×1230 毫米　1/32
印　　张　12.125　插页 3
印　　数　25001—28000
版　　次　2017 年 7 月北京第 1 版
印　　次　2024 年 12 月第 9 次印刷

书　　号　978-7-02-011709-3
定　　价　42.00 元

如有印装质量问题，请与本社图书销售中心调换。电话：01065233595

目录

苏轼诗选
前言　3
再版告读者　16

初发嘉州　17
江上看山　18
涪州得山胡次子由韵　18
屈原塔　19
巫山　20
黄牛庙　22
荆州(选五首)　22
辛丑十一月十九日，既与子由别于郑州西门
　之外，马上赋诗一篇寄之　25
和子由《渑池怀旧》　26
次韵子由岐山下诗并序(选五首)　27
　北亭　27
　轩窗　27
　荷叶　28
　鱼　28
　松　28
石鼓歌　28
留题延生观后山上小堂　34

1

石鼻城　35

郿坞　35

题宝鸡县斯飞阁　36

九月二十日微雪,怀子由弟二首　36

岁晚三首并序　37

 馈岁　38

 别岁　38

 守岁　38

和子由踏青　39

和子由蚕市　40

和子由寒食　41

中隐堂诗并序(选二首)　42

七月二十四日,以久不雨,出祷磻溪。是日宿虢县。二十五日晚自虢县渡渭,宿于僧舍曾阁,阁故曾氏所建也。夜久不寐,见壁间有前县令赵荐留名,有怀其人　43

扶风天和寺　44

周公庙并序　44

楼观　45

十二月十四日夜微雪,明日早往南溪小酌至晚　46

九月中曾题二小诗于南溪竹上,既而忘之。昨日再游,见而录之　47

寄题兴州晁太守新开古东池　47

石苍舒醉墨堂　48

次韵子由绿筠堂　49

次韵张安道读杜诗　50

傅尧俞济源草堂　54

欧阳少师令赋所蓄石屏　54

次韵杨褒早春　55

出颍口初见淮山,是日至寿州　56

虞姬墓　57

游金山寺　57

自金山放船至焦山　58

腊日游孤山访惠勤惠思二僧　60

除夜直都厅,囚系皆满,日暮不得返舍,因
　　题一诗于壁　61

戏子由　62

嘲子由　64

越州张中舍寿乐堂　65

雨中游天竺灵感观音院　66

六月二十七日望湖楼醉书(选三首)　66

和欧阳少师寄赵少师次韵　67

望海楼晚景五绝(选二首)　68

孙莘老求墨妙亭诗　69

催试官考较戏作　71

梵天寺见僧守诠小诗,清婉可爱,次韵　72

宿水陆寺寄北山清顺僧二首　73

六和寺冲师闸山溪为水轩　74

鸦种麦行　74

画鱼歌　75

吴中田妇叹　75

冬至日独游吉祥寺　77

将之湖州戏赠莘老　77

赠孙莘老(选三首)　78

秀州报本禅院乡僧文长老方丈　79

听贤师琴　80

法惠寺横翠阁　81

正月二十一日病后,述古邀往城外寻春　82

饮湖上初晴后雨(选一首)　83

往富阳、新城,李节推先行三日,留风水
　　洞见待　83

自普照游二庵　84

新城道中二首　85

山村五绝(选三首)　86

同曾元恕游龙山,吕穆仲不至　87

赠别　87

次韵代留别　88

於潜令刁同年野翁亭　89

於潜女　90

自昌化双溪馆下步寻溪源,至治平寺二首　91

立秋日祷雨,宿灵隐寺,同周徐二令　92

佛日山荣长老方丈五绝(选三首)　93

有美堂暴雨　94

八月十五日看潮五绝　95

陌上花三首并引　96

宿海会寺　97

初自径山归,述古召饮介亭,以病先起　98

书双竹湛师房(选一首) 99

宝山新开径 99

夜至永乐文长老院,文时卧病退院 100

过永乐文长老已卒 101

除夜野宿常州城外二首 102

金山寺与柳子玉饮,大醉,卧宝觉禅榻。夜
　　分方醒,书其壁 102

游鹤林招隐二首 103

常润道中,有怀钱塘,寄述古(选二首) 104

无锡道中赋水车 104

僧惠勤初罢僧职 105

游灵隐高峰塔 106

青牛岭高绝处有小寺,人迹罕到 106

与毛令方尉游西菩寺二首 107

赠写真何充秀才 108

润州甘露寺弹筝 109

铁沟行赠乔太博 110

出城送客,不及,步至溪上(选一首) 111

惜花 111

和子由四首(选二首) 112

　送春 112

　首夏官舍即事 113

答陈述古(选一首) 114

和文与可洋川园池(选五首) 114

　湖桥 114

　横湖 114

书轩　115

溪光亭　115

此君庵　115

寄题刁景纯藏春坞　116

寄黎眉州　117

登常山绝顶广丽亭　118

和晁同年九日见寄　118

别东武流杯　119

留别雩泉　119

留别释迦院牡丹呈赵倅　120

除夜大雪留潍州。元日早晴，遂行。中途，雪复作　121

书韩幹《牧马图》　122

宿州次韵刘泾　124

次韵答邦直、子由（选二首）　125

韩幹马十四匹　126

司马君实独乐园　127

河复并序　129

答吕梁仲屯田　131

送郑户曹　132

虔州八境图并序（选五首）　133

读孟郊诗二首　135

与梁左藏会饮傅国博家　137

续丽人行并序　138

起伏龙行并序　139

和孙莘老次韵　141

游张山人园 141

携妓乐游张山人园 142

次韵僧潜见赠 142

仆曩于长安陈汉卿家,见吴道子画佛,碎烂可惜。其后十馀年,复见之于鲜于子骏家,则已装背完好。子骏以见遗,作诗谢之 144

雨中过舒教授 146

又送郑户曹 147

答仲屯田次韵 148

答范淳甫 149

和鲜于子骏郓州新堂月夜二首 150

中秋月三首 151

九日黄楼作 153

李思训画《长江绝岛图》 154

百步洪二首并序 155

石炭并序 157

月夜与客饮杏花下 158

泗州僧伽塔 159

龟山 160

舟中夜起 160

大风留金山两日 161

赠惠山僧惠表 162

与秦太虚、参寥会于松江,而关彦长、徐安中适至。分韵得"风"字 162

端午遍游诸寺,得"禅"字 163

与王郎昆仲及儿子迈,绕城观荷花,登岘山
　　亭,晚入飞英寺。分韵得"月"、"明"、"星"
　　"稀"四首　164

十二月二十八日,蒙恩责授检校水部员外
　　郎黄州团练副使二首　165

初到黄州　167

陈季常所蓄《朱陈村嫁娶图》二首　168

安国寺寻春　169

寓居定惠院之东,杂花满山,有海棠一株,
　　土人不知贵也　170

雨晴后,步至四望亭下鱼池上,遂自乾明寺
　　前东冈上归二首　171

武昌铜剑歌并序　172

正月二十日往岐亭,郡人潘、古、郭三人送
　　余于女王城东禅庄院　173

侄安节远来,夜坐(选二首)　174

正月二十日与潘、郭二生出郊寻春,忽记去
　　年是日同至女王城作诗,乃和前韵　175

红梅(选一首)　176

寒食雨二首　176

琴诗并序　177

正月三日点灯会客　178

六年正月二十日复出东门,仍用前韵　179

南堂(选三首)　179

初秋寄子由　180

东坡　181

和秦太虚梅花　181

海棠　182

上巳日与二三子携酒出游,随所见辄作数
　句,明日集之为诗,故辞无伦次　183

别黄州　184

过江夜行武昌山上,闻黄州鼓角　185

题西林壁　186

书李公择白石山房　186

庐山二胜并序　187

　　开先漱玉亭　187

　　栖贤三峡桥　187

自兴国往筠,宿石田驿南二十五里野人舍　188

郭祥正家,醉画竹石壁上。郭作诗为谢,且
　遗二古铜剑　189

次荆公韵　190

豆粥　190

金山梦中作　192

次韵蒋颖叔　192

高邮陈直躬处士画雁二首　193

泗州南山监仓萧渊东轩二首　194

题王逸少帖　195

书林逋诗后　196

归宜兴,留题竹西寺三首　197

登州海市并序　198

惠崇春江晚景二首　199

道者院池上作　200

虢国夫人夜游图 201

西太一见王荆公旧诗，偶次其韵二首 202

送贾讷倅眉 203

黄鲁直以诗馈双井茶，次韵为谢 204

杜介送鱼 205

书晁补之所藏与可画竹三首 206

书皇亲画扇 207

书李世南所画秋景二首 208

书鄢陵王主簿所画折枝二首 208

戏书李伯时画御马好头赤 209

次韵黄鲁直画马试院中作 210

书王定国所藏《烟江叠嶂图》 212

夜直玉堂，携李之仪端叔诗百馀首，读至夜
 半，书其后 213

和王晋卿送梅花次韵 213

与莫同年雨中饮湖上 214

送子由使契丹 214

异鹊并序 215

寄蔡子华 217

次韵林子中王彦祖唱酬 218

寿星院寒碧轩 219

次韵林子中蒜山亭见寄 219

安州老人食蜜歌 220

次韵苏伯固主簿重九 221

九日袁公济有诗，次其韵 222

赠刘景文 222

次韵杨公济奉议梅花(选四首) 223

再和杨公济梅花(选二首) 224

予去杭十六年而复来,留二年而去。平日自觉出处,老少粗似乐天,虽才名相远,而安分寡求,亦庶几焉。三月六日,来别南北山诸道人,而下天竺惠净师以丑石赠行。作三绝句(选二首) 225

次韵刘景文见寄 226

聚星堂雪并序 227

喜刘景文至 229

和刘景文见赠 230

双石并序 231

石塔寺并序 232

书晁说之《考牧图》后 233

雪浪石 234

鹤叹 235

寄馏合刷瓶与子由 236

慈湖夹阻风(选三首) 237

壶中九华诗并序 238

南康望湖亭 238

八月七日初入赣,过惶恐滩 239

十一月二十六日松风亭下梅花盛开 240

四月十一日初食荔支 241

荔支叹 242

六月十二日酒醒步月,理发而寝 244

新年(选三首) 244

迁居并序 245

纵笔 247

白鹤峰新居欲成,夜过西邻翟秀才(选一首) 247

吾谪海南,子由雷州;被命即行,了不相知。
　至梧乃闻尚在藤也。旦夕当追及,作此诗
　示之 248

和陶止酒并序 249

籴米 250

被酒独行,遍至子云、威、徽、先觉四黎之舍
　(选二首) 251

倦夜 252

纵笔三首 252

庚辰岁人日作。时闻黄河已复北流,老臣
　旧数论此,今斯言乃验(选一首) 253

庚辰岁正月十二日,天门冬酒熟,予自漉
　之,且漉且尝,遂以大醉(选一首) 254

汲江煎茶 255

澄迈驿通潮阁(选一首) 255

跋王进叔所藏画(选二首) 256
　徐熙杏花 256
　赵昌芍药 256

过岭(选一首) 257

送别 258

苏轼词选

前言 261

行香子（一叶舟轻） 279

瑞鹧鸪（城头月落尚啼乌） 280

瑞鹧鸪（碧山影里小红旗） 282

临江仙（四大从来都遍满） 283

行香子（携手江村） 284

昭君怨（谁作桓伊三弄） 285

蝶恋花（雨后春容清更丽） 286

少年游（去年相送） 287

醉落魄（轻云微月） 288

卜算子（蜀客到江南） 288

江城子（凤凰山下雨初晴） 289

虞美人（湖山信是东南美） 290

诉衷情（钱塘风景古今奇） 291

菩萨蛮（玉童西迓浮丘伯） 292

江城子（翠蛾羞黛怯人看） 293

菩萨蛮（秋风湖上萧萧雨） 294

清平乐（清淮浊汴） 294

南乡子（回首乱山横） 296

南乡子（寒雀满疏篱） 296

阮郎归（一年三度过苏台） 297

醉落魄（分携如昨） 298

永遇乐（长忆别时） 299

浣溪沙（长记鸣琴子贱堂） 300

沁园春（孤馆灯青） 301

蝶恋花（灯火钱塘三五夜） 303

江城子（十年生死两茫茫） 304

雨中花（今岁花时深院） 305

江城子（老夫聊发少年狂） 306

望江南（春未老） 307

望江南（春已老） 308

满江红（东武南城） 309

水调歌头（明月几时有） 311

江城子（相从不觉又初寒） 312

南乡子（不到谢公台） 313

蝶恋花（簌簌无风花自堕） 314

阳关曲（暮云收尽溢清寒） 315

临江仙（自古相从休务日） 315

浣溪沙（照日深红暖见鱼） 317

　其二（旋抹红妆看使君） 318

　其三（麻叶层层苘叶光） 318

　其四（簌簌衣巾落枣花） 319

　其五（软草平莎过雨新） 319

浣溪沙（惭愧今年二麦丰） 320

浣溪沙（缥缈红妆照浅溪） 321

永遇乐（明月如霜） 322

江城子（天涯流落思无穷） 323

南歌子（带酒冲山雨） 324

南乡子（晚景落琼杯） 325

满江红（江汉西来） 326

少年游（银塘朱槛麹尘波） 328

浣溪沙（覆块青青麦未苏） 329

其二(醉梦昏昏晓未苏) 330
西江月(照野弥弥浅浪) 330
定风波(莫听穿林打叶声) 331
浣溪沙(山下兰芽短浸溪) 332
洞仙歌(冰肌玉骨) 333
念奴娇(大江东去) 335
念奴娇(凭高眺远) 337
南乡子(霜降水痕收) 338
临江仙(夜饮东坡醒复醉) 339
卜算子(缺月挂疏桐) 340
一丛花(今年春浅腊侵年) 341
满庭芳(三十三年,今谁存者) 342
水调歌头(落日绣帘卷) 343
鹧鸪天(林断山明竹隐墙) 344
满庭芳(归去来兮!吾归何处) 345
渔家傲(千古龙蟠并虎踞) 346
浣溪沙(细雨斜风作小寒) 348
满庭芳(三十三年,飘流江海) 349
满庭芳(归去来兮,清溪无底) 350
菩萨蛮(买田阳羡吾将老) 351
渔父(渔父饮) 352
　其二(渔父醉) 353
　其三(渔父醒) 353
　其四(渔父笑) 353
临江仙(樽酒何人怀李白) 354
水调歌头(昵昵儿女语) 355

15

水龙吟(似花还似非花) 357
如梦令(为向东坡传语) 358
好事近(湖上雨晴时) 359
点绛唇(莫唱阳关) 360
贺新郎(乳燕飞华屋) 361
八声甘州(有情风万里卷潮来) 362
西江月(昨夜扁舟京口) 363
木兰花令(霜馀已失长淮阔) 364
减字木兰花(回风落景) 365
青玉案(三年枕上吴中路) 366
浣溪沙(桃李溪边驻画轮) 367
浣溪沙(门外东风雪洒裾) 368
蝶恋花(花褪残红青杏小) 369
浣溪沙(罗袜空飞洛浦尘) 370
西江月(玉骨那愁瘴雾) 371
减字木兰花(春牛春杖) 372

苏轼诗选

前　言

一

宋嘉祐四年(1059)的冬天,峨眉山顶照例给云雾笼罩着,人们虽不难从这一片迷蒙里想象那上头定是一片冰雪——一片白,但那"琼楼玉宇,高处不胜寒"①的所在,发生过什么事?于人群后世有什么关系和起什么影响?不知道。我们所知道的是这时山下人家有的在收拾他们的糯米和干胡豆;有的在检点冬衣,想为孩子买点天竺国传来的"木棉"作袄,因钱不够而发愁。这时山下人家之一——眉山县纱縠行苏宅,有人在收拾书卷,检点行装,青年苏轼同着他的父亲苏洵带着他的弟弟苏辙,将沿着水道东下荆州(江陵),然后起旱北行,重入汴京(开封)。

不要太相信李白"朝辞白帝彩云间,千里江陵一日还"的话,那也许是《水经注》"有时朝发白帝,暮宿江陵,其间千二百里,虽乘风御奔,不似疾也"的改写。那时坐木船走川江,而又是远从白帝城以西的川江上游出发,要"过郡十一,县二十有六"②,路上又有停留,他们足足在木船上过了六十天③。

一个约略具有祖国历史、地理常识的读者,对于这条江水两岸的名城、古迹、产生于这里的神话和粘着在这土地上的人民生活,当不是生

---

① 苏轼《水调歌头》词句。这里借用。
② 苏轼《上荆州王兵部书》中的自述。
③ 同上,自述"自蜀至楚,舟行六十日"。

疏的。二十四岁的诗人苏轼,他接触着这些,他热爱着这些,他精神上吞吸着这些,他一一地记录着、抒写着这些,六十天之中成诗四十二首,且不说这产量可观,那些篇章里是那样地巧于捕捉动的、静的事态,塑为形象;那样地善于摄取古人精华;那样地精于运用祖国语言文字;而又是那样言古人所未尝言,写时人所不能写;那样浩瀚,如海如潮;那样锋芒,如九华剑,如七宝刀。……从这时起,从这些诗起,李、杜以后一颗大诗星在长江上出现了。这时节,"古淡"①的梅尧臣诗刚刚打退了"西崑体";"老辣"②的黄庭坚诗还未起来;苏诗,独以"清雄"③廓大了宋诗的疆土!

二

说起"宋诗",读者总会有与读"唐诗"不同的感受。每觉唐诗熟,宋诗生;唐诗热,宋诗冷;唐诗放,宋诗敛;唐诗畅,宋诗隔;因而也就觉得唐诗豪,宋诗细;唐诗堂皇,宋诗典雅;唐诗浪漫性强,宋诗浪漫性少;唐诗现实意义显,宋诗现实意义隐。是吗?是的,但也不尽是。这种比法,太板,而且把它们互置于对立地位看待,也未必适足以说明唐诗与宋诗。倘从唐诗与宋诗的关系上找一个比喻,如说唐诗似长江黄河,宋诗也像是江河,不过设了水闸水堰之类的话,倒很入情。

从前的人谈诗,每以"盛唐"、"隆宋"并称。且谓前有李、杜,后有苏、黄。实则苏、黄虽在诗的成就上稍逊于李、杜,而他们所走的道路却十倍艰难于李、杜。

---

① "古淡"是前人对梅尧臣诗的风格的评语。
② "老辣"是我对黄庭坚诗的风格的体会。
③ 王半塘说苏轼的词"清雄",我以为恰可移用作苏诗风格最好的评语。半塘名鹏运,清末大词人,是词学的权威。

一,李、杜碰上了那样一个时代:由承平到动乱,大规模的、长时期的战争起来了,安处和流亡、富贵和贫贱、生和死,瞬息变幻。这生活,是苏、黄所绝无的。二,动人心魄、沁人心脾的游侠、恋爱一类的题材,在唐代是丰富的,偏是北宋诗人所缺少的。三,唐代以诗取士,因此许多诗人把诗当作致身青云、猎取功名富贵的敲门砖,宋代诗人没有遇上这样的好日子。四,唐人胸怀宽大些,说话比较可以随便,纵说话不当,得罪了皇帝,像孟浩然的"不才明主弃,多病故人疏"①,也无太大的灾祸,不做官就是了,乐得个"红颜弃轩冕,白首卧松云"②的美名儿天下后世传!宋人气量狭小,党争既烈,文网尤严,文同警告过苏轼:"西湖虽好莫吟诗"③,而苏轼终于因诗祸入狱,差点儿没掉了脑袋④;连"山寺归来闻好语,野花啼鸟亦欣然"⑤这样的话,也被诬为高兴皇帝的死,入他的罪;又因"报道先生春睡美,道人轻打五更钟"⑥而使执政者生气,从已贬惠州再把他谪远恶的军州——儋州。五,唐代的诸侯、藩镇,权力很大,尤其是在动乱的年代,封疆俨若朝廷,可以庇护诗人,如李白在江南做永王李璘的上客,杜甫入蜀依剑南节度使严武,虽不终局,总算可以作一个暂时的靠山。北宋时代,中央集权最甚,而朝廷耳目处处,哪怕你远在海角天涯,还是被控制着、监视着。言志、永言,哪里有唐人那样自由?李白的诗里,可以指陈开元、天宝时事;杜甫更不消说,号称"诗史"。降及中唐,元稹敢于写《连昌宫词》;白居易有名的《长恨歌》更是人所尽知的。他们直诋当朝或讽刺皇帝的祖宗;这在苏、黄诗

---

① 孟浩然《岁暮归南山》诗中语,因此而得罪了唐玄宗。
② 李白《赠孟浩然》诗中语。
③ 文同《送子瞻倅杭》诗中语。
④ 见本书《十二月二十八日,蒙恩责授检校水部员外郎黄州团练副使二首》诗及注文。
⑤ 见本书《归宜兴,留题竹西寺三首》诗及注文。
⑥ 见本书《纵笔》。

中是难于找到的。难道苏黄没有李杜怀抱、元白伎俩？此无他,历史条件不同耳。

我不打算更多排比故实,唐突古人；更没有打算与"尊唐抑宋"的诗家较量短长；我只想用上面这几个例子来稍稍说明"盛唐"、"隆宋"诗人所处的时代不同,遭遇不同,他们的生活、人生观、创作态度和表现手段自然也不同。当然,这也不能完全赖到"历史条件"、"时代原因"上去。在苏轼那个时代,北宋王朝的统治相当稳定,社会矛盾不曾公开爆发,是不是这样就不可克服地限制了诗人更伟大的成就？决不是如此。曹霑的《红楼梦》产生于清之"盛世"乾隆朝,就是一个反面的证明。某一历史阶段的整个文学状况,和该时代文学中突出的峰顶,彼此确有关,但彼此却不能你赖我,我赖你的。一时风尚、题材,或亦如此。因此,我说宋诗冷、敛、隔……浪漫性少、现实意义隐,也只是触及一点边缘,不曾摸到它们的底。

不过苏诗不像黄庭坚以后"江西诗派"那样生、冷、敛、隔……相反,苏诗能熟能热、大放大畅,作为长江黄河,往往冲破了水闸、淹没了水堰,汪洋恣肆,波涛泛滥。可惊的是,苏轼没有李、杜的时际,而来从事李、杜的事业,这太不容易,这要大本领！须得走新的路,或者说：造路。

读者直接接触到他的作品,便知他是怎样"白战不许持寸铁"[①]地来"吞五湖三江"[②]！

[①] 见本书《聚星堂雪》。
[②] 黄庭坚赞苏轼的诗,说"公如大国楚,吞五湖三江",而自谓"我诗如曹郐,浅陋不成邦"。见《子瞻诗句妙一世,乃云效庭坚体,盖退之戏效孟郊樊宗师之比,以文滑稽耳。恐后生不解,故以韵语道之》。

三

　　今存苏诗,是他从二十四岁起,到六十六岁止,四十几年中的作品。这些作品,有一小部分不可靠,那是别人的作品,后人编集时所羼入。剔去这些,也并非全部,他二十四岁以前的,我们今天无从从集外再找到,其他遗落的也难于再辑得。这里只是从通行的苏诗集子里选出三百三十二首,以中年的作品居多。

　　苏轼写诗,早年学刘禹锡,语多怨刺;晚年虽假道于白居易,而驰意于陶渊明,平淡近人,杂以禅味,但仍是"二分《梁父》一分《骚》"①。中年受李白影响颇多;又不时地师法杜甫。前面说苏诗"清雄",也以中年成熟的作品最能代表。当然,像苏轼这样一个大作家绝不是几个前辈诗人所能范围,他更上溯承袭了《诗经》、《楚辞》以来的优良传统,而其创作的主要源泉则是来自生活,尤其是在被贬谪、被放逐、流离中获得接近人民丰富的生活。

　　"清雄"是苏诗的艺术境界。

　　"清"似近于"古淡",而实不同于"古淡"。"雄"易混于"老辣",而实不同于"老辣"。因此,在"宋诗"中,苏轼未尝肯学步于前辈"诗老"梅尧臣,虽然梅尧臣在欧阳修领导的文学运动中是诗歌方面的旗手;而又不苟合于黄庭坚,虽然黄庭坚是"苏门四学士"之一,两人在诗的成就上,并世齐名,但两家"家数",却绝少血缘。

　　梅诗古淡,古淡就未免"冷";黄诗老辣,老辣则一定"狠"。苏诗的特色恰是不冷不狠的"清雄"。

　　怎样是"清"?清者明澈洒脱,不泥不隔。以诗为例:

---

　　① 龚自珍《咏陶潜》:"莫信诗人竟平淡,二分《梁父》一分《骚》。"

7

酒阑病客唯思睡,蜜熟黄蜂亦懒飞。

——《和子由送春》

怎样是"雄"？雄者壁立万仞,辟易万人。以诗为例:

蹄间三丈是徐行,不信天山有坑谷!

——《戏书李伯时画御马好头赤》

若论"清雄":

天外黑风吹海立,浙东飞雨过江来。

——《有美堂暴雨》

是一个例子。

每逢蜀叟谈终日,便觉峨嵋翠扫空。

——《秀州报本禅院乡僧文长老方丈》

另是一个例子。

但苏诗也有"敷腴"乃至于"肤滑"的一面,虽然在他的全部诗作中那仅是一小部分。而这一小部分却有大影响于后人:"敷腴"之作,实开南宋陆游一派;"肤滑"之风,使后来许多庸俗诗人不仅把诗当作"羔雁",而且在写作上找到了"法门"。

在这一点上,苏轼的创作态度实是没有伟大的诗人李白、杜甫那样严肃,没有他的前辈梅尧臣那样严肃。我敬爱的读者:无论你怎样喜好苏轼,我们不能为他呵护。

四

宋诗,对于唐诗来说,它是新诗。这新的局面,可以说是由苏、黄打开的。

苏轼有一首《琴诗》：

> 若言琴上有琴声,放在匣中何不鸣?若言声在指头上,何不于君指上听?

这首诗不曾受到前人的注意。偶尔有人注意了,却是说它坏,甚至于否定它——不是诗!清代批评家纪昀就是这样说的:"此随手写四句,本不是诗,搜辑者强收入集。"他还问:"千古诗集,有此体否?"

这首诗实是好诗,也就是我说的新诗。正因为"千古诗集"中无"此体"。它把"无理"写出了哲理,有禅偈的机锋,似儿歌的天籁,在李、杜诗篇里是找不到的。

大家读苏轼的《汲江煎茶》又将有另一种新的感觉:

> 大瓢贮月归春瓮,小杓分江入夜瓶。

这时是月夜,天上有月,水里也映有月,人们舀水,似乎连月亮也舀回去倒进水缸里。水是江水,舀一杓,不就是分得了江的一部分吗?月小,偏说用"大瓢贮";江大,偏说用"小杓分"。这两句诗,也许从韩偓"瓶添涧水盛将月"化来,但这种表现手法,怕未必逊于或者还高于前贤!

苏轼用"喻"是最丰富的、博洽的、精当的,不袭用古人已用过的对事物的比拟,不止用一种形象来比拟一件事物,常是像明珠一样,不是一颗,而是一串;像射击一样,不是一发,而是连发:

> 有如兔走鹰隼落,骏马下注千丈坡。断弦离柱箭脱手,飞电过隙珠翻荷。

清代的诗选手之一的查慎行,就在这《百步洪》几句下低首,并且指出这种"联用比拟,局阵开拓,古未有此法,自先生创之"。我以为"创"倒不始于苏轼,苏轼只是化陈凡为新奇罢了。

在苏轼的诗篇里,更大量的是在陈旧平凡的题目下出现新奇的歌。一个随手可拾的例子,《续丽人行》就是善伺古人的隙、善翻古人之案的其中一首:这一首是题唐代大画家周昉所作《背面内人图》的。周昉所绘的内人与李白所描写的"沉香亭北"的美人无涉,与杜甫《丽人行》中所描写的"长安水边"的丽人更无涉,他却借词说起,尤其是异想或说联想地借题发挥,把周昉的画中人权当作杜甫在曲江头的眼中人,不过是没有瞧到正面,"隔花临水一时见,只许腰肢背后看"罢了。而结尾却落到与这些内人、丽人万无一涉的汉时梁鸿的妻子——那传为佳话"举案齐眉"的女人身上去:

君不见孟光举案与眉齐,何曾背面伤春啼!

如果说《续丽人行》之类是袭用旧题而极力不与古人相犯,那还另有一类故意与古人相犯,如《石鼓歌》便是。唐代大诗人韦应物、韩愈都写过《石鼓歌》,尤其是韩愈那首歌,已成了家弦户诵的名作。苏轼二十七岁在凤翔做签判,有机会看到了这传世的先民杰作——石鼓,他就在《凤翔八观》中写出了他辉煌的《石鼓歌》,博大、壮阔、典重、精锐,企图压倒韩作!

把人人熟悉的事物、人人具有的感觉,写得异常新鲜,又是苏诗一个特色。你熟悉的,你忽略了;你感觉到,你放过了;但他却写出来了。如《饮湖上初晴后雨》:

欲把西湖比西子,淡妆浓抹总相宜!

成为了西湖的定评,九个世纪来不可摇动!

又如《题西林壁》:

不识庐山真面目,只缘身在此山中。

更是被人们千次万次引用过的真理式的警句。

李白诗中的女性是"压酒劝客尝"的"吴姬",杜甫笔下则常是"无食无儿一妇人",苏轼却企图塑造另一型的妇女:

> 青裙缟袂於潜女,两足如霜不穿屦。觿沙鬓发丝穿杼,蓬沓障前走风雨。……苕溪杨柳初飞絮,照溪画眉渡溪去。逢郎樵归相媚妩,不信姬姜有齐鲁。

这首《於潜女》中所描下来的,是多么康健、多么美、多么气概的农村妇女!这是"何曾背面伤春啼"的正面描摹,为我们留下了人民的花朵的一幅造像。

贤如韩愈,被谪潮州时,他"常惧染蛮夷,失平生好乐"[1];达如柳宗元,被谪在柳州,他颇不愿久在这"异服殊音不可亲"的"百粤文身地"[2]。韩、柳与当地少数民族的关系,还算好的。其他的人,不少是不把中国少数民族看入眼的。不但史有明文,还有诗作见证。苏轼一样地谪岭南,但态度却不一样,他在《食荔支》诗中说:

> 日啖荔枝三百颗,不辞长作岭南人。

在《被酒独行,遍至子云、威、徽、先觉四黎之舍》中又说:

> 莫作天涯万里意,溪边自有舞雩风。

还不止这样,我们从苏诗里看到中国少数民族是以"人"的身份出现的。苏轼和这些人亲近,对这些人的生活亲近,对这些地方的风习、山水、烟雨和牛粪亲近,写这些人和写他的眉山父老子弟的心一样,写这地方的事物和写他的故乡的蚕花花、青衣江上的木船、书斋中仇池石的心一样。这一点,是新东西,是可珍贵的。但这可珍贵一

---

[1] 见韩诗《答柳柳州食虾蟆》。
[2] 分见柳诗《柳州峒氓》、《登柳州城楼》。

点,恰恰为我们的文学史家们所丢掉。

五

苏轼不仅是大诗人,同时是人民所熟知的、所乐道的大散文家、大词家、大书家、画家,他又知音律,喜听平话,懂得园林艺术,精于鉴赏吉金乐石,在艺术上可算是"全才"。在诗、词、散文、书法上,他都是"开派"者。诗,前面已约略谈过。词,到了他手上才把境界廓大起来,铁板铜琶,压倒了五代以来一直到柳永的绵蛮靡丽之音,与后来的辛弃疾被并称为"苏辛词派",这一词派影响了词坛数百年。散文,他是人所共知的"唐宋八大家"(韩愈、柳宗元、欧阳修、王安石、曾巩及他和他的父洵弟辙)之一。书法,他是颜真卿之后的大书家,宋代的巨擘,与米芾、黄庭坚、蔡京共称"四大家"①。

他毕生浸淫在文学艺术生活里。

但他一辈子三分之二的岁月是过着官吏生活:

他字子瞻,一字和仲,四十六岁以后自号东坡,当时的人和后世的人往往称他做"坡公"和"坡仙",又称之为"大苏"——以别于"老苏"(洵)和"小苏"(辙),并称则为"三苏"。过去封建士大夫一般常尊称其为"苏文忠公"——"文忠"是他死后七十年,南宋孝宗乾道六年(1170)才追谥的谥号。他生于宋仁宗景祐三年十二月(按公元当是1037年初),死于徽宗建中靖国元年(1101)七月。六十六年的生命中做了四十年的官吏:他二十一岁举进士,从二十六岁授大理评事、签书凤翔府判官起,他做过大理寺丞、中丞,摄开封府推官,除杭

---

① 后来去掉蔡京,补以蔡襄。"四大家"由"苏、黄、米、蔡"改排列为"蔡、苏、黄、米",因蔡襄为三家的前辈。

州通判,继而出知密州、徐州、湖州,贬黄州团练副使,移汝州团练副使,旋被起用:知登州,召为礼部侍郎、起居舍人,擢翰林学士、知制诰、充侍读,除龙图阁学士左朝奉郎,出守杭州,移知扬州,迁礼部尚书端明殿学士兼翰林侍读学士,出知定州,贬承议郎、知英州,又贬宁远军节度副使、放逐于惠州,再贬琼州别驾、放逐于昌化,复谪儋州,徙廉州,移永州,临死前半年才获赦,复了他朝奉郎、监玉局观,死前一月才"蒙恩"许他告老。但他已在常州死了。他历仕仁宗(赵祯)、英宗(赵曙)、神宗(赵顼)、哲宗(赵煦)四朝。

他是做官的,但在他的诗篇里,我们却看到他许多同情人民的呼声和对官吏的恶骂。如《吴中田妇叹》,写人民"卖牛纳税拆屋炊",求生不得,"不如却作河伯妇"!《雨中游天竺灵感观音院》,写大雨妨碍了农事,"农夫辍耒女废筐",而官儿们呢,却是"白衣仙人在高堂"。他哀怜囚徒,《除夜直都厅》题壁诗中竟异想学习前人故事,来一次"纵囚"。他嘲笑自己,在《戏子由》诗中自责"生平所惭今不耻,坐对疲氓更鞭箠"!《鸦种麦行》刺官吏只是例行故事;《异鹊》把酷吏比作可怕的"鬼车";题《陈季常所蓄〈朱陈村嫁娶图〉》竟直率地说出"而今风物那堪画,县吏催钱夜打门"……

对于历史人物,他也是"民之所好好之,民之所恶恶之":《屈原塔》歌颂屈原,《次韵张安道读杜诗》推崇杜甫,《郿坞》嘲骂董卓,《荔支叹》竟写上了"至今欲食林甫肉"……

苏诗在北宋末期是被赵氏王朝列为禁书的,但还是被人民留存下来,流传开去。

苏轼某些政绩,也是人民所熟知、所乐道的。他在徐州时,黄河横决,他号召并亲自参加抢救工作,保全了一州人民的生命财产;他在杭州刺史任内,疏濬了西湖,灌溉了民田一千顷,并利用葑泥筑堤,把"内湖"

和"外湖"连接起来,直到今天,人民还叫这条堤为"苏堤"……

这些事迹,在当时虽受到他的朝廷某些褒奖,但主要的还是人民的褒奖:为他流传开去,留存下来。

说来苏轼在政治上原是守旧的、落后的,他是新法的反对者。北宋主要的党争,是主张变法与反对变法之争,其本质上是新兴地主即中小地主与旧地主即大地主之争,是这个阶级内部的政治路线之争。以王安石为首的"新党"的施政方针是有着一定的进步性的,以司马光为首的"旧党"却始终坚持反对的政见。苏轼基本上是站在"旧党"一边的,因此他迭次被贬、遭放。也正由于这样,他才有机会接近人民,了解人民,同情人民,或者说,先是怜悯人民。从接近到怜悯,更有一个因素,那就是苏轼从禅学中得来的思想感情,这一点,他是老而愈笃的。他肯为人民说话,为人民做了一些有利的事。这些话,这些事,在人民看来,并不觉得他说了好多、做了好多,但只要他有一点,伟大的人民,是不会忘记那微小的好处的。

因此历来人民还爱把日常的服用沿名"东坡"的①;舞台上有"东坡"的戏;书家写"苏字";歌手唱"苏词"……因此人民有所爱于苏诗。

六

这本书里所选的,首先是吸收了人民的"选本"——即今日尚传诵于人民口头的,那比任何选本还可靠,那是经过历史考验,既有政治评价又有艺术评价的。可惜的是,这类的作品不太多,我只是依照这个图样去全集中求索。找错了,那是由于我的水平不够,不能怪苏轼。同时,按照一般读者的食量和消化力,编选时对什么多了、什么

---

① 如"东坡巾"、"东坡肉"之类。

少了，哪篇深些、哪篇浅些，不得不有所抉择、有所配搭。至于抉择不当或配搭不匀，那也还是由于我的水平。

注释，基本上是依照人民文学出版社"古典文学名著丛书初编"的一套办法和一些实例。好在这工作前人做了许多，"千家注杜"、"五百家注韩"，注苏诗的家数自宋至清，想亦不少。我是取用较晚出的冯应榴《苏文忠公诗合注》，但也未能尽从。人各有见，初亦不必强同。详略之间，各有对象，也不可能沿袭。其他专注、专批各本，如查注（清查慎行《补注东坡先生编年诗》）、纪批（清纪昀评点《苏文忠公诗集》）、王编注（清王文诰《苏诗编注集成》）、翁补（清翁方纲《苏诗补注》）、沈补（清沈钦韩《苏诗查注补正》）……亦或多或少地参酌采用，他们有突出的、独到的意见，我并在本书的注文里特别揭出。我觉得这些注、批、补正，往往是后来居上，它们似乎还好过宋人的注本，如王注（宋王十朋《东坡先生诗集注》）和施注（宋施元之《施注苏诗》），这也许是我的偏见。至于取于经籍，采于史册，以及来自诗话、笔记、方志、谱录……者，不一一在这里开书单，也不另列引用目；编年和校勘，那更不敢掠前人之美，虽有去从，亦不必向读者饶舌。读者最重要的是——

直接接触作品！

好在读者已经打开苏轼诗卷，从八百九十八年前的冬天，诗人苏轼在开船的阗阗鼓声中所写的诗起，接触许多了，我对于苏诗说错了的地方，将由苏诗作品本身来修正。

在接触作品的同时，希望读者指正这书选、注、编年和校字上的错误，以便改订。

陈迩冬
1957 年 10 月于北京李广桥畔

再版告读者

《苏轼诗选》出版于1957年，距今已二十七个年头。那时，唐宋各大家如李（白）、杜（甫）、白（居易）、陆（游）的诗，俱有新的选注本，惟韩（愈）、苏（轼）尚缺如，人民文学出版社次第组此二家诗选稿，亦无应者。我在该社领导和同事的鼓励和怂恿下，后先担任了这两家诗的选注工作。这工作，以我的能力——学殖和经验，是负不起的。所以此书编成，在我，虽有一分喜悦，却有九分惶恐。不消说，疏陋和错误，在这选本中是存在的。

岁月如流，当这选本已绝迹于书肆，我的惶恐也随之渐失，因为它已不再贻误读者，私衷更庆幸有别的好选本来代替它。

未料二十七年后此书再版，且列为读本之一，这使我失去的惶恐又回到心上，好在同时得到一个给我补过的机会，喜悦也就俱来。谢谢陈建根同志和郭隽杰同志相助修订此书——主要是误正错夺，校订注文，调整注码；至于选目，只极少的篇、首有增删，百分之九十九不动。版式由直排改为横排，注文分行，题下编年及附有必须说明的话另出，以清眉目。这样，庶几比初版本较好些。

谨向新读者敬礼！向旧读者敬礼后道歉！

陈迩冬
1983年9月，于北京安定门外无限夕阳楼

初发嘉州

朝发鼓阗阗[1],西风猎画旃[2]。故乡飘已远[3],往意浩无边。锦水细不见[4],蛮江清可怜[5]。奔腾过佛脚[6],旷荡造平川[7]。野市有禅客[8],钓台寻暮烟。相期定先到[9],久立水潺潺[10]。是日,期乡僧宗一,会别钓鱼台下。

嘉州,即今四川省乐山市。作者在嘉祐四年(1059)同他的弟弟辙随父洵,离开了他们的故乡眉山,到了嘉州。这时是冬天,他们又由嘉州出发下荆州。

〔1〕阗(tián 填)阗:鼓声。开船时的信号。

〔2〕猎:动词,这里解作震动、吹响。旃(zhān 沾):古书上常写作旜,旗子上的飘带。

〔3〕眉山距嘉州一百馀里。

〔4〕锦水:即岷江。细不见:言其已远。

〔5〕蛮江:即青衣江。可怜:犹如说可爱。

〔6〕据旧注引《舆地纪胜》:"开元中,僧海通于渎江、沫水、濛水三江合冲之滨,凿石为弥勒大像,高三百六十尺,建七层阁以覆之。"

〔7〕旷荡:空阔。造:到达。

〔8〕禅客:佛徒、和尚。此指宗一。见诗末作者自注。

〔9〕相期:彼此约好。

〔10〕潺潺:水流的声音。

江上看山

船上看山如走马,倏忽过去数百群[1];前山槎牙忽变态[2],后岭杂沓如惊奔[3]。仰看微径斜缭绕[4],上有行人高缥缈[5]。舟中举手欲与言,孤帆南去如飞鸟。

嘉祐四年作。

[1] 倏忽:很快地。
[2] 槎牙:不齐状。
[3] 杂沓:多乱貌,这里形容"惊奔"之状。
[4] 缭绕:迂曲盘旋。
[5] 缥缈:恍惚之间,若有若无。

涪州得山胡次子由韵 山胡善鸣,出黔中。

终日锁筠笼[1],回头惜翠茸[2]。谁知声喔喔[3],亦自意重重。夜宿烟生浦,朝鸣日上峰。故巢何足恋,鹰隼岂能容[4]!

嘉祐四年作。涪州,今四川省涪陵县。作者舟行过此,得到了名叫山胡的鸟,作诗和他的弟弟。宋以后的人和诗,习惯上要用原诗的韵脚,这叫次韵,也叫步韵。

〔1〕筠笼:竹笼。
〔2〕翠茸:形容鸟羽,亦借指鸟。
〔3〕嘬(huì 惠)嘬:鸣声。
〔4〕末二句说,故巢为鹰隼所不容,是想象之词,慰鸟之意。

屈原塔 在忠州,原不当有碑塔于此,意者后人追思,故为作之。

楚人悲屈原,千载意未歇。精魂飘何处?父老空哽咽!至今沧江上,投饭救饥渴。遗风成竞渡,哀叫楚山裂。屈原古壮士,就死意甚烈。世俗安得知,眷眷不忍决〔1〕。南宾旧属楚〔2〕,山上有遗塔。应是奉佛人,恐子就沦灭〔3〕。此事虽无凭,此意固已切。古人谁不死,何必较考折〔4〕。名声实无穷,富贵亦暂热。大夫知此理〔5〕,所以持死节。

嘉祐四年作者沿江东下,过忠州(今四川省忠县)作。因为屈原其人其事,与忠州其地无涉,所以作者自注中说"原不当有碑塔于此"。

〔1〕眷眷:犹如恋恋。
〔2〕南宾:即忠州。
〔3〕子:指屈原。
〔4〕考:长寿。折:短命。
〔5〕大夫:屈原曾做过三闾大夫,后世一般都以"屈大夫"称他。

巫 山

瞿塘迤逦尽[1]，巫峡峥嵘起[2]。连峰稍可怪，石色变苍翠。天工运神巧，渐欲作奇伟。块轧势方深[3]，结构意未遂。旁观不暇瞬，步步造幽邃[4]。苍崖忽相逼，绝壁凛可悸。仰观八九顶[5]，俊爽凌颢气[6]。晃荡天宇高[7]，奔腾江水沸。孤超兀不让，直拔勇无畏。攀缘见神宇，憩坐就石位。巉巉隔江波[8]，一一问庙吏。遥观神女石，绰约诚有以[9]。俯首见斜鬟，拖霞弄修帔[10]。人心随物变，远觉含深意。野老笑我旁："少年尝屡至，去随猿猱上，反以绳索试。石笋倚孤峰，突兀殊不类。世人喜神怪，论说惊幼稚。楚赋亦虚传，神女安有是[11]？"次问扫坛竹，云"此今尚尔：翠叶纷下垂，婆娑绿凤尾，风来自偃仰，若为神物使。绝顶有三碑，诘曲古篆字[12]。老人那解读？偶见不能记。穷探到峰背，采斫黄杨子。黄杨生石上，坚瘦纹如绮。贪心去不顾，涧谷千寻縋[13]。山高虎狼绝，深入坦无忌。溟濛草树密，葱蒨云霞腻[14]。石窦有洪泉[15]，甘滑如流髓。终朝自盥漱，冷冽清心胃。浣衣挂树梢，磨斧就石鼻。徘徊云日晚，归意念城市。不到今十年，衰老筋力惫。当时伐残木，芽蘖已如臂[16]"。忽闻老人说，终日为叹喟！神仙固有之，难在忘势利。贫贱尔何爱，弃去如脱屣[17]。嗟尔若无还，绝粮应不死。

嘉祐四年冬作。巫山在三峡中,是我国名山之一。

〔1〕迤逦:形容山地连延。

〔2〕峥嵘:高峻貌。

〔3〕坱轧(yǎng zhá 养札):有时也写作坱圠或轧坱,形容广大无涯、高下不平。

〔4〕幽邃:幽深。

〔5〕八九顶:巫山十二峰,云雾迷漫,能见者只一部分,故云"八九顶"。

〔6〕颢气:即白气。颢,音义俱通皓。

〔7〕晃荡:光摇影动。

〔8〕巉(chán 馋)巉:高峻貌。

〔9〕绰约:有时也写作婥约、淖约,形容美婉。

〔10〕修帔(pèi 佩):长的披肩。这两句写神女石的形象,也就是把石当作神女来描写:前句是写她水中的倒影,后句是写她云彩下的风姿。

〔11〕《楚辞》有《神女赋》,是说巫山神女的,宋玉所作。

〔12〕诘曲:形容字体笔势拗折难识。

〔13〕缅:索子。言以长索缅入深谷。

〔14〕溟濛:混茫的云气。葱蒨:苍翠的草树之色。这两句把云霞、草树融合言之:云气低迷到草树;草树染碧了云霞。

〔15〕窦:洞、窟。

〔16〕芽蘖(niè 孽):萌芽。

〔17〕屣(xǐ 徙):鞋子,略如现在的木屐。古人把最容易抛弃的事,比作"脱屣"。

黄牛庙

江边石壁高无路,上有黄牛不服箱[1]。庙前行客拜且舞,击鼓吹箫屠白羊。山下耕牛苦硗确[2],两角磨崖四蹄湿。青刍半束长苦饥[3],仰看黄牛安可及!

嘉祐四年过三峡时所作。黄牛峡,长江中的一个险处,因山石势如人牵牛而得名,上有庙,祠神牛。

〔1〕服箱:《诗·小雅·大东》:"睆彼牵牛,不以服箱。"服,负重的意思;箱,车箱。原是说天上的牵牛并不服役,这里指的是石牛,亦即神牛。

〔2〕硗(qiāo 敲)确:同垎埆,瘦硬多石的土地。

〔3〕刍:草。

荆州(选五首)

游人出三峡,楚地尽平川。北客随南贾[1],吴樯间蜀船[2]。江侵平野断,风卷白沙旋。欲问兴亡意,重城自古坚[3]。

南方旧战国,惨澹意犹存[4]。慷慨因刘表,凄凉为屈原[5]。废城犹带井,古姓聚成村[6]。亦解观形胜,升平不敢论[7]。

朱槛城东角,高王此望沙[8]。江山非一国[9],烽火畏三巴[10]。战骨沦秋草,危楼倚断霞。百年豪杰尽[11],扰扰见鱼虾[12]。

沙头烟漠漠,来往厌喧卑。野市分麇闹,官船过渡迟。游人多问卜,伧叟尽携龟[13]。日暮江天静,无人唱楚辞。

柳门京国道[14],驱马及春阳。野火烧枯草,东风动绿芒。北行连许邓[15],南去极衡湘[16]。楚境横天下,怀王信弱王[17]!

　　荆州诗非一时所作,是作者于嘉祐四年冬和次年春陆续写成的。他们父子三人从这里结束了水程,曾经有一个短期的居留,然后陆行北上汴京。荆州,今湖北省江陵县。原作十首,选第一、二、四、五、十首。

　　〔1〕贾(gǔ古):商人。
　　〔2〕樯:船的桅杆,这里借以指船。间:夹杂着的意思。以上二句言荆州买卖之盛,交通之繁。
　　〔3〕荆州自古以来是军事要地,故云。
　　〔4〕惨澹:惨澹经营,犹如说辛苦经营。这句言前人惨澹经营的意图还可以瞧得出。
　　〔5〕二句一慷慨,一凄凉,是作者因古人故实而发生的感情。刘表,字景升,汉末名士,时为荆州刺史,曾在这儿割据称雄,传至其子刘琮,向曹操投降。屈原楚人,作者吊古,故而不能不提到他。

〔6〕言荆州今犹多古姓——汉以前楚地几个大姓的遗族。据查注引《太平寰宇记》,是指吴、伍、程、史、龙、鄙、卞、龚诸氏。

〔7〕以上二句,作者自谓也懂得观察此地形势之胜,不过天下承平,不敢妄议。

〔8〕五代时,高季兴、高从诲父子称南平王,割据荆南。季兴曾在城的东南建望沙楼。

〔9〕此句是说这里的江山,五代时不定归哪一国所有。因为高季兴先仕于后梁,任荆南节度使,后受封于后唐,为南平王;高从诲嗣位,又先后称臣于南汉、闽、蜀。

〔10〕烽火:指战争。三巴:巴郡、巴东、巴西,指蜀。当时蜀与荆曾是敌国。

〔11〕百年豪杰:指五代群雄。

〔12〕扰扰鱼虾:言微不足道。

〔13〕伧(chèng 撑去声,一读 cāng 苍)叟:村俗的老头子。龟:龟壳,卜具。这两句写荆楚迷信习俗。

〔14〕柳门:一作修门,荆州的大北门,以其北出,故云京国道。

〔15〕许:许州,今许昌。邓:邓州,今南阳。

〔16〕衡、湘:指衡山、湘江。以上两句,是下句"楚境横天下"的具体说明。

〔17〕信:真是、诚然。怀王:战国末期楚国的王,他疏屈原、宠郑袖、被哄于张仪、受制于秦国,有着"横天下"的楚境还不能自强,所以作者说他:真是弱王!

辛丑十一月十九日,既与子由别于郑州西门之外,马上赋诗一篇寄之

不饮胡为醉兀兀[1]?此心已逐归鞍发[2]。归人犹自念庭闱[3],今我何以慰寂寞?登高回首坡垅隔,但见乌帽出复没。苦寒念尔衣裘薄,独骑瘦马踏残月。路人行歌居人乐,童仆怪我苦凄恻。亦知人生要有别[4],但恐岁月去飘忽。寒灯相对记畴昔[5],夜雨何时听萧瑟[6]?君知此意不可忘[7],慎勿苦爱高官职[8]! 尝有夜雨对床之言,故云尔。

辛丑是嘉祐六年(1061)。这时作者初任凤翔(今属陕西)判官,前去到职。他的弟弟苏辙送他到郑州(州字疑衍)西门(当时开封城门之一,即西门,亦称郑门,即通向郑州州门,说见沈钦韩《苏诗查注补正》)。辙,字子由,宋代散文家,与兄齐名,人称"大苏小苏"。

〔1〕醉兀兀:犹如说醉醺醺地。这句是说:没有饮酒,为什么醉醺醺?形容别时不舍的心境。

〔2〕是说心已跟随着回去。

〔3〕归人:指辙。庭闱:父母的居处。这时作者的父亲洵留在京都,奉命修礼书。苏辙本已被任商州推官,没有去到职,奏请留京侍父。

〔4〕要有别:总会有离别。

〔5〕畴昔:往时。

〔6〕唐诗人韦应物《示全真元常》诗:"宁知风雪夜,复此对床眠?"

作者往日读到这两句诗时,受到很深的感动,曾与他的弟弟辙有共同偕隐之约。所以他的诗里,屡有夜雨对床的话头,如"误喜对床寻旧约,不知漂泊在彭城";"他年夜雨独伤神";"对床定悠悠,今夜雨萧瑟"等等。这类话头,在苏辙的诗里也常出现。

〔7〕此意:即上注夜雨对床——共同偕隐之志。看诗末作者自注可知。

〔8〕苦爱:过爱、十分爱。

和子由《渑池怀旧》

人生到处知何似?应似飞鸿踏雪泥:泥上偶然留指爪,鸿飞那复计东西!老僧已死成新塔[1],坏壁无由见旧题[2]。往日崎岖还记否:路长人困蹇驴嘶[3]。往岁马死于二陵[4],骑驴至渑池。

嘉祐六年作。应声相答叫做"和"(hè 贺)。苏辙有《渑池怀旧》诗,这是苏轼的"和诗"。

〔1〕老僧:名奉闲。僧人死不用墓葬,常是火葬后造一小塔以藏其骨灰。

〔2〕作者和他的弟弟辙曾寄宿过渑池县寺中,题诗于奉闲的壁上。这两句诗是说人生于世,诗题于壁,都不过像飞鸿踏雪泥,偶然留指爪罢了。

〔3〕蹇(jiǎn 简):蹩脚,跛足。蹇驴不一定是跛脚驴子,它与病驴、疲驴同义。

〔4〕二陵:指崤山,在渑池县西。《左传》僖公三十二年记载殽有二陵,南陵为夏后皋墓,北陵是文王避风雨之地。杨伯峻注云二陵指东崤山、西崤山。

次韵子由岐山下诗并序(选五首)

予既至岐下,逾月,于其廨宇之北隙地为亭。亭前为横池,长三丈。池上为短桥,属之堂。分堂之北厦为轩窗曲槛,俯瞰池上。出堂而南为过廊,以属之厅。廊之两旁各为一小池,皆引汧水,种莲养鱼于其中。池边有桃、李、杏、梨、枣、樱桃、石榴、樗、槐、松、桧、柳三十馀株,又以斗酒易牡丹一丛于亭之北。子由以诗见寄,次韵和答,凡二十一首。

北亭

谁人筑短墙,横绝拥吾堂。不作新亭槛,幽花为谁香?旧堂北有墙,予始去之为亭。

轩窗

东邻多白杨,夜作雨声急。窗下独无眠,秋虫见灯入。

荷叶[1]

田田抗朝阳[2],节节卧春水[3]。平铺乱萍叶,屡动报鱼子。

鱼

湖上移鱼子,初生不畏人。自从识钩饵,欲见更无因。

松[4]

强致南山树,来经渭水滩。生成未有意,鸦鹊莫相干。

嘉祐六年冬作。有的本子不载这二十一首;也有的本子不够二十一首。这里选录第一、四、七、八、十九首。廨宇,官署。

〔1〕一本作"荷花",按诗意是咏叶,只第二句说到根,不是咏花。
〔2〕田田:谓荷叶,见《古乐府》:"莲叶何田田。"
〔3〕节节:指藕根,见晋俳歌:"节节为双。"
〔4〕查慎行云:此首疑是桧。

石鼓歌

冬十二月岁辛丑,我初从政见鲁叟[1]。旧闻石鼓今见之,文字郁律蛟蛇走[2]。细观初以指画肚[3],欲读嗟如箝在口[4]。韩公好古生已迟[5],我今况又百年后!强寻偏旁推点画,时得一二遗八九。"我车既攻马亦同"[6],"其鱼维鲂贯之柳"[7]。其词云:"我车既攻,我马既同。"又云:"其鱼维何?维鲂维鲤;何以贯之?维杨与柳。"惟此六句可读,馀多不可通。古器纵横犹识鼎,众星错落仅名斗[8]。模糊半已隐瘢胝[9],诘曲犹能辨跟肘[10]。娟娟缺月隐云雾[11],濯濯嘉禾秀稂莠[12]。漂流百战偶然存,独立千载谁与友?上追轩颉相唯诺[13],下揖冰斯同鷇鷇[14]。忆昔周宣歌《鸿雁》[15],当时籀史变蝌蚪[16]。厌乱人方思圣贤[17],中兴天为生耆耇[18]。东征徐虏阚虓虎[19],北伏犬戎随指嗾[20]。象胥杂遝贡狼鹿[21],方召联翩赐圭卣[22]。遂因鼓鼙思将帅,岂为考击烦朦瞍[23]!何人作颂比《崧高》[24]?万古斯文齐岣嵝[25]。勋劳至大不矜伐[26],文武未远犹忠厚[27]。欲寻年岁无甲乙,岂有名字记谁某。自从周衰更七国,竟使秦人有九有[28]。扫除诗书诵法律[29],投弃俎豆陈鞭杻[30]。当年何人佐祖龙[31]:上蔡公子牵黄狗[32]。登山刻石颂功烈[33],后者无继前无偶。皆云"皇帝巡四国[34],烹灭强暴救黔首"[35]。六经既已委灰尘[36],此鼓亦当遭击掊[37]。传闻九鼎沦泗上[38],欲使万夫沉水取[39]。暴君纵欲穷人力,神物义不污秦垢[40]。是时石鼓何处避?无乃天工令鬼守[41]!兴亡百变物自闲,富贵一朝名不朽。细思物理坐叹息:人生安得如汝寿!

这是《凤翔八观》诗的首篇,题前有总序,不录。石鼓是我国传世的珍贵文物,今存北京故宫博物院雕塑馆。它是石头打琢成的,略似鼓形。每一鼓的周围都刻有文词,纪颂帝王田猎游宴的事,所以也称为"猎碣"。唐时,始发现于岐阳之野,有九个,郑馀庆把它们移到孔庙里保存。韦应物、韩愈都有诗歌咏它。五代时石鼓曾经散失。宋初复搜集起来,仍是九个。皇祐年间,向传师从一个农民家里,找到已经做了米臼、短了一截的另一个,凑足十个。作者看到它们时,是嘉祐六年,歌亦作于此时。韩愈的《石鼓歌》是一篇名作,苏轼有意步武乃至超越过他。此诗典重、精锐、博大、壮阔,是一篇经心着力的作品。

〔1〕从政:从事政治生活,即服官。鲁叟:称呼孔子。石鼓那时存孔庙中,作者到孔庙去谒圣,所以说见鲁叟。

〔2〕郁律:深盛高峻。蛟蛇走:曲折生动。都是形容石鼓上文字。

〔3〕这句说字难认。

〔4〕这句说音难读。

〔5〕韩愈《石鼓歌》有"嗟予好古生苦晚"句。

〔6〕自宋以来,释石鼓文诸家不一,这一鼓的全文是:"避车既攻,避马既同;避车既好,避马既骍。君子鼎邋,鼎邋鼎游,麀鹿速速,君子之求。𢐁𢐁角弓,弓弦以持;避殹其特,其来趩趩。趩趩䮫䮫,即禦即伺,麀鹿迭迭,其来大□。避殹其樸,其来遵遵,射其豣蜀。"

〔7〕这又是一个鼓上的文字,其全文为:"汧殹沔沔,丞彼淖渊。鳗鲤处之,君子渔之。漫有小鱼,其游趍趍。白鱼䱜䱜,其籃氐鲜。黄白其鰯,有鱄有鲖。其脂孔庶,窎之䲵䲵。汪汪趙趙,其鱼维何?维鲋维鲤。何以橐之?维杨及柳。"苏轼所谓的"贯"字,有人释"橐",有人释"橐"。

〔8〕这两句的意思是说在许多古器中只认识鼎;在许多星子中仅说得出哪是斗星。极言石鼓文字不认识的太多,能认识的太少。

〔9〕瘢:疮疤。胝(zhī支):厚皮。形容石鼓受风雨剥蚀和被沙砾

30

结连,如瘢如胝,因而那上面的文字模糊。

〔10〕跟:脚跟。肘:臂节。这句是说虽然满身瘢胝,但脚跟、臂节,还能看出。

〔11〕娟娟:美好貌。这句是说字模糊,像是月朦胧。

〔12〕濯濯:光秃貌。稂、莠:田间杂草,有害于庄稼的。这句仍是说能识的字少,妨碍字的清晰地方太多,如同田里不长稻谷,偏盛稂莠。

〔13〕轩:轩辕黄帝。颉:仓颉。传说仓颉是轩辕的史臣,第一个创造文字的人。那最初的文字,形同鸟迹。

〔14〕冰:李阳冰,唐时人。斯:李斯,秦时人。李阳冰善篆书,他专写李斯改革的小篆体。鷇(gòu 够):燕雀类的幼鸟。鷇(nòu 耨):奶。这两句大意是:这种字体,是承继着轩、颉,哺育了冰、斯。言其为文字发展的桥梁,划时代的杰作。

〔15〕《鸿雁》:《诗经·小雅》的一篇,是赞美周宣王的——宣王是周代中兴之主。按:石鼓是何时物?鼓文歌颂的对象是谁?从唐代到现在,诸家考据各殊,意见不一。断为周时物者,如韦应物以为是文王之鼓;韩愈则以之属宣王,此说后人从之最多;其后董逌、程大昌又说是成王鼓。断为秦时物者,始于郑樵,此说后来居上,近人和今人据此引证、阐扬,遂成权威之论;但是或以之属文公,或以之属襄公,或以属穆公,仍未一致。另有断为北魏时物者,如陆友;断为西魏时物者,如温彦成、熊仁本;断为后周时物者,如蔡珪、马子卿。苏轼此歌是继韩愈《石鼓歌》之作,在认识上他也是听从韩说的。

〔16〕籀(zhòu 纣)史:周宣王时的史官名籀的。变:改革。据说最古的文字笔划形如蝌蚪,叫蝌蚪文。既然主张石鼓是宣王时物,鼓上的文词是赞颂宣王的,那当然会是史籀写的了。这种字体是大篆,亦称籀文,不同于最早的蝌蚪文,故云"变"。

〔17〕厌乱:这里指人民厌周夷王、厉王时之乱。圣贤:指宣王。

〔18〕耆耇(qí gǒu 其苟)：年高有德的人,这里指史籀。

〔19〕周代的徐,即今苏北、皖北一带。徐虏,徐地的部落,当时与周民族为敌。阚：老虎发怒。虓：音义均同哮；虓虎,老虎咆哮。《诗经·大雅·常武》："进厥虎臣,阚如虓虎。"这里是指周宣王有"虎臣"征徐。

〔20〕犬戎：周代西北的部落,又称猃狁(xiǎn yǔn 显允),即以后所谓的匈奴。《诗经·小雅·六月》："薄伐猃狁,至于太原。"伏：一本作伐,意同。指嗾：指示嗾呼,对狗的使唤。随指嗾,是说周宣王有奴隶兵听他指嗾去打仗。

〔21〕象胥：据《周官》：是掌管外邦、属国的国使。贡：进献东西给天子,叫作"贡"。

〔22〕方召：方叔、召虎,都是周宣王的臣子,方叔南征荆；召虎东征淮；都有大功。联翩：接连不断。圭：古代礼器,其形如凸。是王、侯们朝会时拱手拿着的；一般是玉制,也有石制。卣(yǒu 酉)：也是礼器,盛酒用的,方口、大腹、两耳；一般是青铜制,也有玉制的。这些礼器,也被称为"重器",它们代表权威、功德和地位。

〔23〕考击：即敲击,谓敲击乐器。矇瞍：瞎子、盲老头,专指乐师。

〔24〕《崧高》：《诗经》篇名,是赞美周宣王的。

〔25〕岣嵝：即岣嵝碑,相传夏禹治水纪功的石刻。此碑实是后人伪作。

〔26〕矜：骄傲。伐：居功。

〔27〕文武：指周文王、武王。

〔28〕九有：即九域,犹如说九州。

〔29〕指秦始皇焚诗书,要那些读书人"以吏为师"习法律。

〔30〕俎(zǔ 祖)：砧板,方形的陈设食具的小案。豆：盛肉食的用具,敞口、细腰、宽底。俎、豆一般以木制；豆也有陶制的；都是祭器——也就是礼器。杻：枷。鞭、杻都是刑具。这句是说不用礼,专用刑。

〔31〕祖龙:称秦始皇。"祖,人之始;龙,帝之象"(《史记·秦始皇本纪》)。

〔32〕上蔡公子:指李斯,秦始皇的丞相,他是上蔡人,在没有相秦以前,在家乡,不过是一个常牵着黄狗出上蔡东门的脚色。这句句法倒装,即:牵黄狗的上蔡公子。事见《史记》,李斯被杀前对他儿子说:"吾欲与若复牵黄犬,俱出上蔡东门逐狡兔,岂可得乎!"

〔33〕秦始皇二十八年、二十九年、三十二年、三十七年数次东巡,所登临处都有刻石以纪颂他的功烈。先后计有峄山刻石、泰山刻石、琅邪刻石、之罘刻石、东观刻石、碣石刻石、会稽刻石。

〔34〕四国:犹如说四方。

〔35〕烹:杀,除。强暴:按照秦始皇的口气,指六国。黔首:即黎民;犹如说黑炭头,黑家伙。——黔、黎,义为黑色,这是古代对于劳动人民侮辱的称呼。以上二句是作者节拾石刻中语。

〔36〕《诗》、《书》、《易》、《礼》、《乐》、《春秋》,合称六经。这里泛指秦始皇所焚禁的书籍。委灰尘:是说被烧了。

〔37〕掊:这里同剖。击剖,打破。

〔38〕鼎:原是古代盛食物的容器,最早是陶制,后来以青铜制,逐渐脱离实用,成为礼器。九鼎象征九州,是周代王朝的"国之重宝",它是象征统治天下之权的。秦昭襄王(始皇的曾祖)五十二年,向周强迫索去九鼎,移置咸阳。传说有一鼎飞入泗水。

〔39〕《史记》:秦始皇二十八年,他东巡还过徐州,想把那落入泗水的鼎打捞起来,曾使千人泗水寻觅,不得。《史记》所说的千人和这里说的"万夫",是夸大的数字。

〔40〕神物:指鼎。这句是说它有灵,不让秦国暴君找到,不受他的玷辱。

〔41〕无乃:莫不是。此句用韩愈《石鼓歌》"鬼物守护烦挈诃"

33

句意。

留题延生观后山上小堂

溪山愈好意无厌[1],上至巉巉第几尖。深谷野禽毛羽怪,上方仙子鬓眉纤[2]。不惭弄玉骑丹凤[3],应逐嫦娥驾老蟾[4]。涧草岩花自无主,晚来蝴蝶入疏帘。

  作者在另一首长诗前题云:"壬寅(按即嘉祐七年,1062)二月,有诏令郡吏分往属县减决囚禁。自十三日受命出府,至宝鸡、虢、郿、盩厔四县。既毕事,因朝谒太平宫,而宿于南溪草堂,遂并南山而西,至楼观、大秦寺、延生观、仙游潭,十九日乃归。作诗五百言以记凡所经历者,寄子由。"此诗即作于此时。前诗中作者有自注:"又西至延生观,观后上小山,有唐玉真公主修道之遗迹。"

  [1] 厌(yān 烟):满足。
  [2] 上方:犹如说上界、天上。上方仙子,指玉真,她是唐睿宗第十女昌隆公主,出家为女道士,封号玉真。鬓眉纤:当是见玉真的塑像说的,不是想象之词。
  [3] 弄玉:秦穆公的女儿,嫁给萧史,后来他们夫妇都成了仙,萧史乘龙,弄玉骑凤,升天而去。这一神话见《列仙传》。这里作者以弄玉事来咏玉真。
  [4] 嫦娥:是后羿的妻子,她吞了不死之药飞升到月亮里去。这是我国人民最熟悉的神话,作者亦用以咏玉真。神话里说月中有蟾蜍,故云。

石鼻城

平时战国[1]今无在,陌上征夫自不闲[2]。北客初来试新险,蜀人从此送残山[3]。独穿暗月朦胧里,愁渡奔河苍茫间。渐入西南风景变:道旁修竹水潺潺。

嘉祐七年二月中,作者奉诏至宝鸡、虢、郿、盩厔等属县减决囚禁时纪游之作。石鼻城即武城镇,在汧水之北,南去陈仓三十里。这一带是三国时代蜀、魏的战场,诸葛亮曾围郝昭于此。

〔1〕战国:交战之国,指三国时的蜀、魏。
〔2〕征夫:道路上行役之人。
〔3〕这两句是说:从北方南行入蜀的旅客,到这里开始接触山路的险要;从南往北的四川老乡,过此便进入平原。

郿坞

衣中甲厚行何惧[1],坞里金多退足凭[2]。毕竟英雄谁得似[3]?脐脂自照不须灯[4]。

郿坞,今陕西郿县北。汉末屠杀人民的大刽子手董卓曾在这里经营他的巢穴。作者于嘉祐七年到过这里,这首诗是嘲骂董卓的。

35

〔1〕董卓平日屠杀人民很多,怕人行刺,常穿厚甲于衣服里面,以为这样便不怕了。

〔2〕董卓从人民身上掠夺、搜刮了许多金银,藏在郿坞他的家里,准备万一在政治上失败,可以退养,以为这样是可靠的。

〔3〕英雄:这词儿在这里不是称赞,是嘲骂。

〔4〕董卓死后,被陈尸于长安市示众。他很肥,守尸的兵士拿他的肚脐眼装上灯芯,点起来。

题宝鸡县斯飞阁

西南归路远萧条,倚槛魂飞不可招。野阔牛羊同雁鹜,天长草树接云霄。昏昏水气浮山麓[1],泛泛春风弄麦苗[2]。谁使爱官轻去国[3]?此身无计老渔樵!

嘉祐七年纪游之作。斯飞阁在宝鸡县治西南。

〔1〕麓(lù 鹿):山脚。

〔2〕泛泛:大,速,畅。

〔3〕爱官:贪爱官职。去国:离开家乡。

九月二十日微雪,怀子由弟二首

岐阳九月天微雪,已作萧条岁暮心。短日送寒砧杵急[1],冷官无事屋庐深〔2〕。愁肠别后能消酒,白发秋来已上簪。近买貂裘堪出塞,忽思乘传问西琛〔3〕。

江上同舟诗满箧〔4〕,郑西分马涕垂膺〔5〕。未成报国惭书剑,岂不怀归畏友朋〔6〕。官舍度秋惊岁晚,寺楼见雪与谁登。遥知读《易》东窗下〔7〕,车马敲门定不譍〔8〕。

嘉祐七年作。时子由留汴京。
〔1〕砧杵:捣衣用具。唐、宋时妇女每于秋夜取出藏在箱子中的衣裳于屋内捣之,以备换季穿着。家家户户,捣声一片,远近可闻。怎样捣法,现已失传。
〔2〕冷官:公务很少的官职,即无事官。
〔3〕乘传:意言奉王命出差。传,传车。琛:宝玉。西琛,缘《诗经·鲁颂·泮水》"憬彼淮夷,来献其琛"的说法以指外国。作者的意思,似指羌。此二句示有立功边外之志。
〔4〕指他们三年前由蜀到荆那一段水程,那一段生活。
〔5〕郑西:郑西门外。见《辛丑十一月十九日,既与子由别于郑州西门之外,马上赋诗一篇寄之》注。膺:胸部。
〔6〕《左传》引《诗经》云:"岂不欲往,畏我友朋。"
〔7〕《易》:即《易经》,我国最早一部哲学书。苏氏父子、兄弟对于此书都有研究。
〔8〕譍(yīng 鹰):应声。

岁晚三首并序

岁晚相与馈问为"馈岁";酒食相邀呼为"别岁";至

37

除夜达旦不眠为"守岁"。蜀之风俗如是。余官于岐下,岁暮思归而不可得,故为此三诗以寄子由。

馈岁

农功各已收[1],岁事得相佐。为欢恐无及,假物不论货。山川随出产,贫富称小大。置盘巨鲤横,发笼双兔卧[2]。富人事华靡[3],彩绣光翻座。贫者愧不能,微挚出春磨[4]。官居故人少,里巷佳节过。亦欲举乡风,独唱无人和。

别岁

故人适千里,临别尚迟迟。人行犹可复,岁行那可追。问岁安所之？远在天一涯。已逐东流水,赴海归无时。东邻酒初熟,西舍彘亦肥[5]。且为一日欢,慰此穷年悲。勿嗟旧岁别,行与新岁辞。去去勿回顾,还君老与衰。

守岁

欲知垂尽岁,有似赴壑蛇。修鳞半已没[6],去意谁能遮？况欲系其尾,虽勤知奈何！儿童强不睡,相守夜谨哗。晨鸡且勿唱,更鼓畏添挝[7]。坐久灯烬落[8],起看北斗斜。明年岂无年,心事恐蹉跎。努力尽今夕,少年犹可夸。

嘉祐七年,作者在凤翔作。

〔1〕功收:事毕。

〔2〕发:开。

〔3〕华靡:奢侈、浪费。

〔4〕挚(zhì治):这里同贽,礼物——指馈岁的礼物。这句是说贫者不像富人那样华靡,只能拿出自己舂的、磨的,做成饼儿、糕儿,作为馈岁的些小礼物。

〔5〕这两句即前首"农功各已收"之意。

〔6〕修鳞:长蛇的身躯。

〔7〕挝(zhuā抓):敲。

〔8〕灯烬:灯花、烧馀的灯芯。

和子由踏青

东风陌上惊微尘,游人初乐岁华新。人闲正好路旁饮,麦短未怕游车轮。城中居人厌城郭〔1〕,喧阗晓出空四邻〔2〕。歌鼓惊山草木动,箪瓢散野乌鸢驯〔3〕。何人聚众称道人〔4〕?遮道卖符色怒嗔〔5〕:"宜蚕使汝茧如瓮,宜畜使汝羊如麇。"〔6〕路人未必信此语,强为买服禳新春〔7〕。道人得钱径沽酒,醉倒自谓吾符神〔8〕!

嘉祐八年(1063),作者在凤翔作。下《和子由蚕市》、《和子由寒食》亦同时所作。

〔1〕城郭:城邑。

39

〔2〕喧阗:形容人声、鼓声相杂。

〔3〕箪:食器。瓢:饮具。这句是形容郊游的人有许多在那儿野餐,乌鸢也来捡食,并不避人。杜甫《南邻》诗"得食阶除鸟雀驯",此师其意。

〔4〕这句是倒装语,意思是说:那称道人的是什么人,众人都聚观他。

〔5〕遮道:拦路。

〔6〕瓮:瓦坛子。麏(jūn 菌):野獐子。这两句是卖符道人的新春祝词,也就是说他的符有这么灵验:能使你养蚕养得蚕茧像坛子那样粗大,饲羊饲得像獐子那样肥、那样健、那样活泼。

〔7〕强:勉强。服:佩带在身上。禳:祈福除灾。

〔8〕神:灵验。这句是说道人自己相信自己的符,颇有骗钱买酒的"灵验"。

和子由蚕市

蜀人衣食常苦艰,蜀人游乐不知还。千人耕种万人食[1],一年辛苦一春闲。闲时尚以蚕为市,恐忘辛苦逐欣欢。去年霜降斫秋荻[2],今年箔积如连山[3]。破瓢为轮土为釜[4],争买不啻金与纨[5]。忆昔与子皆童丱[6],年年废书走市观:市人争夸斗巧智,野人喑哑遭欺谩[7]。诗来使我感旧事,不悲去国悲流年[8]。

〔1〕这句是说一个耕种的人要养活十个不耕种的人,是首句"衣食

常苦艰"的说明。《汉书·贾谊传》:"一人耕之,十人聚而食之,欲天下无饥,不可得也。"此用其事。

〔2〕荻:即苇子。饲蚕要搭"山棚",扎"缀头"——四川叫作"树",是用苇子做的。所以需得头年把它砍下来,以备搭扎之用。

〔3〕箔:"蚕台"上一格一格的,放着一张一张的"团扁"——簸箕,叫作"箔"。连山:是指一架一架的山棚,言其旺盛。

〔4〕瓢轮、土釜:都是缲丝用具。

〔5〕不啻(chì 赤):好像,不亚于。纨:织品中最细的。

〔6〕丱(guàn 贯):束发成两个角儿,这是古代儿童的发式。童丱,指少年时。

〔7〕野人:这里指乡下人。喑哑:说不出话。言其拙于言词。谩:轻慢、谎骗。

〔8〕去国:离开故乡。

和子由寒食

寒食今年二月晦[1],树林深翠已生烟。绕城骏马谁能借,到处名园意尽便[2]。但挂酒壶那计盏,偶题诗句不须编。忽闻啼鵙惊羁旅[3],江上何人治废田[4]?

〔1〕晦:月尽日叫晦。

〔2〕便(pián 骈):适宜、安适。

〔3〕鵙(jú 菊,一读 jué 决):鸣禽,即鹪鹩,俗称杜鹃。

〔4〕末句有怀归之意。江指蜀江。治是治理。

中隐堂诗并序(选二首)

岐山宰王君绅[1],其祖故蜀人也,避乱来长安,而遂家焉。其居第园圃,有名长安城中,号"中隐堂"者是也。予之长安,王君以书戒其子弟邀予游[2],且乞诗甚勤,因为作此五篇。

径转如修蟒[3],坡垂似伏鳌。树从何代有?人与此堂高。好古嗟生晚,偷闲厌久劳[4]。王孙早归隐,尘土污君袍[5]。

二月惊梅晚,幽香此地无[6]。依依慰远客,皎皎似吴姝。不恨故园隔,空嗟芳岁徂[7]。春深桃杏乱,笑汝益羁孤[8]。

嘉祐八年作。原五首,这里只选录第二、三两首。王康琚《反招隐》诗:"小隐隐陵薮,大隐隐朝市。"后来白居易觉得大隐、小隐都有缺点,不如"中隐",他说:"邱樊(就是山林)太冷落;朝市太嚣喧。不如作中隐,隐在留司官。似出复似处(就是不出),非忙亦非闲。"(《中隐》)这里堂名"中隐",即用此意。

〔1〕宰:县官。
〔2〕戒:训示、教诲。
〔3〕修:长。
〔4〕这两句是作者说自己。生晚,恨不见古人;久劳,指疲于王事。

〔5〕这两句是说堂主人。借用刘安《招隐士》"王孙游兮归不归"和杜甫《早归来》"尘土污衣眼易眯"诗意。

〔6〕旧注:长安梅花最少,而开又晚。

〔7〕徂(cú 殂):往、去。

〔8〕汝:指梅花。羁孤:孤独。

七月二十四日,以久不雨,出祷磻溪。是日宿虢县。二十五日晚自虢县渡渭,宿于僧舍曾阁,阁故曾氏所建也。夜久不寐,见壁间有前县令赵荐留名,有怀其人

龛灯明灭欲三更,欹枕无人梦自惊[1]。深谷留风终夜响,乱山衔月半床明。故人渐远无消息[2],古寺空来看姓名。欲向磻溪问姜叟[3],仆夫屡报斗杓倾[4]。

嘉祐八年作。

〔1〕欹:同倚。

〔2〕故人:即指赵荐。

〔3〕磻(pán 盘)溪:在今宝鸡县境。传说太公姜尚未遇文王时,在这里钓鱼。磻溪神是姜太公,故云。这句意思是说要到磻溪去拜访姜太公。

〔4〕祷神是要拂晓举行的,这里说"仆夫屡报",也就是作者屡问时间。北斗星的柄儿(这星座的第五、六、七三颗星)渐斜,出发的时间快要到了。

扶风天和寺

远望若可爱,朱栏碧瓦沟。聊为一驻足,且慰百回头。水落见山石,尘高昏市楼。临风莫长啸,遗响浩难收[1]。

嘉祐八年作。据查注引《扶风县志》:"天和寺在城南。"又引《凤翔志》:"此诗石刻在扶风县南山马援祠中,先生自题其后云:'癸卯九月十六日挈家来游。眉山苏轼题。'"

[1] 遗响:他本作遗涕。此据石刻作遗响。

周公庙并序

庙在岐山西北七八里,庙后百许步,有泉依山,涌冽异常,国史所谓"润德泉"——世乱则竭者也。

吾今那复梦周公[1]?尚喜秋来过故宫[2]。翠凤旧依山硉兀[3],清泉长与世穷通。至今游客伤离黍[4],故国诸生咏雨濛[5]。牛酒不来乌鸟散[6],白杨无数暮号风。

治平元年(1064)作。各本均连下序作长题,今依文气,断自"庙在……"以次为序。

〔1〕《论语》记孔子的话:"甚矣,吾衰也!久矣,吾不复梦见周公。"

〔2〕故宫:指周公庙。

〔3〕硁(lù 陆)兀:即硁砺,形容危石高崖。作者见山石硁兀而想象翠凤曾经栖息于此。凤是传说中的高贵的、祥瑞的、不易见到的鸟,有圣贤出,它才出现。既是周公故宫所在,当然是"翠凤旧依"之地。

〔4〕《诗经·王风·黍离》:"彼黍离离,彼稷之苗。"据诗序说是周大夫某出差过故都,见宗庙宫室长满了禾黍,有感而作。离离,一串串下垂的样子。

〔5〕《诗经·豳风·东山》:"我来自东,零雨其濛。"《东山》诗是咏周公东征事的。

〔6〕牛酒:指祭品——牺牲和酒醴。牛酒不来,言其久已无祀。

楼观

鸟噪猿呼昼闭门,寂寥谁识古皇尊。青牛久已辞辕轭〔1〕,白鹤时来访子孙〔2〕。山近朔风吹积雪,天寒落日淡孤村。道人应怪游人众:汲尽阶前井水浑〔3〕。

治平元年作。这是作者游清平镇诸胜迹十一首之一。楼观即崇圣观,祠老子,相传观址为战国时关尹喜的故宅。

〔1〕传说老子骑青牛过函谷关,以后不知所终。辕,车的两条直杠;轭,辕前的一根横木。辞辕轭,是说青牛不再拉车,因为老子久已成仙去了。

〔2〕丁令威是汉时道士,《搜神后记》说他学道成仙,化鹤归辽东,

在空中唱:"有鸟有鸟丁令威,去家千年今来归。城郭如故,人民非;何不学仙,冢累累!"这句说楼观时有仙人来。

〔3〕此用杜甫《示从孙济》"汲多井水浑"句意。

十二月十四日夜微雪,明日早往南溪小酌至晚

南溪得雪真无价,走马来看及未消〔1〕。独自披榛寻履迹〔2〕,最先犯晓过朱桥〔3〕。谁怜屋破眠无处〔4〕?坐觉村饥语不嚣〔5〕。惟有暮鸦知客意,惊飞千片落寒条〔6〕。

治平元年年末作,公元已是1065年初。

〔1〕及:赶上、趁着的意思。

〔2〕披榛寻履迹:包括着两个典故:晋葛洪家贫,他的居住处连墙篱也没有,每天披榛出门,排草入室。汉东郭先生(不是《中山狼》故事中的东郭先生)很穷,大雪天穿着破鞋子,鞋面还可以蔽足面,鞋底却露出了脚趾,在走过的雪中道上,可以看见他的脚印。

〔3〕犯晓:有冲着早寒,打破清早的寂静之类的意思。

〔4〕杜甫《茅屋为秋风所破歌》:"床头屋漏无干处,雨脚如麻未断绝。自经丧乱少睡眠,长夜沾湿何由彻!安得广厦千万间——大庇天下寒士俱欢颜,风雨不动安如山。呜呼!何时眼前突兀见此屋?吾庐独破受冻死亦足!"此正用其事。

〔5〕杜牧《赴京初入汴口,晓景即事,先寄兵部李郎中》诗:"泽阔鸟来迟,村饥人语早。"此反用其意。

〔6〕作者《南乡子·梅花词和杨元素》:"寒雀满疏篱,争抱寒柯看玉蕤。忽见客来花下坐,惊飞:蹋散芳英落酒卮。"和这句诗是一样的写法。不过意境不同,那里是雀避人惊飞,这里是"暮鸦知客意"。景物也不同,那里写"芳英",这里写"寒条"。可以参看。

九月中曾题二小诗于南溪竹上,既而忘之。昨日再游,见而录之

湖上萧萧疏雨过,山头霭霭暮云横。陂塘水落荷将尽,城市人归虎欲行。

谁谓江湖居,而为虎豹宅!焚山岂不能?爱此千竿碧。

治平元年年末作。

寄题兴州晁太守新开古东池

百亩清池傍郭斜,居人行乐路人夸。自言官长如灵运,能使江山似永嘉[1]。纵饮座中遗白帢[2],幽寻尽处见桃花[3]。不堪山鸟号归去[4],长遣王孙苦忆家。

治平二年(1065)作。晁太守谓晁仲约。

〔1〕这两句是路人的夸语。官长,指晁太守。谢灵运,东晋、刘宋间

的诗人,我国文学史上山水诗的开派者。他爱游览,任永嘉太守时经常率领着他的属吏、宾客寻山越岭,到处吟咏。

〔2〕白帢(qià恰):即白帢帽,隐者之帽。

〔3〕桃花源:指桃花源,避世之地。

〔4〕山鸟:此指子规鸟。这鸟叫声仿佛是:"不如归去,不如归去。"

石苍舒醉墨堂

人生识字忧患始,姓名粗记可以休〔1〕。何用草书夸神速,开卷惝恍令人愁〔2〕。我尝好之每自笑,君有此病何能瘳〔3〕。自言其中有至乐,适意不异逍遥游〔4〕。近者作堂名"醉墨",如饮美酒消百忧。乃知柳子语不妄,病嗜土炭如珍羞〔5〕。君于此艺亦云至,堆墙败笔如山邱〔6〕。兴来一挥百纸尽,骏马倏忽踏九州。我书意造本无法,点画信手烦推求。胡为议论独见假〔7〕,只字片纸皆藏收?不减锺张君自足〔8〕,下方罗赵我亦优〔9〕。不须临池更苦学〔10〕,完取绢素充衾裯〔11〕!

熙宁二年(1069)作。石苍舒,字才美,长安人,书家,善行草,故其堂名"醉墨"。苏轼为石氏此堂题诗。

〔1〕项羽少时学书不成,对他的叔父项梁说:会写字不过能记姓名罢了,不值得学。作者借用他的话。

〔2〕惝(tǎng倘)恍:一作傥慌,失意不欢,精神不好。

〔3〕瘳(chōu抽):病愈。

〔4〕《逍遥游》是《庄子》的篇名,这篇内容是讲怎样才算适意。《至乐》,亦《庄子》的篇名。

〔5〕唐柳宗元说过这样的话:"凡人好词、工书,皆病癖也。吾尝见患心腹人有思唊土炭、嗜酸咸者,不得则大戚。"这两句诗是说柳宗元的话真说得对,有毛病的人才会把土炭当作美味。

〔6〕唐书家怀素把用过的笔积埋于山下,叫做"笔冢"。这里借用其事,说石苍舒用坏了这样多的笔,足见其书法上的成就。

〔7〕议论:指作者自己对于书法的意见、主张。见假:被推重的意思。作者尝自谦"吾虽不善书",又自负地说过"晓书莫如我"(《和子由论书》)。他的书法理论主要像上面所说的意造无法、信手点画。

〔8〕锺张:锺繇,汉、魏时人;张芝,东汉时人,都是最有名的书家。

〔9〕罗赵:罗叔景、赵元嗣,均为汉末书家,但比起同时的书家来,他们是较逊的。张芝尝自谓"上比崔(子玉)杜(伯度)不足;下方罗赵有馀。"方:比。苏轼这句诗似自谦实自负。

〔10〕张芝临池学书,池水尽黑。这里是说不需要那样苦学。

〔11〕魏晋人书画多用绢素。张芝家里衣巾用的绢素,常是写过字再加洗染才能用的。这句是说不如完好地拿它来作被子、褥子,紧接上句。

次韵子由绿筠堂

爱竹能延客,求诗剩挂墙[1]。风梢千纛乱[2],月影万夫长。谷鸟惊棋响,山蜂识酒香。只应陶靖节[3],会取北窗凉[4]。

熙宁四年(1071)作。作者晚年曾书写此诗,并题其后云:"清献先生尝求东坡居士作绿筠亭诗,曰:此吾乡人梁处士之居也。后二十五年,乃见处士之子琯,请书此本。时绍圣二年四月十三日。"

〔1〕《新唐书·陈子昂传》:子昂上书武后:"陛下布德泽,下诏书,必待刺史、县令谨宣而奉行之。不得其人,则委弃有司挂墙屋耳。百姓安得知之。"这里借指求诗于我,不得其人,我把这事搁起来了。

〔2〕纛(dào 到):舞用的羽,仪仗用的旗。这里形容竹梢的枝叶。

〔3〕晋陶渊明死后,人们尊称他为"靖节先生"。《晋书》说他"尝言夏月虚闲,高卧北窗之下,清风飒至,自谓羲皇上人"。

〔4〕会取:体会得。

次韵张安道读杜诗

大雅初微缺[1],流风困暴豪。张为词客赋[2],变作楚臣骚[3]。展转更崩坏,纷纶阅俊髦[4]。地偏蕃怪产,源失乱狂涛[5]。粉黛迷真色,鱼虾易豢牢[6]。谁知杜陵杰[7],名与谪仙高[8]。扫地收千轨[9],争标看两艘[10]。诗人例穷苦,天意遣奔逃。尘暗人亡鹿[11],溟翻帝斩鳌[12]。艰危思李牧[13],述作谢王褒[14]。失意各千里[15],哀鸣闻九皋[16]。骑鲸遁沧海[17],捋虎得绨袍[18]。巨笔屠龙手[19],微官似马曹[20]。迂疏无事业,醉饱死游遨。简牍仪型在[21],儿童篆刻劳[22]。今谁主文字?公合抱旌旄[23]。开卷遥相忆,知音两不遭[24]。般斤思郢质[25],鲲化陋鯈濠[26]。恨我无佳句,时蒙致白醪[27]。殷勤理黄菊,未遣没蓬蒿[28]。

　　熙宁四年五月作。张安道,字方平,仁宗朝他做过谏官;神宗朝任参知政事;是元老重臣,王安石新法的反对者。杜甫是我国最伟大的诗人,但他的诗在他生时是受到许多非议的。到了韩愈领导"载道"、"起衰"的文学运动,杜诗才受到尊重,并提倡向他学习。在宋代,继承这个运动的人物像王安石和本诗的作者苏轼,也都是杜诗有力的推崇者。他们哪怕在政治上意见极端水火,在对杜诗的估价上却是一致的高。这篇读杜诗,作者不仅把杜甫当作文学的巨匠,而且在诗的精神和章句上步武杜甫的诗法。

　　〔1〕雅:《诗经》的一部分,分大雅、小雅。这里以大雅代表《诗经》。微缺:是说诗亡。《诗序》:"小雅尽废,则四夷交侵,中国微矣";《孟子·离娄下》:"王者之迹息而诗亡";李白《古风五十九首》:"大雅久不作,吾衰竟谁陈";作者这句诗包含着这一些意思。
　　〔2〕张:铺张。古人说:"赋者,铺也。"词客指战国荀况,汉司马相如、扬雄、班固之流的赋家。
　　〔3〕变:变体。古人说骚是"变风、变雅"。楚臣:指屈原和步武屈原的宋玉、景差、唐勒。屈原的代表作是《离骚》,后人往往以"骚"来代表这种诗体。以上二句,亦本李白《古风五十九首》"正声何微茫,哀怨起骚人"句意。
　　〔4〕纷纶:繁乱。俊髦:后辈。
　　〔5〕这两句说诗走入了偏道,失去了正统。
　　〔6〕这两句说假乱真,渺小代替了重大。
　　〔7〕杜陵:指杜甫;因为他祖居杜陵,自号"杜陵布衣"。
　　〔8〕谪仙:指李白;因为贺知章曾称他为"天上谪仙人"。

〔9〕意思是说杜甫集诸家之所长。

〔10〕意思是说杜甫和李白并驾齐驱。

〔11〕《汉书·蒯通传》:"秦失其鹿,天下共逐之。"亡鹿,喻失去了政权。此句指唐玄宗天宝年间"安史之乱"。

〔12〕溟:大海。帝斩鳌:《列子·天问》篇记载女娲氏炼五色石以补天的神话,说她"断鳌之足,以立四极(四根柱头)"。这里指唐肃宗平定了"安史之乱",再造唐室,如同把塌下的天顶住了。

〔13〕李牧:是战国时代赵国的名将,他守雁门,击败南侵的匈奴。

〔14〕王褒:汉代的文士,宣帝时应诏入朝,作《圣主得贤臣颂》。以上二句,意谓当动乱之秋,朝廷重武轻文——只想有李牧这种武人来挽救艰危;用不着王褒一类文人的述作。

〔15〕此句并指李杜,说他们奔走流亡,分开了。

〔16〕《诗经·小雅·鹤鸣》:"鹤鸣于九皋,声闻于天。"九皋,水乡深处。这里说李白被流放夜郎,杜甫屡有诗怀念、哀怜他。

〔17〕指李白。杜甫《送孔巢父归江东兼呈李白》诗"南寻禹穴见李白",一作"若逢李白骑鲸鱼"。

〔18〕捋:抚摩。捋虎即捋虎须,喻冒险的举动。这里指杜甫与严武的故事:杜甫流亡到成都,得到西川节度使严武的照顾,有一次,杜甫登严武的床说"不谓严挺之有此儿",严武以为杜甫语含轻慢,太不客气,曾说"杜审言孙拟捋虎须"(《云溪友议》)。绨袍:粗布大褂。这里用战国时代范雎与须贾故事:范雎在魏国时曾受过须贾的陷害,后来他逃亡到秦,改名张禄,做了秦国的丞相。须贾出使到秦,范雎乔装落魄的样子去见他,须贾还有一点同情心,说:"范叔一寒如此哉!"就送给他一件绨袍。事后范雎召见须贾,对贾侮辱备至,报恨雪耻,数说须贾的罪状,该杀!但没有杀,对他说:"以绨袍恋恋有故人之意,故释公。"作者借以指杜甫曾受到严武的周济。

〔19〕《庄子·列御寇》篇:"朱泙漫学屠龙……三年技成,而无所用其巧。"这里指杜甫才能高而不得用。

〔20〕马曹:管马的职员。言其官微。《世说新语》:"王子猷为桓冲骑兵参军,桓问曰:'卿何署?'答曰:'不知何署,时见牵马来,似是马曹。'"杜甫在玄宗朝做过京兆府兵曹参军;肃宗即位后初拜左拾遗,继贬为华州司功参军,后来严武表他为节度参谋检校、尚书工部员外郎;都是"微官"。

〔21〕简牍:指著作。仪型:即典范。

〔22〕汉扬雄说词章是"雕虫篆刻,壮夫不为"的小技。上二句隐用韩愈《调张籍》"李杜文章在,光焰万丈长。不知群儿愚,何用故谤伤"诗意。

〔23〕公:指张安道。合:应当。这句是恭维张安道,说他是文坛旗手。

〔24〕遭:遇。

〔25〕般:鲁般,或训大,均通。斤:斧子。郢:地名,战国时的楚都。《庄子·徐无鬼》篇:郢人某,鼻头上弄上了一点石灰,石匠挥斧替他砍去鼻上的污,而丝毫没有伤及皮肤。《晋书·嵇康传》:"高契难期,每思郢质。"这里仍指张安道。

〔26〕鲲:大鱼。《庄子·逍遥游》:"北溟有鱼,其名为鲲,鲲之大,不知几千里也;化而为鸟,其名为鹏,鹏之背,不知几千里也。"鲲化,仍是恭维张安道。鯈(yóu 由,也读 tiáo 条):小白鱼。《庄子·秋水》篇:"庄子与惠子游于濠梁之上,庄子曰:鯈鱼出游从容,是鱼乐也。"这里是作者自谦:"鯈游"比起"鲲化"来,当然见"陋"。因张原诗有"达观念庄濠"句,故作者以此作答。

〔27〕致:送。醪(láo 劳):酒。

〔28〕未遣:不让、不使。这两句有自勉、慰友之意,与张诗末句"未

阳三尺土,谁为剪蓬蒿"之悼杜甫意有不同。

傅尧俞济源草堂

微官共有田园兴,老罢方寻隐退庐。栽种成阴十年事[1],仓黄求买百金无[2]。先生卜筑临清济[3],乔木如今似画图。邻里亦知偏爱竹:春来相与护龙雏[4]。

　　傅尧俞,字钦之,郓州人,元祐间官中书侍郎,因反对新法而屡被贬。他在济源筑有别业,作者为之题此诗,时在熙宁四年。
　　[1]《管子·权修》:"一年之计,莫如树谷;十年之计,莫如树木;百年之计,莫如树人。"
　　[2]《南史·吕僧珍传》:"一百万买宅,一千万买邻。"仓黄,匆促。
　　[3] 卜筑:选择建筑地点。
　　[4]《后汉书·方术传》载有竹杖化为龙的故事,这里龙雏指竹的新篁。

欧阳少师令赋所蓄石屏

何人遗公石屏风[1],上有水墨希微踪[2]。不画长林与巨植,独画峨眉山西雪岭上万岁不老之孤松。崖崩涧绝可望不可到,孤烟落日相溟濛[3]。含风偃蹇得真态[4],刻画始信天有工。我恐毕宏韦偃死葬虢山下[5],骨可朽烂心难穷[6]。神机巧思无所发,化为烟霏沦石中[7]。古来画师非俗士,摹写物象略与诗人同。愿公作诗慰不遇[8],无使二子含愤泣幽宫。

　　熙宁四年作。欧阳少师,欧阳修;他致仕(告老)时是太子少师,所以这样的称呼。蓄,这里作收藏解。欧阳修这时已休居临汝,作者赴杭路过这儿,去看他,并得以观赏他所藏的这块石屏,应命赋诗。

　　〔1〕遗(wèi喂):这里同"馈",赠送。
　　〔2〕是说那上面有淡笔水墨画的图迹。虽是天然之物,却绝似人工所画。希微,暗淡。
　　〔3〕溟濛:溟涬濛澒,形容烟气日色混茫不分。
　　〔4〕偃蹇:卧倒、曲折,形容老松的姿态。
　　〔5〕毕宏韦偃:毕宏,河南偃师人;韦偃,一般画传、画史上都作韦鹖,长安人。都是我国唐代有名的画家,都善画松。在伟大的诗人杜甫诗里曾经赞美过他们:"天下几人画古松,毕宏已老韦偃少。"(《戏为韦偃双松图歌》)
　　〔6〕是说他们的身体可以腐去,他们的精神——艺术生命却长存着。
　　〔7〕烟霏:即从"水墨希微"中所呈现出"孤烟落日相溟濛"的景象。沦石中:是说他们的"神机巧思"化进石头里去。
　　〔8〕指欧阳修。不遇:指像毕、韦这样不遇于世的艺术家们。

次韵杨褒早春

穷巷凄凉苦未和[1],君家庭院得春多。不辞瘦马冲残雪,来

55

听佳人唱《踏莎》[2]。破恨径须烦麹蘖[3]，增年谁复怨羲娥[4]。良辰乐事古难并[5]，白发青衫我亦歌[6]。细雨郊园聊种菜[7]，冷官门户可张罗[8]。放朝三日君恩重[9]，睡美不知身在何。

杨褒字子美，蜀人。曾任颍州（临汝）通判。苏轼于熙宁四年冬过颍，据施注，此诗疑是过颍时作。

〔1〕未和：谓阳和之气还未有。
〔2〕《踏莎行》：曲名。
〔3〕麹蘖（qū niè 屈聂）：指酒。蘖，通"糵"。
〔4〕羲娥：即羲和，日神。
〔5〕谢灵运《拟太子邺中诗序》："天下良辰、美景、赏心、乐事，四者难并。"
〔6〕白居易《春去》诗："白发更添今日鬓，青衫不改去年身。"
〔7〕用杜甫《小园种秋菜》"秋耕属地湿，山雨近甚匀"诗意。
〔8〕《史记·汲郑列传》："始翟公为廷尉，宾客阗门；及废，门外可设雀罗。"罗，捕鸟的网。门户可张起捕鸟的罗，是说绝少人到。
〔9〕放朝：犹如说放假。

出颍口初见淮山，是日至寿州

我行日夜向江海，枫叶芦花秋兴长。长淮忽迷天远近[1]，青山久与船低昂。寿州已见白石塔，短棹未转黄茆冈。波平风软望不到，故人久立烟苍茫。

熙宁四年十月初过寿州作。作者晚年尝草书此诗,并题云:"予年三十六,赴杭倅(cuì 脆),过寿作此诗。南迁至虔,烟雨凄然,颇有当年气象也。"

〔1〕长:一本作平。

虞姬墓

帐下佳人拭泪痕[1],门前壮士气如云[2]。仓黄不负君王意[3],只有虞姬与郑君[4]。

这是《濠州七绝》之一,作者熙宁四年过濠时作。
〔1〕佳人:指虞姬。
〔2〕壮士:不实指,可能包括郑君在内。
〔3〕仓黄:急迫的时候。有时也写作仓皇。君王:指项籍。
〔4〕郑君:即郑荣,他是项籍的臣子,项籍死,他做了刘邦的俘虏。刘邦命令项籍的旧臣不要避"籍"的名讳——这是看看他们对项籍是不是还有主臣观念和保持主臣关系,如果没有,那他们在语言文字上都不避讳这个"籍"字。郑荣独拒不奉命,被逐。他是始终忠实于项籍的。这里苏轼把郑荣与虞姬并列为不负项籍的人。题为《虞姬墓》诗偏重在虞姬,以郑君作陪衬耳。

游金山寺

我家江水初发源[1],宦游直送江入海[2]。闻道潮头一丈高,天寒尚有沙痕在。中泠南畔石盘陀[3],古来出没随涛波。试登绝顶望乡国,江南江北青山多。羁愁畏晚寻归楫[4],山僧苦留看落日。微风万顷靴文细[5],断霞半空鱼尾赤[6]。是时江月初生魄[7],二更月落天深黑。江心似有炬火明,飞焰照山栖鸟惊。怅然归卧心莫识,非鬼非人竟何物。是夜所见如此。江山如此不归山,江神见怪警我顽。我谢江神岂得已,有田不归如江水[8]!

　　熙宁四年冬十一月游此作。金山寺是有名的古刹,在今镇江。金山在清中期以前矗立于长江中。

　　[1]是说家在长江上游。作者故乡是四川眉山,所以这样说。
　　[2]宦游:因作官而离开家乡,叫作"宦游"。直送江入海:是说一直从长江上游到长江下游。
　　[3]中泠(líng铃):泉名。盘陀:形容石之大、有陂陀。
　　[4]羁愁:旅愁、怀乡病。楫:船。
　　[5]靴文细:形容水波。
　　[6]此句形容江天。
　　[7]魄:有时也写作霸。有月叫作生魄;无月叫作死霸。
　　[8]这是作者思念家乡,企图归去,对着江水的自誓语。借用春秋时晋文公流亡在外,有一次渡黄河时,对他的舅父犯说"所不与舅氏同心者,有如白水"的话(见《左传》);和东晋时祖逖渡江北伐,中流击楫,自誓"祖逖不能清中原而复济者,有如大江"的话(见《晋书·祖逖传》)。

自金山放船至焦山

金山楼观何眈眈,撞钟击鼓闻淮南[1]。焦山何有有修竹,采薪汲水僧两三[2]。云霾浪打人迹绝,时有沙户祈春蚕。吴人谓水中可田者为沙。我来金山更留宿,而此不到心怀惭。同游兴尽决独往,赋命穷薄轻江潭[3]。清晨无风浪自涌,中流歌啸倚半酣。老僧下山惊客至,迎笑喜作巴人谈。焦山长老,中江人也。自言久客忘乡井,只有弥勒为同龛。困眠得就纸帐暖,饱食未厌山蔬甘。山林饥饿古亦有,无田不退宁非贪?展禽虽未三见黜[4],叔夜自知七不堪[5]。行当投劾谢簪组[6],为我佳处留茆庵[7]。

焦山在长江中,因汉末焦先隐居于此,故名。它与金山对峙,并称"金、焦"。此首与前首《游金山寺》是姊妹篇,须并读。

〔1〕两句极言金山楼观之雄,僧徒之众,香火之盛。眈眈,深沉的样子。淮南,指扬州。

〔2〕两句形容焦山清静、冷落,与金山相异。

〔3〕是说穷薄之命,不畏江潭之险。隐刺"兴尽"的金山同游者,而自豪独往。

〔4〕展禽:即柳下惠。春秋时人,他位居下僚,曾经三次见黜(就是被免官)。这里作者以柳下惠自况,虽然还没有被免官。

〔5〕叔夜:即嵇康,字叔夜,三国时人,他给他的朋友山巨源绝交信中说"有必不堪者七,甚不可者三"。那"七不堪"是指在行动上、生活中,有七事受不了礼教的束缚、世俗的骚扰。这里作者以嵇康自况。

〔6〕劾:检举过失。古代甲官检举乙官的过失,向上级打报告,叫"劾状"。这里"投劾"是指自劾。凡是被劾或自劾的,视其过失大小,予以不同的处分。簪:固冠的签子;组,系印的带子;犹如说冠带,是指有官职的人。谢簪组,辞去官职。

〔7〕茆:同茅。茆庵,犹如说茅屋。

腊日游孤山访惠勤惠思二僧

天欲雪,云满湖,楼台明灭山有无〔1〕。水清出石鱼可数,林深无人鸟相呼。腊日不归对妻孥,名寻道人实自娱。道人之居在何许?宝云山前路盘纡。孤山孤绝谁肯庐,道人有道山不孤〔2〕。纸窗竹屋深自暖,拥褐坐睡依团蒲〔3〕。天寒路远愁仆夫,整驾催归及未晡〔4〕。出山回望云木合〔5〕,但见野鹘盘浮图〔6〕。兹游淡薄欢有馀,到家恍如梦蘧蘧〔7〕。作诗火急追亡逋〔8〕,清景一失后难摹。

熙宁四年冬,作者初到杭州——因为他反对新法,被贬作杭州通判。孤山是杭州的名胜。惠勤、惠思都是馀杭人,工诗、能文。惠勤是欧阳修的老朋友,惠思和王安石有交往。作者到杭州之前,过汝阴时见到欧阳修,欧阳修特别称道惠勤,所以作者到职的第三天就去访他们。

〔1〕明灭、有无:形容楼台和山在阴天里、在云雾中,似乎看得见,却又瞧不清。

〔2〕指惠勤、惠思。僧亦可称道人。

〔3〕团蒲:即蒲团。

〔4〕晡(bū不阴平):申刻,黄昏以前。

〔5〕云木合:云和树迷蒙成为一片。

〔6〕浮图:塔。中国旧无塔,佛教传入后,梵文中的"塔"字被音译

作"浮图"、"浮屠"、"佛图"等。这句是说野鹘(hú 胡)在塔上。

〔7〕怳:通恍,义即恍惚。蓬蓬:情景俱在。

〔8〕亡逋:逃亡者。作者怕"清景一失后难摹",所以就要即刻写诗,——捕捉着诗情,不让它跑掉。

除夜直都厅,囚系皆满,日暮不得返舍,因题一诗于壁

除日当早归,官事乃见留。执笔对之泣,哀此系中囚。小人营糇粮〔1〕,堕网不知羞〔2〕。我亦恋薄禄,因循失归休。不须论贤愚,均是为食谋。谁能暂纵遣?闵默愧前修〔3〕。

熙宁四年作。此诗作者于元祐五年(1090)守杭州时有自和诗,题云:"熙宁中,轼守此郡,除夜直都厅,囚系皆满,日暮不得返舍,因题一诗于壁,今二十年矣!衰病之馀,后忝郡寄,再经除夜,庭事萧然,三圄皆空。盖同僚之力,非拙朽所致,因和前篇……"这篇就是"前篇",题目是我从作者后题中摘出的。

〔1〕糇(hóu 侯):干粮,这里借指生活之必需。

〔2〕堕网:堕入法网,即犯法。

〔3〕闵默:亦作悯默,心中有忧说不出来的意思。梁吴均《送归曲》:"揽衣空闵默",白居易《寄江南兄弟》诗:"悯默秋风前",及作者《白帝庙》诗:"崎岖来野庙,闵默愧常时"可证。前修:先贤。

戏子由

宛丘先生长如丘,宛丘学舍小如舟[1]。常时低头诵经史,忽然欠伸屋打头[2]。斜风吹帷雨注面,先生不愧旁人羞。任从饱死笑方朔[3],肯为雨立求秦优[4]！眼前勃谿何足道,处置六凿须天游[5]。读书万卷不读律,致君尧舜知无术[6]。劝农冠盖闹如云[7],送老虀盐甘似蜜[8]。门前万事不挂眼,头虽长低气不屈！徐杭别驾无功劳[9],画堂五丈容旗旄[10]。重楼跨空雨声远,屋多人少风骚骚。生平所惭今不耻:坐对疲氓重鞭箠[11]。道逢阳虎呼与言[12],心知其非口诺唯[13]。名高志下真何益,气节消缩今无几。文章小伎安足程[14]！先生别驾旧齐名。如今衰老俱无用[15],付与时人分重轻！

熙宁四年作于杭州,时子由为学官,作者戏以此诗。题目虽是说"戏",实是慰子由、表扬子由。后半作者自嘲,牢骚之言满纸。末四句文章安足程,两人俱无用,愤慨之极。

〔1〕宛丘:陈州的别名。因为苏辙任陈州州学教授,所以戏称"宛丘先生"。这两句言人长屋小,是夸张的说法。

〔2〕形容学舍不仅小,而且陋。

〔3〕方朔:即东方朔,汉时人,他曾对武帝说:"朱儒长三尺馀,奉一

囊粟、钱二百四十。臣朔长九尺馀,亦奉一囊粟、钱二百四十。朱儒饱欲死;臣朔饥欲死。"(《汉书·东方朔传》)东方朔这番话,是说身长九尺馀的大个子不能和身长仅三尺馀的小人儿同样待遇。

〔4〕秦优:指秦始皇的歌童名叫旃的,也是个侏儒——短小的人物。有一次,秦始皇在殿上摆酒宴,天下着雨,陛楯郎(殿前执楯的卫士)都被淋着,优旃怜悯他们,跟他们说好:等一会我呼唤,你们应诺,我便有办法让你们休息。"殿上上寿呼万岁。优旃临槛大呼曰:'陛楯郎!'郎曰:'诺!'优旃曰:'汝虽长何益,幸雨立;我虽短也,幸休居!'于是始皇使陛楯者得半相代"(《史记·滑稽列传》)。这两句诗使用了两个典故,而意思却不同:宁可让饱死的侏儒笑东方朔之饥;岂肯为了避雨求侏儒之助!

〔5〕勃豀(xī西):争吵。六凿:即六情:喜、怒、哀、乐、爱、恶。《庄子·外物》:"心有天游,室无空虚,则妇姑勃豀;心无天游,则六凿相攘。"这两句诗意是,屋小而使家人不安算得什么,让精神无拘无束地驰骋于宇宙吧!

〔6〕律:指法律。术:谓治术。这两句诗是反语,刺当时朝廷重法轻儒。杜甫《奉赠韦左丞丈二十二韵》:"致君尧舜上,再使风俗淳",苏轼亦未尝不有此志,不过以为法律不足以致君尧舜。

〔7〕劝农:指朝廷派遣到各地视察农田、水利、赋税、劳役的官吏。冠盖闹如云:"冠盖如云"语出《汉书》。冠、盖,官帽、车盖之类,原是官吏们的服用;以后便借此来指官吏。如云,言其盛多。

〔8〕送老:犹如说养老。齑(jī激):腌菜。韩愈《送穷文》:"太学四年,朝齑暮盐",极言学官生活之清苦。作者说"甘似蜜",实有所刺,《乌台诗案》说"讥讽朝廷新差提举官所至苛细生事,发摘官吏,惟学官无吏责,辙为学官,故有是句"。

〔9〕馀杭:即杭州。作者这时任杭州通判,故自称"馀杭别驾"。

〔10〕此句言自己所居处富丽、宽大,仪仗盛陈,与"宛丘学舍小如舟"对照。以下诸句自嘲,亦处处与所戏者情况对照,一直到"气节消缩今无几"之对照"头虽长低气不屈"。

〔11〕疲氓:贫困的人民。箠(chuí 棰):杖;鞭、箠都是刑具。这两句是倒置的,意谓对贫困的人用刑,是平生所耻的事,现在却不以为羞。

〔12〕阳虎:即阳货,与孔子同时,孔子所不愿与之见面的人。苏轼在这里实有所指,据《乌台诗案》,是说张靓、俞希旦——他们正作监司官,是苏轼最不喜欢的人。

〔13〕诺唯:有时也写作唯诺,只说"是、是",而不表示意见。

〔14〕伎:同技。扬雄说过:诗赋是"雕虫篆刻,壮夫不为";杜甫《贻华阳柳少府》诗:"文章一小伎,于道未为尊。"程:计算。安足程,何足算、算得什么。

〔15〕这时作者三十六岁,他的弟弟三十三岁,正当壮年。说衰老是愤慨语。

嘲子由

堆几尽埃简[1],攻之如蠹虫。谁知圣人意,不尽书籍中。曲尽弦犹在,器成机见空。妙哉斫轮手,堂下笑桓公[2]。

〔1〕埃简:积起尘埃的书本。

〔2〕斫(zhuó 琢):砍,凿。斫轮手,制轮匠人。《庄子·天道》篇:"桓公读书堂上。轮扁斫轮于堂下,释椎凿而上,问曰:'公之所读,为何言耶?'公曰:'圣人之言也。'曰:'圣人在乎?'公曰:'已死矣!'曰:'古之人与不可传也死矣,然则君之所读者,古人之糟粕已夫!'"

越州张中舍寿乐堂

青山偃蹇如高人,常时不肯入官府。高人自与山有素[1],不待招邀满庭户。卧龙蟠屈半东州[2],万室鳞鳞枕其股[3]。背之不见与无同,狐裘反衣无乃鲁[4]。张君眼力觑天奥[5],能遣荆棘化堂宇。持颐宴坐不出门[6],收揽奇秀得十五[7]。才多事少厌闲寂,卧看云烟变风雨。笋如玉筯棋如簪,强饮且为山作主。不忧儿辈知此乐[8],但恐造物怪多取。春浓睡足午窗明,想见新茶如泼乳[9]。

熙宁五年(1072)作于杭州。张次山,字希元,时官太子中舍越州签判,筑寿乐堂于官署内,遍征题咏。

〔1〕有素:旧相识。
〔2〕卧龙:山名。在浙东。
〔3〕鳞鳞:状屋瓦。股:谓山麓。
〔4〕这两句说背山不见山,这跟没有山一样;好像反穿狐皮袍,岂非蠢事。
〔5〕觑(qù 去):看见。天奥:大自然的巧妙。
〔6〕持颐:手托着下巴,形容宴坐——安坐之态。
〔7〕奇秀:奇才秀士。十五:十分之五,言收揽过半,应下句"才多"。
〔8〕《晋书·王羲之传》:"顷正赖丝竹陶写,恒恐儿辈觉,损其欢乐之趣。"这里反用其意,因为堂的主人乐在看山,不是乐听丝竹。

〔9〕《茶苑总录》说沏茶"汤少茶多,则乳面聚"。泼乳,言茶色之佳,茶味之浓。

雨中游天竺灵感观音院

蚕欲老,麦半黄,前山后山雨浪浪〔1〕。农夫辍耒女废筐〔2〕,白衣仙人在高堂〔3〕。

熙宁五年作。此诗刺当道者。

〔1〕浪浪(láng láng 郎郎):形容雨声之响,雨势之大。
〔2〕是说雨妨碍了农事。
〔3〕白衣仙人:观音。这里却用来指官吏。这句说他们深居高拱,不管人民死活。

六月二十七日望湖楼醉书(选三首)

放生鱼鳖逐人来〔1〕,无主荷花处处开。水枕能令山俯仰〔2〕,风船解与月徘徊〔3〕。

献花游女木兰桡〔4〕,细雨斜风湿翠翘〔5〕。无限芳洲生杜若〔6〕,吴儿不识楚辞招〔7〕。

未成小隐聊中隐[8],可得长闲胜暂闲[9]?我本无家更安往[10]?故乡无此好湖山!

熙宁五年作。望湖楼,五代时钱王所建。原五首,选第二、四、五共三首。

〔1〕西湖在宋以前曾经特定为"放生池",游人买鱼鳖放生其中,为封建主祈福,也为自己祈福。这种习俗,原不仅那一时、那一处有。

〔2〕水枕:犹如说水上的枕席。指人卧在船上。因为是卧在船上看山,所以觉得山忽俯忽仰。令(这里读 líng 零):使得。

〔3〕船在风中,忽转忽横,像是故意和月徘徊。

〔4〕桡(ráo 饶):桨,楫,此代指船。

〔5〕翠翘:妇女的头饰。

〔6〕杜若:香草,俗名山姜。产生香草的洲子,当然"芳"了。语出《楚辞·九歌·湘君》:"采芳洲兮杜若,将以遗兮下女。"

〔7〕《楚辞》有《大招》、《招魂》。《楚辞》很多篇章中都提到美人香草,此吴儿又何知! 吴儿,指上面说的"献花游女"。

〔8〕小隐隐于山林,中隐隐于官,见前《中隐堂诗》注。作者正做着地方官,故云"中隐"。

〔9〕白居易《和裴相公傍水闲行绝句》:"偷闲意味胜长闲。"作者在这里反用其意。

〔10〕杜甫《曲江陪郑八丈南史饮》诗:"此身那得更无家。"这里更进一层。

和欧阳少师寄赵少师次韵

朱门有遗啄[1],千里来燕雀。公家冷如冰,百呼无一诺。平生亲友半迁逝,公虽不怪傍人愕〔2〕。世事如今腊酒酽〔3〕,交情自古春云薄。二公凛凛和非同〔4〕,畴昔心亲岂貌从。白须相映松间鹤,清句更酬雪里鸿。何日扬雄一廛足〔5〕,却追范蠡五湖中〔6〕。

熙宁五年作,时在杭州。赵少师,名概,字叔平,虞城人,是神宗朝的达官。欧阳修寄赵概的原作名《拟剥啄行》。这里是作者的和作。次韵,是依照原诗的韵脚,宋以来一般和诗都习惯这样。

〔1〕朱门:红漆的门。一般指达官贵人的门第。遗啄:剩馀的食物。这句用杜甫"朱门酒肉臭"(《自京赴奉先县咏怀五百字》)诗意。

〔2〕傍:同旁。

〔3〕腊酒:冬月所酿的酒。酽:一般都写作浓。

〔4〕和:心和。同:貌同。《论语·子路》:"君子和而不同。"

〔5〕扬雄:汉代文学家。廛(chán 蝉):同壥,古代一家之居,即二亩半。《汉书》记扬雄"郫有田一壥,有宅一区"。此处作者自道:什么时候像扬雄有田一壥,就满足了。

〔6〕范蠡:春秋时越国的谋臣,他帮助越王勾践灭吴,功成身退,泛舟江湖之上。这里以范蠡比拟赵概,并及欧阳修,说自己愿意追随归隐。

望海楼晚景五绝(选二首)

海上涛头一线来,楼前指顾雪成堆〔1〕。从今潮上君须上,更看银山二十回〔2〕。

青山断处塔层层,隔岸人家唤欲䗫。江上秋风晚来急,为传钟鼓到西兴[3]。

熙宁五年作。选第一、三两首。望海楼即中和堂之东楼,又名望潮楼,是杭州的名迹。

〔1〕指顾:即指点顾盼之间,言其快。犹如说须臾、一会儿。
〔2〕二十:一本作"十二"。
〔3〕西兴:即西陵,在萧山县境,相传为越范蠡屯兵之处。

孙莘老求墨妙亭诗

兰亭茧纸入昭陵[1],世间遗迹犹龙腾[2]。颜公变法出新意[3],细筋入骨如秋鹰[4]。徐家父子亦秀绝[5],字外出力中藏棱[6]。峄山传刻典刑在[7],千载笔法留阳冰[8]。杜陵评书贵瘦硬[9],此论未公吾不凭。短长肥瘦各有态,玉环飞燕谁敢憎[10]。吴兴太守真好古[11],购买断缺挥缣缯[12]。龟趺入座螭隐壁[13],空斋昼静闻登登[14]。奇踪散出走吴越[15],胜事传说夸友朋。书来乞诗要自写,为把栗尾书溪藤[16]。后来视今犹视昔,过眼百年如风灯。他年刘郎忆贺监[17],还道同时须服膺[18]。

孙觉,字莘老,高邮人。原知广德军,熙宁四年,移守湖州。他是苏轼的朋友。熙宁五年二月,孙觉建亭于吴兴府第中,以藏古碑刻法帖,亭名"墨妙",向作者求诗题咏。作者此诗作于杭州。

〔1〕兰亭:晋代大书家王羲之的《兰亭集序》的写本。茧纸:用蚕茧做成,是晋代习用的一种纸。昭陵:是唐太宗的墓。唐太宗最喜爱王羲之字,他死了,那举世闻名的《兰亭》真迹也成了殉葬物。

〔2〕遗迹:指王羲之的法书遗迹,除了《兰亭》真本以外,还有拓本流传世间。按:唐太宗曾以兰亭拓本分赐贵族、近臣,作者意似指此。犹龙腾:梁武帝评王羲之的字:"如龙跃天门,虎卧凤阁。"这里"龙腾"即"龙跃天门"之意。犹龙腾,是说千载以下,王字还是那样地飞动。

〔3〕颜公:即颜真卿,唐代的大书家。变法:谓变更书法。

〔4〕细筋入骨:古人论书法,以"多骨微肉"能表现笔力者为上,谓之"筋书"。

〔5〕徐家父子:谓徐峤之、徐浩,都是唐代的大书家。徐浩尤有名。

〔6〕此句是说笔势朴劲,而不露锋芒。

〔7〕峄山传刻:秦始皇二十八年,东巡郡县,曾在峄山上刻石纪功,那石刻的字是李斯写的。刑:通型。典刑,模范的意思。

〔8〕阳冰:即李阳冰,唐代的大书家,善小篆,他是专学秦石刻字体的。

〔9〕杜陵:即杜甫,他曾自号"杜陵野老"。杜甫《李潮八分小篆歌》:"书贵瘦硬方通神。"

〔10〕杨玉环,唐玄宗的妃子,是个肥胖女人;赵飞燕,汉成帝的后,是个纤瘦女人。这里用她们两人来说肥瘦各有其美。

〔11〕吴兴:即湖州。这时孙觉守湖州,所以这样的称呼。

〔12〕断缺:指断碑残石。缣缯(jiān zēng 兼增):丝、帛之类。这里借指货币。

〔13〕龟趺:碑座。螭:碑上的雕饰。这里是说那些古碑或立于亭中,或嵌于亭壁。

〔14〕登登:拓碑的声音。

〔15〕此句是说孙觉以拓片赠吴、越间的友人。

〔16〕栗尾:笔名。其状如锥栗,故名。溪藤:纸名。剡溪地方所造的纸。

〔17〕贺监:唐贺知章曾做过秘书监,世称贺监。刘禹锡《洛中寺北楼见贺监草书题诗》:"高楼贺监昔曾登,壁上笔踪龙虎腾。"

〔18〕服膺:永远放在心里。语出《中庸》:"得一善,则拳拳服膺。"这里并用刘禹锡《洛中寺北楼见贺监草书题诗》"恨不同时便伏膺"句意。

催试官考较戏作

八月十五夜,月色随处好,不择茆檐与市楼,况我官居似蓬岛。凤咮堂前野橘香[1],剑潭桥畔秋荷老[2]。八月十八潮[3],壮观天下无:鲲鹏水击三千里[4],组练长驱十万夫[5]。红旗青盖互明灭,黑沙白浪相吞屠[6]。人生会合古难必,此景此行那两得!愿君闻此添蜡烛[7],门外白袍如立鹄[8]。

熙宁五年八月,作者监考贡举时作。贡举是封建社会朝廷开科取士的地方选拔阶段,宋制:贡举的考试放榜例在中秋节日。这一年却迟了两天——八月十七日放榜,不消说那些考生们是等得颇为焦急的,所以作者有催试官之作。较,通校。考校是指试后的阅卷、评定。

〔1〕凤咮堂在杭州凤凰山下。咮(zhòu 昼),鸟的啄。

〔2〕或言杭州无此桥,疑指作者故乡某处。

〔3〕指钱塘江潮。八月十八日潮最大,俗称这天是"潮生日"。一直到现在,旧历这一天,还是观潮的日子。

〔4〕《庄子·逍遥游》说鲲化为鹏,从北海迁到南冥:"水击三千里,抟扶摇而上者九万里。"

〔5〕组练:组甲、练袍,指武装部队。《左传》襄公三年:"楚子重使邓廖帅组甲三百、被练三千以伐吴。"

〔6〕吞屠:吞并、消灭。

〔7〕这句是催试官加夜班看试卷。

〔8〕宋制:没有官职的人穿白袍,以别于穿皂袍的有官职者,所以一般用"白袍"指未仕的士子。立鹄:即鹄立,形容伸着脖子、踮着脚盼望的样子。全首诗仅此二句是催促之词,以上说中秋月,说钱塘潮,似不相干,实则作者说月说潮,以过节、看潮戏催试官,叫他们快点发榜。

梵天寺见僧守诠小诗,清婉可爱,次韵

但闻烟外钟,不见烟中寺。幽人行未归,草露湿芒屦[1]。惟应山头月,夜夜照来去。

熙宁五年秋在杭州作。作者这首诗亦极清婉,是有意和原作较量的。守诠原诗云:"落日寒蝉鸣,独归林下寺。柴扉夜未掩,片月随行屦。惟闻犬吠声,又入青萝去。"

〔1〕芒屦(jù 剧):草鞋。

宿水陆寺寄北山清顺僧二首

草没河堤雨暗村,寺藏修竹不知门。拾薪煮药怜僧病,扫地焚香净客魂。农事未休侵小雪〔1〕,佛灯初上报黄昏。年来渐识幽居味,思与高人对榻论。

长嫌钟鼓聒湖山〔2〕,此境萧条却自然。乞食绕村真为饱〔3〕,无言对客本非禅〔4〕。披榛觅路冲泥入,洗足关门听雨眠。遥想后身穷贾岛〔5〕,夜寒应耸作诗肩〔6〕。

熙宁五年作。清顺,字颐然,能诗,《冷斋夜话》说他"清苦多佳句"。作者常和他往来、唱和。

〔1〕侵:渐渐。
〔2〕聒:吵耳。
〔3〕《金刚经》上说佛"入舍卫大城,乞食于其城中"。后来佛徒化斋乞食,如《法集经》所说的是为了"破一切骄慢";《大果义章》所说的"一者为自,省事修道;二者为他,福利世人"。作者这里却翻说"为饱"是真。
〔4〕《维摩经》记文殊向维摩问:"何等是菩萨不二法门?"维摩默然不答,文殊遂悟,"无有文字语言,是真不二法门"。
〔5〕贾岛:字浪(一作阆)仙,唐代的名诗人,他曾经做过和尚,后还俗,他的诗与孟郊齐名,作者曾并称他们为"郊寒岛瘦"。这里说清顺是

贾岛的后身。

〔6〕韩愈说贾岛"袖手竦肩而高吟"。这里遥想清顺作诗时的神情。

六和寺冲师闸山溪为水轩

欲放清溪自在流,忍教冰雪落沙洲。出山定被江潮涴[1],能为山僧更少留[2]。

熙宁五年作。闸,这里作动词用:把水管制着。

〔1〕涴(wò 沃):污。这句用杜甫《佳人》"在山泉水清,出山泉水浊"句意。

〔2〕能:这里作宁可解。更少留:再迟留一下。

鸦种麦行

霜林老鸦闲无用,畦东拾麦畦西种。畦西种得青猗猗[1],畦东已作牛尾稀。明年麦熟芒攒槊[2],农夫未食鸦先啄。徐行俯仰若自矜,鼓翅跳踉上牛角。忆昔舜耕历山鸟为耘[3],如今老鸦种麦更辛勤。农夫罗拜鸦飞起,劝农使者来行水[4]。

熙宁五年作。

〔1〕猗(yī依)猗:茂盛的样子。
〔2〕槊:古代矛之属的武器。攒槊,形容麦聚粒成穗,如攒芒之槊。
〔3〕传说舜耕于历山,象替他犁田,鸟替他播种。
〔4〕宋代设有"司农寺",据《宋史·职官志》:熙宁三年"诏制置司,均通天下之财,以平常新法付司农寺,增置丞簿,而农田、水利、免役、保甲等法,悉自司农讲行"。后来司农寺又"间遣属官出视诸路"。劝农使者,即司农寺派遣的视察官员。"行水",古耕礼。此言劝农使者不过来"行礼如仪"罢了。

画鱼歌 湖中道中作

天寒水落鱼在泥,短钩画水如耕犁。渚蒲披折藻荇乱〔1〕,此意岂复遗鳅鲵?偶然信手皆虚击,本不辞劳几万一。一鱼中刃百鱼惊,虾蟹奔忙误跳掷。渔人养鱼如养雏,插竿冠笠惊鹈鹕〔2〕,岂知白梃闹如雨,搅水觅鱼嗟已疏。

熙宁五年作。此诗刺当时征收既多而刑法又严,扰虐人民。画,同划,以钩划鱼。

〔1〕蒲、荇:水草之属。
〔2〕鹈鹕:水禽,专吃鱼的。

吴中田妇叹

今年粳稻熟苦迟〔1〕,庶见霜风来几时〔2〕。霜风来时雨如泻[3],杷头出菌镰生衣[4]。眼枯泪尽雨不尽,忍见黄穗卧青泥[5]!茅苫一月陇上宿[6],天晴获稻随车归。汗流肩赪载入市[7],价贱乞与如糠粞[8]。卖牛纳税拆屋炊,虑浅不及明年饥。官今要钱不要米,西北万里招羌儿。龚黄满朝人更苦[9],不如却作河伯妇[10]!

熙宁五年秋作。此诗假田妇的口气,写江南农民同时遭受到雨灾和虐政,而虐政似更甚于雨灾。

〔1〕粳稻:稻的一种,米粒短而粗。

〔2〕庶见:幸得的意思。

〔3〕雨如泻:形容雨大。

〔4〕杷:一种有齿的爬梳农具。衣:这里指铁器上的锈。

〔5〕忍见:即不忍见之意。

〔6〕茅苫:茅草编扎的篷盖。陇:通垄,田基。这句是说一个月来夜间都是睡在田基上临时所搭茅苫之下。——为了抢救、抢割。

〔7〕赪(chēng 撑):红色。肩赪,是形容劳动妇女担稻负重,肩膀都被压红了。

〔8〕粞(xī 西):碎米。

〔9〕龚黄:龚遂、黄霸,两人都是汉代的官吏,是比较体恤人民的。这里反喻当时借新法以虐民的官吏。

〔10〕河伯:黄河水神。战国时魏国邺地受水灾最大,因而迷信也最甚,有名的"河伯娶妇"事即出现于此时此地——每年要把一个女子投进河水里,算是嫁给河伯,以免他来淹。后来西门豹为邺令,用非常的手段禁绝了这种愚昧而残忍的行为,并教育人民,凿渠放水灌田,化弊为利。这里说"不如却作河伯妇",是极言民不堪扰,做农家妇活着还不如

76

投水自杀作河伯妇好。

冬至日独游吉祥寺

井底微阳回未回[1],萧萧寒雨湿枯荄[2]。何人更似苏夫子:不是花时肯独来?

吉祥寺即后来的广福寺,寺中牡丹最盛,在宋时,是一个名刹。此诗亦熙宁五年作。

[1]《月令》:"冬至水泉动",是说从冬至日起逐渐转暖。《逸周书》:"十有一月,微阳动。"阳,指暖气。

[2] 荄(gāi该):草根。

将之湖州戏赠莘老

馀杭自是山水窟[1],仄闻吴兴更清绝[2]。湖中橘林新著霜,溪上苕花正浮雪[3]。顾渚茶芽白于齿[4],梅溪木瓜红胜颊[5]。吴儿脍缕薄欲飞[6],未去先说馋涎垂。亦知谢公到郡久[7],应怪杜牧寻春迟[8]。鬓丝只可对禅榻[9],湖亭不用张水嬉[10]。

熙宁五年冬,作者将出差到湖州,预先写这诗赠吴兴太守孙觉。

〔1〕山水窟:谓奇山秀水聚集之处。

〔2〕仄闻:一作侧闻,旁闻、听说的意思。

〔3〕苕(tiáo 条):芦苇。浮雪:言芦花白。

〔4〕湖州顾渚山产紫笋茶有名。

〔5〕梅溪:即梅溪山,一名东海堰,那儿产木瓜也是有名的。

〔6〕脍:一本作鲙。脍缕,细切成丝,这里指吴人治肴之精,脍制得又细又薄。

〔7〕晋谢安曾任吴兴太守,这里以"谢公"称孙觉。

〔8〕唐杜牧初游湖州,刺史崔元亮令举行水戏招待他参观。杜牧看上了一个年轻的女孩子,想娶她,和她相约十年之期。十四年后,杜牧做了湖州刺史,但重来时这女孩子嫁人已三年了。杜牧的《怅诗》就是为此而作的,首二句云:"自是寻春去较迟,不须惆怅怨芳时。"这里作者戏用其意,并戏以杜牧自谓。

〔9〕鬓丝:指年长。禅榻:谓学佛。这里亦借用杜牧"今日鬓丝禅榻畔"诗意。

〔10〕意谓此行虽因公查勘吴兴水利,实私愿想看吴兴山水,用不着像崔元亮那样张水嬉招待杜牧。作者于第九句诗中将孙觉比作谢公,是极有分寸的。

赠孙莘老(选三首)

嗟予与子久离群,耳冷心灰百不闻。若对青山谈世事,当须举白便浮君[1]。

天目山前绿浸裾[2],碧澜堂上看衔舻[3]。作堤捍水非吾事,闲送苕溪入太湖。

三年京国厌藜蒿〔4〕,长羡淮鱼压楚糟〔5〕。今日骆驼桥下泊,恣看修网出银刀〔6〕。

熙宁五年十二月作者奉命出差到湖州测度堤堰时作。但作者对于这一修建是持反对态度的。原七首,选第一、二、五共三首。

〔1〕举白:犹如今天说干一大杯。浮:罚酒。上二句说对青山不应谈世事,违者罚一大杯。作者反对新法,湖州筑堤事亦其中之一,所以说这样的话。下首"作堤捍水非吾事",意更鲜明。

〔2〕天目山:在湖州。

〔3〕碧澜堂:在湖州府治的霅溪馆,唐时所建,是诗人杜牧的旧游处。衔舻:船连着船,极言舟楫之盛。晋郭璞《江赋》:"舳舻相属,万里连樯。"

〔4〕藜:胭脂菜。蒿:青蒿。厌藜蒿,是说吃野菜吃烦了,言其生活清苦。

〔5〕糟:淹渍的食品;楚糟指江南的腌渍品;当时当地最有名的是糟淮白鱼,连仁宗皇后都最喜欢吃它。

〔6〕恣:任性、随意。银刀:鱼的一种,颜色形状俱肖银色的刀。杜甫诗:"出网银刀乱。"

秀州报本禅院乡僧文长老方丈

万里家山一梦中,吴音渐已变儿童。每逢蜀叟谈终日,便觉峨眉翠扫空。师已忘言真有道[1],我除搜句百无功[2]。明年采药天台去[3],更欲题诗满浙东[4]。

熙宁五年年末作。秀州,今浙江嘉兴。报本禅院,唐时所建,宋时改为本觉寺。寺僧文长老方丈是作者的同乡,故称"乡僧";诗中第三句的"蜀叟",也指这位方丈。

〔1〕师:这里是作为对僧人的尊称。忘言真有道:陶渊明《饮酒》诗:"此中有真意,欲辨已忘言。"有道,一本作得道。此句赞师。

〔2〕搜句:指写诗。这句是说我除了写诗以外,什么事都不成。

〔3〕天台山:浙东的名胜。采药:意为求道,这句应"忘言"说。

〔4〕这句应"搜句"意。

听贤师琴

大弦春温和且平,小弦廉折亮以清[1]。平生未识宫与角[2],但闻牛鸣盎中雉登木[3]。门前剥啄谁叩门[4]?山僧未闲君勿嗔。归家且觅千斛水[5],净洗从前筝笛耳[6]。

熙宁五年年末作。作者诗话云:"'昵昵儿女语,恩怨相尔汝;划然变轩昂,勇士赴敌场。'此退之(韩愈)听颖师琴诗也。欧阳公(修)尝问仆:'琴诗何者最佳?'余以此答之。公曰:'此诗固奇丽,然自是听琵琶诗,非琴诗。'余退而作……诗成欲寄公,而公薨。至今以为恨。"

〔1〕廉折:是商弦,逼仄之音,形容小弦音清而细。与上句大弦

80

对照。

〔2〕宫、角：是五音中的两个调子，略等于今天的C调、E调。

〔3〕《管子·地员》："凡听宫，如牛鸣窌中"，又"凡听角，如雉登木以鸣，音疾以清"。

〔4〕剥啄：叩门声。

〔5〕古代以十斗为一斛（hú 胡）。千斛水，言水之多。

〔6〕这句是说从前所听过的筝笛之类的演奏，都不是好音乐，不堪留耳。这里极力形容贤师弹奏技巧之高，琴声之美。

法惠寺横翠阁

朝见吴山横〔1〕，暮见吴山纵〔2〕。吴山故多态〔3〕，转折为君容〔4〕。幽人起朱阁，空洞更无物。惟有千步冈，东西作帘额。春来故国归无期〔5〕，人言秋悲春更悲。已泛平湖思濯锦〔6〕，更看横翠忆峨眉〔7〕。雕栏能得几时好〔8〕，不独凭栏人易老〔9〕。百年兴废更堪哀，悬知草莽化池台〔10〕。游人寻我旧游处，但觅吴山横处来〔11〕。

熙宁六年（1073）正月作。法惠寺在西湖。

〔1〕据《咸淳临安志》："吴山在城中，吴人祠子胥山上，因名曰胥山。"

〔2〕吴山朝横暮纵，是说它一日之间，你这时看它是这样，另一个时候瞧它又是另一个样子。

〔3〕朝暮山形有变，故云"多态"。

〔4〕转折:即上面说的纵横多态。容:装饰、打扮。《诗经·卫风·伯兮》:"自伯之东,首如飞蓬;岂无膏沐,谁适为容?"这里"为君容",是反用其意。

〔5〕这里故国犹如说故乡、老家。

〔6〕濯锦:即锦水,一名岷江。这句说泛西湖想念故乡的水。

〔7〕峨眉:即峨眉山。这句说见吴山更怀念故乡的山。

〔8〕雕栏:有彩饰的栏杆。

〔9〕这两句是用南唐李煜《虞美人》"雕栏玉砌应犹在,只是朱颜改"和《浪淘沙》"独自莫凭栏,无限江山"词意。

〔10〕悬知:预想到。

〔11〕这两句亦设想未来情事。

正月二十一日病后,述古邀往城外寻春

屋上山禽苦唤人,槛前冰沼忽生鳞〔1〕。老来厌伴红裙醉〔2〕,病起空惊白发新。卧听使君鸣鼓角,试呼稚子整冠巾〔3〕。曲栏幽榭终寒窘,一看郊原浩荡春。

熙宁六年作。陈述古,名襄,福建闽侯人,曾官御史,时被徙杭州。

〔1〕生鳞:言水起波纹。

〔2〕红裙:指女性。

〔3〕上句说述古来邀;下句写准备出游。

饮湖上初晴后雨(选一首)

水光潋滟晴方好[1],山色空濛雨亦奇[2]。欲把西湖比西子[3],淡妆浓抹总相宜。

熙宁六年正、二月间所作。这诗人人传诵,尤其是后二句,一直到现在,还被认为在所有咏西湖的诗中,是给西湖最恰当的评语。原二首,选第二首。

[1] 潋滟(liàn yàn 炼艳):水满貌。
[2] 空濛:形容雨中山色。
[3] 西子:谓西施,春秋时代越国的美人。

往富阳、新城,李节推先行三日,留风水洞见待

春山磔磔鸣春禽[1],此间不可无我吟。路长漫漫傍江浦,此间不可无君语。金鲫池边不见君,追君直过定山村。路人皆言君未远:"骑马少年清且婉[2]。"风岩水穴旧闻名,只隔山溪夜不行。溪桥晓溜浮梅萼,知君系马岩花落。[3]出城三日尚逶迤[4],妻孥怪骂归何时。世上小儿夸疾走,如君相待今安有!

熙宁六年作者奉命出巡浙西属县作。李节推名泌,一作佖;"节推"是节度推官的简称。

〔1〕磔(zhé 哲)磔:鸟声。

〔2〕《诗经·郑风·野有蔓草》:"有美一人,清扬婉兮。"清婉是形容容貌清秀美好。

〔3〕这两句描写前面说的那"骑马少年"去未远。

〔4〕逶迤(wēi yí 威移):长而曲,指路途。

自普照游二庵

长松吟风晚雨细,东庵半掩西庵闭。山行尽日不逢人,裛裛野梅香入袂〔1〕。居僧笑我恋清景:"自厌山深出无计〔2〕。"我虽爱山亦自笑,幽独神伤后难继〔3〕。不如西湖饮美酒,红杏碧桃香覆髻。作诗寄谢采薇翁〔4〕,本不避人那避世〔5〕!

熙宁六年正、二月间作者巡富阳时作。普照,寺名,建于唐代,五代石晋天福年间重修。作者另有《独游富阳普照寺》诗,未选。二庵,是离普照寺不远的延寿院东庵和西庵。

〔1〕裛(yì 邑)裛:形容香气袭衣。

〔2〕这句是居僧的话。

〔3〕这两句是说虽然爱山,但要是长处山中,自觉幽独神伤,恐怕难以继续下去的。杜甫《法镜寺》诗"神伤山行深",这里隐括其意。

〔4〕殷周之际,伯夷、叔齐隐于首阳山,采薇而食。这里采薇人指隐士、避世者。谢,辞谢不去。

〔5〕孔子说:"贤者辟世,其次辟地,其次辟色,其次辟人。"(见《论语·宪问》)辟,今作避。作者说自己做不到,原也不打算这样做。

新城道中二首

东风知我欲山行,吹断檐间积雨声。岭上晴云披絮帽,树头初日挂铜钲〔1〕。野桃含笑竹篱短,溪柳自摇沙水清。西崦人家应最乐〔2〕:煮芹烧笋饷春耕。

身世悠悠我此行,溪边委辔听溪声〔3〕。散材畏见搜林斧,疲马思闻卷斾钲〔4〕。细雨足时茶户喜,乱山深处长官清〔5〕。人间岐路知多少?试向桑田问耦耕〔6〕。

唐宋时所置的新城在杭州之西南,是杭的属县。作者熙宁六年春出巡自富阳过此时作。方回《瀛奎律髓》以为第二首系晁端友和作,然苏集诸本均列有,故依苏集选入。

〔1〕钲(zhēng征):古乐器,铃、铎之属。这里铜钲借喻日如圆铃。
〔2〕西崦(yān淹):犹如说西山。
〔3〕委辔:放松马的缰索。
〔4〕卷斾:犹如说收旗,意谓休息。
〔5〕长官并非指上级,据冯注:"宋时长官为呼县令之通称。"这句是赞美晁端友的廉洁。晁是新城县令。
〔6〕《论语·微子》:"长沮桀溺,耦而耕。"长沮、桀溺是孔子所遇见的隐士。这里以耦耕指长沮、桀溺一类的人。

山村五绝(选三首)

烟雨濛濛鸡犬声,有生何处不安生!但令黄犊无人佩[1],布谷何劳也劝耕[2]?

老翁七十自腰镰,惭愧春山笋蕨甜。岂是闻韶解忘味?迩来三月食无盐[3]。

杖藜裹饭去匆匆,过眼青钱转手空[4]。赢得儿童语音好,一年强半在城中[5]。

  熙宁六年春作。此诗讥刺新法,语多显露。后来曾受到御史们的纠弹,作者曾因此而被捕入狱。事见后《十二月二十八日,蒙恩责授检校水部员外郎黄州团练副使,复用前韵二首》注。原诗五首,选第二、三、四首。

  [1] 汉龚遂为渤海太守,那里的人民好带剑,龚遂劝他们卖剑买牛,说:"何为带牛佩犊?"
  [2] 布谷是催耕鸟,这里借以刺官吏。两句大意是:人民有牛,自会耕种,何劳官吏劝农!
  [3]《论语·述而》记孔子"在齐闻韶,三月不知肉味",这里借刺朝廷的盐法太峻,老百姓三月食不到盐,却并不是他们听到了韶乐,三月不知"盐"味。
  [4] 青钱:当时行青苗法,放"助役钱"、"预买钱"之类。

〔5〕两句说农民经常在城市,有误生产。强(qiǎng抢)半,大半。

同曾元恕游龙山,吕穆仲不至

青春不觉老朱颜,强半销磨簿领间[1]。愁客倦吟花似酒[2],佳人休唱日衔山[3]。共知寒食明朝过,且赴僧窗半日闲。命驾吕安邀不至[4],浴沂曾点暮方还[5]。

熙宁六年在杭州时作。龙山是杭州的名胜。曾元恕,作者的朋友;吕穆仲,作者的同僚,时任杭州观察防御团练推官。

〔1〕簿领:公文。
〔2〕杜甫诗:"花光浓似酒。"此用其意。
〔3〕李白《乌栖曲》:"吴歌楚舞歌未毕,青山欲衔半边日。"
〔4〕命驾:叫人预备车马,意即出行。吕安:晋时人,与嵇康友善,他很佩服嵇康;每一相思,哪怕千里,也要去看嵇康。这里吕安实指吕穆仲。
〔5〕沂水在山东。曾点:孔子弟子。《论语·先进》上有这样一段记载:某次,孔子向几个弟子问他们的志愿,有的答治国,有的谈足民,有的说想办好国交,意思是一样的。曾点却委宛表示希望"暮春者,春服既成,冠者五六人,童子六七人,浴乎沂,风乎舞雩,咏而归"。孔子独取曾点。这里借曾点指曾元恕。

赠别

青鸟衔巾久欲飞[1],黄莺别主更悲啼[2]。殷勤莫忘分携

87

处:湖水东边凤岭西。

熙宁六年作。

〔1〕青鸟:在我国神话中,是西王母的使者。衔:同含。这句意思是说她有情含巾,无法留住。

〔2〕唐代戎昱有歌妓甚美,被他的上司韩滉要去,昱写了一首诗送她:"好去春风湖上亭,柳条藤蔓系离情。黄莺久住浑相识,欲别频啼四五声。"此用其意。

次韵代留别

绛蜡烧残玉斝飞〔1〕,离歌唱彻万行啼。他年一舸鸱夷去,应记侬家旧住西〔2〕。

熙宁六年作。这是前首诗的和韵——答词,代作那将离去的女子留别男子的话。

〔1〕绛蜡:即红烛。斝(jiǎ 假):古代饮器,用以盛酒的,后来叫杯子。

〔2〕舸(gě 葛):船。春秋时代,越国的谋臣范蠡帮助越王勾践灭吴兴越,事前他们曾把越国的美人西施——那住在若耶溪西边姓施的浣纱女——献给吴王;灭吴后范蠡认定越王勾践将会杀戮功臣,他隐去,化名"鸱夷子皮",泛舟游五湖,传说还带着取回了的西施。这两句诗意是说你若化名远去,别忘记来取我。按:越灭吴,西施死。唐杜牧偶有"西子下姑苏,一舸逐鸱夷"(《杜秋娘诗》)诗句,后世遂以讹传讹。苏轼这样

说亦"姑妄言之"耳。

於潜令刁同年野翁亭

山翁不出山,溪翁长在溪。前二令作二翁亭。[1]不如野翁来往溪山间,上友麋鹿下凫鹥[2]。问翁何所乐?三年不去烦推挤。翁言此间亦有乐,非丝非竹非蛾眉。山人醉后铁冠落[3],溪女笑时银栉低[4]。我来观政问风谣,皆云吠犬足生氂[5]。但恐此翁一旦舍此去,长使山人索寞溪女啼!天目山唐道士常冠铁冠。於潜妇女皆插大银栉,长尺许,谓之蓬沓。

熙宁六年作。於潜县令刁铸,建野翁亭,作者为他写这首诗,说他有好的政绩。於潜县,今浙江临安县。同年,是同一科考试取录者的称呼。

〔1〕二翁亭:山翁亭、溪翁亭。

〔2〕凫鹥(fú yī 符医):野鸭之类的水鸟。

〔3〕山人:道士之称。

〔4〕栉:古代叫梳子、枇子做栉,今日本犹如此称。

〔5〕《后汉书》记载魏郡人民歌颂太守岑熙的功德:"我有枳棘,岑君伐之;我有蟊贼,岑君遏之;吠犬不惊,足下生氂。含哺鼓腹,焉知凶灾。"氂(lí 离),兽的箭毛,长而硬。吠犬足生氂,是说连看家的狗都没有什么事干,终日休息,所以足部长起了氂毛。极言其政事无为而治,使人民得到了休养生息。

於潜女

青裙缟袂於潜女[1],两足如霜不穿屦。觰沙鬓发丝穿杼[2],蓬沓障前走风雨。老濞宫妆传父祖[3],至今遗民悲故主[4]。苕溪杨柳初飞絮,照溪画眉渡溪去。逢郎樵归相媚妩,不信姬姜有齐鲁[5]。

熙宁六年作。

〔1〕缟:白色织品。袂:袖子,这里指衣。

〔2〕觰(zhā 扎)沙(读 suō 梭):两角翘张的样子。韩愈《月蚀》诗:"赤鸟司南方,尾秃翅觰沙。"这里用来形容於潜女子的鬓。丝穿杼:是指她头上横插着一尺长的大银栉——蓬沓,仿佛是黑丝在织机上一样。

〔3〕老濞(bì 毕):汉初的吴王刘濞,这里借指五代的吴越王。这句是说於潜女子这种头部装饰,还是吴越王时代的宫妆,从她的祖代、母代传下来,到今还未改变。

〔4〕故主:指吴越王。

〔5〕周初,太公姜尚封于齐;周公姬旦的儿子伯禽封于鲁;姜氏、姬氏是齐、鲁的贵族。前二句极言於潜女之美,夫妇间相爱,和从事劳动——渔樵之乐。这一句是设说在这种人物和这样生活里,不省人间还有什么姬姜美女、要什么齐鲁封疆!

自昌化双溪馆下步寻溪源,至治平寺二首

乱山滴翠衣裘重,双涧响空窗户摇[1]。饱食不嫌溪笋瘦,穿林闲觅野芎苗。却愁县令知游寺,尚喜渔人争渡桥。正似醴泉山下路[2],桑枝刺眼麦齐腰。

每见田园辄自招[3],倦飞不拟控扶摇[4]。共疑杨恽非锄豆[5],谁信刘章解立苗[6]。老去尚贪彭泽米[7],梦归时到锦江桥[8]。宦游莫作无家客,举族长悬似细腰[9]。

二首均熙宁六年游昌化时作者怀乡思归之作。昌化,今浙江临安县。

〔1〕双涧:昌化县的溪,南北分流。

〔2〕醴泉山:在眉州——作者的故乡。

〔3〕招:谓招隐。

〔4〕陶渊明《归去来兮辞》:"鸟倦飞而知还。"《庄子·逍遥游》说鹏飞"抟扶摇而上者九万里"。这句诗意说有前者的归志,无后者的雄图。

〔5〕汉时杨恽字子幼,华阴人,他是杨敞的孙子,司马迁的外孙;宣帝时,封平通侯。他常爱揭发别人阴秘,和讥弹当代君臣,后获罪被废为庶人,他率妻子从事耕种,作歌:"田彼南山,芜秽不治,种一顷豆,落而为萁。人生行乐耳,须富贵何时!"语含怨刺,被腰斩。(事见《汉书·杨敞

传》)据张晏注这首歌说:"山高而在阳,人君之象也;芜秽不治,言朝廷之荒乱也;一顷,百亩,喻百官也;言豆者贞实之物,当在困仓;零落在野,喻已见放弃也;萁,曲而不直,言朝臣皆诡谀也。"苏轼用这个典故,意谓杨恽锄豆,还遭受到人家的猜疑。曲折地慨说自己的处境。

〔6〕汉贵族刘章,封朱虚侯,时吕后执政,吕家的人很得势,有三个封王;刘家的人很失势,许多王被废。刘章有一次为吕后行酒,他要求用军法,吕后许可了他,他在席前歌舞,歌的是:"深耕穊种,立苗欲疏;非其种者,锄而去之。"这歌意前两句指刘氏,后两句指诸吕,所以当时吕后听了"默然"。接着他借口以军法治逃酒者杀了一个姓吕的。以后诸吕怕他,刘氏子弟依赖他(事见《史记·齐悼惠王世家》)。作者在这句诗中,意指自己有刘章之心,而未获见信。

〔7〕老去:犹如说老大、有年纪了。陶渊明做彭泽县令,以公田五十亩种粳稻,做粮食;以一百五十亩种秫(糯米),好酿酒。后来辞职归隐,说是不愿见上司派来的督邮(视察地方的小官):"不能为五斗米折腰见乡里小儿。"这里作者自慨复自嘲做官不过是为了一点点薪俸。

〔8〕锦江桥:在成都。

〔9〕此用韩愈《孟东野夫子》"细腰不自乳,举族长孤悬"诗意,说谋生无术,全家挨饿。

立秋日祷雨,宿灵隐寺,同周徐二令

百重堆案掣身闲[1],一叶秋声对榻眠。床下雪霜侵户月,枕中琴筑落阶泉[2]。崎岖世味尝应遍,寂寞山栖老更便。惟有悯农心尚在,起占云汉更茫然[3]。

熙宁六年作。是年秋旱,作者祈雨而未见雨,故末句有茫然之感。

〔1〕百重堆案:极言文牍之多,形容公事之繁。

〔2〕床下雪霜:描写久看月光;枕中琴筑:形容卧听泉声。两句暗示不眠。

〔3〕云汉:天河。占云汉,视天河的情形,卜明日的晴雨,所以说"占";一本作"瞻",意同。《诗经·大雅·云汉》一篇,据小序说是歌颂周宣王的,首章"倬彼云汉,昭回于天",写宣王仰望天河,深惧旱灾;以后各章均以"旱既太甚"起句,写宣王忧心国事。作者意或本此。

佛日山荣长老方丈五绝(选三首)

千株玉槊搀云立[1],一穗珠旒落镜寒[2]。何处霜眉碧眼客[3],结为三友冷相看。

食罢茶瓯未要深,清风一榻抵千金。腹摇鼻息庭花落,还尽平生未足心[4]。

日射回廊午枕明,水沉销尽碧烟横[5]。山人睡觉无人见,只有飞蚊绕鬓鸣。

佛日山在杭州东北,五代吴越王建佛日院于此,宋祥符年间改称净慧禅院。据查注引《咸淳临安志》:作者于熙宁六年七月五日来游,留赠长老荣公诗五首。兹选第二、四、五首。

〔1〕 槊:长矛。搀:刺。此句写竹。

〔2〕 珠旒:珠的垂串。镜:形容池水平净。此句写泉。

〔3〕 此句写荣长老。

〔4〕 言平生未睡足,这一觉补还。

〔5〕 水沉:即沉香,是用一种薰香科植物做成的香。它与佛教有密切的关系,其制造与使用,是由印度传入中国的。

有美堂暴雨

游人脚底一声雷,满座顽云拨不开。天外黑风吹海立,浙东飞雨过江来。十分潋滟金樽凸〔1〕,千杖敲铿羯鼓催〔2〕。唤起谪仙泉洒面〔3〕,倒倾鲛室泻琼瑰〔4〕。

有美堂是嘉祐二年(1057)杭州太守梅挚所建,在吴山上;堂名"有美",是因宋仁宗赐梅挚诗"地有吴山美,东南第一州"而取的。在当时,欧阳修曾为之作记,有许多人作诗、文题咏它。作者也曾屡到,这一次是在熙宁六年的初秋。这诗写暴雨,是苏轼诗中的名篇之一。

〔1〕 写水势——如同十分满的酒凸过了杯面。

〔2〕 写雨声——像是千锤急下敲响着皮鼓。

〔3〕 谪仙:天上谪贬下凡来的仙人,指李白(这称呼是由贺知章说李白是"天上谪仙人"而来)。唐玄宗召李白赋诗,时李白已醉,玄宗以清水洒其面,使他醒来。这句意谓天帝要唤起谪仙李白。

〔4〕《述异记》说南海之中有鲛人室。鲛室,犹如说龙宫。琼、瑰(这里读 huái 槐),美玉、美石,这里指好文好诗。

八月十五日看潮五绝

定知玉兔十分圆〔1〕,已作霜风九月寒。寄语重门休上钥〔2〕,夜潮留向月中看。

万人鼓噪慑吴侬〔3〕,犹是浮江老阿童〔4〕。欲识潮头高几许:越山浑在浪花中。

江边身世两悠悠,久与沧波共白头。造物亦知人易老,故教江水向西流〔5〕。

吴儿生长狎涛渊〔6〕,冒利轻生不自怜。东海若知明主意,应教斥卤变桑田。〔7〕是时新有旨禁弄潮。

江神河伯两醯鸡〔8〕,海若东来气吐霓。安得夫差水犀手〔9〕:三千强弩射潮低!吴越王尝以弓弩射潮头,与海神战,自尔水不近城〔10〕。

熙宁六年中秋节看钱塘江潮之作。

〔1〕我国神话:月宫里有白兔(玉兔)捣药,故以玉兔作月的代称。

〔2〕重门:九重天门。钥:锁。

〔3〕万人鼓噪:形容潮势涛声,如同万人鼓噪进军。慑(shè 设):吓唬。吴语称我为"侬",一般以"吴侬"指吴人。这句是指晋时王濬平吴事。参看下注。

〔4〕晋王濬小名阿童,平蜀以后,他就积极造战船、练水军,后来顺流东下,消灭了吴国。这句是说像是王濬的军队浮江而至。是,一本作似。

〔5〕钱塘江水因被海潮涌阻而逆流,故云。

〔6〕狎:亲昵、玩弄。

〔7〕这首刺朝廷,前二句言"弄潮之人,贪官中利物,致其间有溺死者"(据《乌台诗案》)。后二句说朝廷好兴水利,可惜海水无知。斥卤,产盐之地,指海。

〔8〕醯(xī 稀)鸡:传说是酒上面的一种小虫,它能使酒发酵。这里把江神、河伯比作水上的醯鸡,他们使江海生潮。

〔9〕夫差:人名,春秋时代的吴王,这里借指五代时的吴越王。《国语》:"夫差衣水犀之甲者三千。"

〔10〕自尔:从此。

陌上花三首并引

游九仙山,闻里中儿歌《陌上花》,父老云:吴越王妃每岁春必归临安[1],王以书遗妃,曰:"陌上花开,可缓缓归矣。"吴人用其语为歌,含思宛转,听之凄然。而其词鄙野,为易之云。

陌上花开蝴蝶飞,江山犹是昔人非。遗民几度垂垂老,游女还歌缓缓归[2]。

陌上山花无数开,路人争看翠軿来[3]。若为留得堂堂去,且更从教缓缓回。

生前富贵草头露,身后风流陌上花。已作迟迟君去鲁[4],犹歌缓缓妾还家[5]。

　　这是作者据当时民歌加工,颇为后世所传诵的作品。约作于熙宁六年。

　　[1] 五代时钱镠据浙,称吴越王,建都临安(杭州)。到了他的孙子钱俶,降宋,国除,移家汴京(开封)。这里吴越王妃是指俶的妻子。

　　[2] 各本作"长歌"。翁方纲手批本云:"长,一作还。还字胜。"

　　[3] 軿(píng 平):有帏幔的车子,古代贵族妇女所乘。

　　[4]《孟子·尽心下》:"孔子之去鲁,曰:'迟迟吾行也,去父母国之道也。'"这里借喻钱俶离别了他的故国降宋,到宋京汴京去。

　　[5] 各本作"犹教"。此作犹歌,亦据翁校。

宿海会寺

篮舆三日山中行[1],山中信美少旷平。下投黄泉上青冥[2],线路每与猿狖争[3]。重楼束缚遭涧坑,两股酸哀饥

97

肠鸣。北渡飞桥踏彭铿[4],缭垣百步如古城[5]。大钟横撞千指迎[6],高堂延客夜不扃[7]。杉槽漆斛江河倾[8],本来无垢洗更轻。倒床鼻息四邻惊,纨如五鼓天未明[9]。木鱼呼粥亮且清,不闻人声闻履声。

　　海会寺即竹林寺,是杭州的大刹,梁时始建,吴越王时扩大,宋真宗朝重修。据查注引蔡襄《碑记》:"是时吴中浮屠居虽千百数,无是伦者。"熙宁六年秋,作者曾在这里住宿,作此诗。

〔1〕篮舆:竹轿。
〔2〕青冥:青天。
〔3〕言仅此一线之径,形容路极窄,未免与猿狖争道。狖(yòu 佑),亦猴类。
〔4〕彭铿:象声字,脚踏着飞桥发出的音响。
〔5〕缭垣:即绕墙。
〔6〕千指:即百人,形容人多。
〔7〕扃:关门。
〔8〕槽:浴池。斛:盛水冲洗之具。江河倾:形容浴室水多。
〔9〕纨(dǎn 胆):打鼓声。

初自径山归,述古召饮介亭,以病先起

西风初作十分凉,喜见新橙透甲香[1]。迟暮赏心惊节物,登临病眼怯秋光。惯眠处士云庵里[2],倦醉佳人锦瑟旁[3]。

犹有梦回清兴在,卧闻归路乐声长。

熙宁六年作。介亭在杭州凤凰山。

〔1〕甲:指果实的皮。
〔2〕唐末,处士方干居云庵。
〔3〕用杜甫《曲江对雨》诗:"暂醉佳人锦瑟旁。"

书双竹湛师房(选一首)

暮鼓朝钟自击撞,闭门孤枕对残釭[1]。白灰旋拨通红火,卧听萧萧雨打窗。

熙宁六年作。双竹寺在杭州,湛师是寺的住持。原二首,选第二首。

〔1〕釭:一作缸,灯盏。

宝山新开径

藤梢橘刺元无路[1],竹杖棕鞋不用扶。风自远来闻笑语,水分流处见江湖。回观佛国青螺髻[2],踏遍仙人碧玉壶[3]。野客归时山月上,棠梨叶战暝禽呼[4]。

熙宁六年作。

〔1〕元:通原。此句师杜甫《将赴成都草堂有作》诗:"橘刺藤梢咫尺迷。"

〔2〕作者自宝山下来,返顾山上。据《咸淳临安志》,宝山上有广严寺,故借指宝山为佛国。青螺髻,形容山色苍翠,盘耸如髻。

〔3〕《神仙传》说费长房曾进入卖药仙人的药壶里去,那壶中别有天地。这里以碧玉壶形容宝山一路,有如仙境。

〔4〕战:颤。暝禽:宿鸟。

夜至永乐文长老院,
文时卧病退院

夜闻巴叟卧荒村〔1〕,来打三更月下门〔2〕。往事过年如昨日,此身未死得重论。老非怀土情相得,病不开堂道益尊〔3〕。惟有孤栖旧时鹤,举头见客似长言。

熙宁六年冬作。永乐乡在秀水县,文长老已见前《秀州报本禅院乡僧文长老方丈》。院即报本禅院。

〔1〕巴叟:指文长老。前诗亦称"蜀叟"。

〔2〕应题"夜至"。借用贾岛《题李凝幽居》"鸟宿池边树,僧敲月下门"诗意。

〔3〕《传灯录》:"长老未开堂,不答话。"前诗说"师已忘言真有道",现在长老已病,未开堂,不答话,所以说"道益尊"。

过永乐文长老已卒

初惊鹤瘦不可识[1],旋觉云归无处寻[2]。三过门间老病死,一弹指顷去来今[3]。存亡惯见浑无泪,乡井难忘尚有心。欲向钱塘访圆泽,葛洪川畔待秋深[4]。

熙宁五年末,作者过嘉兴时有赠《秀州报本禅院乡僧文长老方丈》诗;六年冬,作者再过那里,有《夜至永乐文长老院,文时卧病退院》诗(均见前)。这是第三次去看文长老,时间距离第二次不久,而长老已死了。

[1] 鹤瘦:喻病瘦如鹤。不可识:形容病者病得脱了形,几乎使人认不得了。

[2] 云归:乘云归去,喻死。

[3] 一弹指顷:是佛家语,形容时间很短。

[4] 圆泽:唐代僧人,与李源友善。他的"异迹"在宋时很流传,作者曾作有《圆泽传》,说他死前预告李源,将"投胎"为王氏子,"十三年中秋月夜,杭州天竺寺外,当与公相见",果然,"至暮,泽亡。……三日往视之,儿见源果笑。……后十三年,自洛适吴,赴其约,闻葛洪川畔有牧童扣牛角而歌曰:'三生石上旧精魂,赏月吟风不要论。惭愧情人远相访,此身虽异性长存。'呼谓:'泽公健否?'答曰:'李公真信士……'"这里作者期望——也就是虚望文长老能够再生,与之重见。

除夜野宿常州城外二首

行歌野哭两堪悲,远火低星渐向微。病眼不眠非守岁[1],乡音无伴苦思归。重衾脚冷知霜重,新沐头轻感发稀。多谢残灯不嫌客,孤舟一夜许相依。

南来三见岁云徂[2],直恐终身走道涂。老去怕看新历日,退归拟学旧桃符[3]。烟花已作青春意,霜雪偏寻病客须。但把穷愁博长健,不辞最后饮屠苏[4]。

熙宁六年作。
〔1〕此用白居易《除夜》"病眼少眠非守岁"句。
〔2〕岁云徂:一年过了。
〔3〕我国旧俗,过年用桃木版画神荼、郁垒二神像,装在门扇上,叫作桃符。后来不用木,以纸代。
〔4〕过春节喝屠苏酒,也是我国旧俗。按例是年最小者先喝,年最长者最后喝。这两句暗用杜甫《江畔独步寻花七绝句》"诗酒尚堪驱使在,未须料理白头人"诗意。

金山寺与柳子玉饮,大醉,卧宝觉禅榻。夜分方醒,书其壁

恶酒如恶人,相攻剧刀箭。颓然一榻上,胜之以不战。诗翁

气雄拔[1],禅老语清软[2]。我醉都不知,但觉红绿眩。醒时江月堕,撼撼风响变[3]。惟有一龛灯,二豪俱不见[4]。

熙宁七年(1074)春作。查注:"此诗真迹,鄱阳洪迈得之,淳熙十六年,刻石于当涂之郡斋,题云:'与柳子玉、宝觉师会金山作'。"柳子玉,名瑾,吴人。

〔1〕诗翁:指柳子玉。
〔2〕禅老:指宝觉。
〔3〕撼(shè 社)撼:叶落声。
〔4〕晋刘伶《酒德颂》:"二豪侍侧焉,若蜾蠃之与螟蛉。"这里二豪戏指柳、宝。

游鹤林招隐二首

郊原雨初霁,春物有馀妍。古寺满修竹,深林闻杜鹃。睡馀柳花堕,目眩山樱然[1]。西窗有病客,危坐看香烟。

行歌白云岭,坐咏修竹林。风轻花自落,日薄山半阴。涧草谁复识?闻香杳难寻。时见城市人,幽居惜未深。

熙宁七年春作。鹤林寺、招隐寺,均在丹徒。

〔1〕然:通燃,形容红灼灼的样子。

常润道中,有怀钱塘,寄述古(选二首)

草长江南莺乱飞[1],年来事事与心违:花开后院还空落,燕入华堂怪未归。世上功名何日是?樽前点检几人非!去年柳絮飞时节,记得金笼放雪衣[2]。杭人以放鸽为太守寿。

浮玉山头日日风[3],即金山也。涌金门外已春融[4]。二年鱼鸟浑相识,三月莺花付与公。剩看新翻眉倒晕,未应泣别脸消红[5]。何人织得相思字,寄与江边北向鸿[6]。

熙宁七年春作。原五首,选其二、其三。
〔1〕用丘迟《答陈伯之书》"暮春三月,江南草长,杂花生树,群莺乱飞"文意。
〔2〕金笼:铜丝鸟笼。雪衣:白鸽。
〔3〕浮玉山:指金山。此言作者所在地,天天刮风。
〔4〕涌金门:杭州城门之一。此想象述古所在地,已是春深。
〔5〕二句疑指杭州官妓。
〔6〕江边北向鸿:作者自喻。

无锡道中赋水车

翻翻联联衔尾鸦[1],荦荦确确蜕骨蛇[2]。分畴翠浪走云阵,刺水绿针插稻芽。洞庭五月欲飞沙[3],鼍鸣窟中如打衙[4]。天公不见老翁泣,唤取阿香推雷车[5]。

熙宁七年,作者游无锡作。
〔1〕翻翻(翩翩)联联:形容衔尾而飞的鸦。这一句借喻水车转动时的状态。
〔2〕荦(luò 洛)荦确确:硬瘦貌,形容脱皮剩骨的蛇。这句借喻水车静止的状态。江南一带叫水车为龙骨车,龙即蛇。
〔3〕洞庭:太湖的洞庭山。
〔4〕鼍(tuó 陀):一种脊椎类的爬行动物,略似鳄鱼,它的鸣声江淮一带称为"鼍更"、"鼍鼓"。传说天旱水干,则鼍鸣窟中。
〔5〕我国神话:阿香是推雷车的女神。

僧惠勤初罢僧职

轩轩青田鹤[1],郁郁在樊笼[2]。既为物所縻[3],遂与吾辈同。今来始谢去,万事一笑空。新诗如洗出,不受外垢蒙;清风入齿牙,出语如风松[4]。霜髭茁病骨[5],饥坐听午钟。"非诗能穷人,穷者诗乃工"。此语信不妄,吾闻诸醉翁[6]。

熙宁七年六月,作者回杭州后作。
〔1〕轩轩:自得、出群的样子。这里以鹤比惠勤。
〔2〕郁郁:沉闷的样子。这里以鹤在笼中喻惠勤担任着职务。
〔3〕縻:羁绊。

〔4〕风松:一作松风。这两句极言惠勤的诗如此清新。
〔5〕霜髭:白胡须。茁:萌出。病骨:形容惠勤的面貌枯瘦。
〔6〕醉翁:欧阳修的号。欧阳修说:"非诗能穷人,殆穷者而后工。"(《梅圣俞诗序》)

游灵隐高峰塔

言游高峰塔〔1〕,蓐食治野装〔2〕。火云秋未衰,及此初旦凉。雾霏岩谷暗,日出草木香。嘉我同来人,久便云水乡。相劝小举足,前路高且长。古松攀龙蛇,怪石坐牛羊。渐闻钟磬音,飞鸟皆下翔。入门空有无,云海浩茫茫。惟见耆道人,老病时绝粮。问年笑不答,但指穴藜床〔3〕。心知不复来,欲归更彷徨。赠别留匹布,"今岁天早霜"〔4〕。

熙守七年秋作。
〔1〕言字是语助辞。《诗经·邶风·泉水》:"驾言出游。"
〔2〕蓐食:饱食、早食。
〔3〕穴:穿孔。藜床:木榻。三国时高士管宁,居辽东,他常坐的木榻用了五十馀年,那榻被他的膝头磨穿了洞(古代坐法,是跪着的,臀部坐在脚踵上)。这里写耆道人指着坐穿了的木榻来回答他的年高。
〔4〕末句是作者留赠布匹时说的话。

青牛岭高绝处有小寺,人迹罕到

暮归走马沙河塘,炉烟袅袅十里香。朝行曳杖青牛岭,崖泉咽咽千山静。君勿笑老僧,耳聋唤不闻,百年俱是可怜人。明朝且复城中去,白云却在题诗处[1]。

此作者题壁诗,作于熙宁七年八月。岭即宝福山,寺名多福寺。见《咸淳临安志》。

〔1〕此诗《咸淳临安志》所载者与通行本多异,如"炉烟"作"青烟";"朝行"作"秋行";"崖泉"作"寒泉";"勿笑"作"莫笑";"老僧"作"山僧";"明朝"句,作"还冲细雨山前去";"却在"作"正在"。

与毛令方尉游西菩寺二首

推挤不去已三年,鱼鸟依然笑我顽。人未放归江北路,天教看尽浙西山。尚书清节衣冠后[1],处士风流水石间[2]。一笑相逢那易得?数诗狂语不须删。

路转山腰足未移,水清石瘦便能奇。白云自占东西岭[3],明月谁分上下池[4]。黑黍黄粱初熟后,朱柑绿橘半甜时。人生此乐须天付,莫遣儿郎取次知[5]。

西菩寺在於潜西菩山,是唐代的旧寺,宋改名明智寺。熙宁七年八月,作者偕於潜县令毛宝、县尉方武同游作。

〔1〕指魏尚书仆射毛玠。《三国志》:"魏太祖以素屏风、素凭几赐玠,曰:'君有古人之风,故赐君以古人之服。'玠居显位,常布衣蔬食。"

毛宝是毛玠的后人。衣冠：士大夫阶级。

〔2〕唐末有方干字雄飞者，终身不仕，《唐书》记他"遁于会稽鉴湖之滨，渔钓为乐，时号逸士"。这里以方武比方干。

〔3〕王注引《於潜图经》："寺前有东、西两山。"

〔4〕查注引《咸淳临安志》："寺中有清凉池、明月池。"

〔5〕取次知：轻易知道。

赠写真何充秀才

君不见潞州别驾眼如电，左手挂弓横捻箭〔1〕；又不见雪中骑驴孟浩然，皱眉吟诗肩耸山〔2〕：饥寒富贵两安在？空有遗像留人间。此身常拟同外物，浮云变化无踪迹。问君何苦写我真？君言"好之聊自适"。黄冠野服山家容〔3〕，意欲置我山岩中。勋名将相今何限〔4〕，往写褒公与鄂公〔5〕。

这是作者赠给画家何充的诗，熙宁七年作。写真，画像。何充，字浩然，宋代有名的肖像画家，作者写给王定国的信提到他的画艺很精："苏州何充画真，虽不全似，而笔墨之精，已可奇也。"

〔1〕唐玄宗没有做皇帝时，封临淄郡王，曾兼过潞州别驾，有威仪，善骑射。宋时，潞州启圣宫有他的射姿画像。相传唐玄宗一目斜视，故画工为他设计"横捻箭"瞄射之状来掩饰。

〔2〕孟浩然，唐代大诗人，襄阳人，世称孟襄阳。他的驴背寻诗佳话是传闻一时的。我国绘画史上有名的《七贤雪中过关图》里的七贤是张说、张九龄、李白、李华、王维和孟浩然，再加上图的作家郑虔。

〔3〕黄冠:道士之冠;野服:山人之服。这句是说何充所画作者的形象。

〔4〕何限:言其很多。

〔5〕杜甫《丹青引》写曹霸画唐代功臣的像:"良相头上进贤冠,猛将腰间大羽箭。褒公鄂公毛发动,英姿飒爽来酣战。"褒公,段志玄;鄂公,尉迟敬德:都是唐代的开国功臣。这里用以指当时的勋名将相。

润州甘露寺弹筝

多景楼上弹神曲,欲断哀弦再三促。江妃出听雾雨愁,白浪翻空动浮玉。金山名。唤取吾家双凤槽〔1〕,遣作三峡孤猿号〔2〕。与君合奏芳春调,啄木飞来霜树杪〔3〕。

熙宁七年冬作。润州,今江苏镇江。作者有《采桑子》词并序云:"润州甘露寺多景楼,天下之殊景也。甲寅仲冬,余同孙巨源、王正仲参会于此。有胡琴者,姿色尤好。三公皆一时英秀,景之秀、妓之妙,真为希遇。饮阑,巨源请于余曰:'残霞晚照,非奇才不尽。'余作此词:'多情多感仍多病,多景楼中。尊酒相逢,乐事回头一笑空。停杯且听琵琶语,细捻轻拢。醉脸春融,斜照江天一抹红。'"

〔1〕相传唐玄宗时,一个姓季的太监,出差到蜀,得到了很名贵的逻娑檀木,用以做琵琶的槽,献给玄宗。那槽上面有金缕红文的双凤图案,故名"双凤槽"。这里借用这个琵琶的名字。作者蜀人,故称"吾家"。

〔2〕这句是想象中双凤槽琵琶弹出了三峡的猿啼。此应上句,并

用蜀典。

〔3〕啄木:鸟名。这里形容琵琶弹出另一种如鸟啄霜树(枯木)之声。按:题是"弹筝",以上却都用琵琶典故,旨在借衬。

铁沟行赠乔太博

城东坡陇何所似?风吹海涛低复起[1]。城中病守无所为[2],走马来寻铁沟水。铁沟水浅不容辀[3],恰似当年韩与侯[4]。有鱼无鱼何足道,驾言聊复写我忧[5]。孤村野店亦何有?欲发狂言须斗酒。山头落日侧金盆,倒著接䍦搔白首[6]。忽忆从军年少时:轻裘细马百不知,臂弓腰箭南山下,追逐长杨射猎儿[7]。老去同君两憔悴,犯夜醉归人不避[8]。明年定起故将军,未肯先诛霸陵尉[9]。

铁沟,水名,在山东诸城东北。乔太博,名叙,字禹功。"太博"是太常寺博士的简称。此诗熙宁七年末作,时作者徙知密州。

〔1〕言坡陇高低,如风吹海涛。

〔2〕病守:老病的太守,作者自谓。

〔3〕辀:车辕。韩愈《赠侯喜》诗:"温水微茫绝又流,深如车辙阔容辀。"此言"不容辀",形容水浅,河床像是一道车辙。

〔4〕韩指韩愈,侯指侯叔起。韩愈《赠侯喜》诗:"吾党侯生字叔起,呼我持竿钓温水。"

〔5〕此句用《诗经·邶风·泉水》:"驾言出游,以写我忧"句意。写即泻字。

〔6〕《晋书》记襄阳儿童歌:"时时能骑马,倒著白接䍦。"接䍦(lí离),头巾。倒著接䍦,写醉态。

〔7〕长杨:秦代有长杨宫,汉代辟为射熊馆。

〔8〕有某种警戒,夜间不许通行,违者叫做"犯夜"。

〔9〕《史记·李将军列传》,说李广罢职后"居蓝田南山中,射猎,尝夜从一骑出,从人田间饮,还至霸陵亭,霸陵尉醉呵止广。广骑曰:'故李将军!'尉曰:'今将军尚不得夜行,何乃故也!'止广宿亭下"。后来匈奴入寇,"天子乃召拜广为右北平太守,广即请霸陵尉与俱,至军而斩之"。这里说"明年定起",是作者安慰乔叙的话。乔叙虽没有做过将军,但想转任武职,其后果如其愿。作者另有诗云:"今年果起故将军。"

出城送客,不及,步至溪上(选一首)

送客客已去,寻花花未开。未能城里去,且复水边来。父老借问我:"使君安在哉?"今年好风雪[1],会见麦千堆。

熙宁八年(1075)初春,在密州作。原二首,选第一首。

〔1〕风:一本作雨。

惜花

吉祥寺中锦千堆,钱塘花最盛处。前年赏花真盛哉[1]。道人劝我清明来,腰鼓百面如春雷,打彻《凉州》花自开[2]。沙河塘上插花回,醉倒不觉吴儿哈[3]。岂知如今双鬓摧,城西古寺没蒿莱。有僧闭门手自栽,千枝万叶巧剪裁。就中一丛何所似:马瑙盘盛金缕杯。而我食菜方清斋[4],对花不饮花应猜。夜来雨雹如李梅[5],红残绿暗吁可哀[6]!钱塘吉祥寺花为第一。壬子清明,赏会最盛,金盘彩篮以献于座者五十三人。夜归沙河塘上,观者如山,尔后无复继也。今年诸家园圃花亦极盛,而龙兴僧房一丛尤奇。但衰病牢落,自无以发兴耳。昨日雨雹,知此花之存者有几?可为太息也!

熙宁八年,在密州作。花系牡丹。

〔1〕前年:指大前年——熙宁五年在杭时,即诗末作者自注"壬子清明"时事。

〔2〕《凉州》:曲名。

〔3〕哈(hāi 咳):调笑。

〔4〕作者这时因旱灾、蝗灾而斋戒吃素。

〔5〕雨(读 yù 预):动词,下、落。李梅:形容雹块大小。

〔6〕红残、绿暗:形容被雹打后的花叶现象。

和子由四首(选二首)

送春

梦里青春可得追?欲将诗句绊馀晖。酒阑病客惟思睡[1],

蜜熟黄蜂亦懒飞。芍药樱桃俱扫地[2],病过,此二物扫地。鬓丝禅榻两忘机[3]。凭君借取《法界观》[4],一洗人间万事非。来书云"近看此书",余未尝见也。

首夏官舍即事

安石榴花开最迟[5],绛裙深树出幽菲。吾庐想见无限好[6],客子倦游胡不归[7]。坐上一樽虽得满[8],古来四事巧相违[9]。令人却忆湖边寺[10]:垂柳阴阴昼掩扉。

熙宁八年,在密州作。原四首,选二首。《送春》,子由原作是次韵刘敏(长清)的;《首夏官舍即事》,子由原作是次韵赵至的。

〔1〕酒阑:饮酒将罢。
〔2〕扫地:是说花谢了。
〔3〕忘机:没有机心,言心无得失、无纷扰。
〔4〕《法界观(读 guàn 贯)》是佛教华严宗的一部重要著作的简称,本名《修大方广佛华严法界观门》,唐杜顺著。
〔5〕安石榴:即石榴。
〔6〕陶渊明《读山海经》其一:"孟夏草木长,绕屋树扶疏。众鸟欣有托,吾亦爱吾庐。"此用其意。
〔7〕这里用陶渊明《归去来兮辞》"归去来兮,田园将芜胡不归"辞意。
〔8〕汉末孔融语:"坐上客常满,樽中酒不空,吾无忧矣。"
〔9〕四事:良辰,美景,赏心,乐事。
〔10〕湖:指西湖。这里作者怀念他的旧游地。

答陈述古(选一首)

漫说山东第二州[1],枣林桑泊负春游。城西亦有红千叶,人老簪花却自羞[2]。

  熙宁八年作。原二首,选第一首。
 〔1〕山东第二州:谓密州。
 〔2〕作者在杭时有《吉祥寺赏牡丹》诗云:"人老簪花不自羞,花应羞上老人头。醉归扶路人应笑,十里珠帘半上钩。"这里引用自己旧作诗意。

和文与可洋川园池(选五首)

湖桥

朱栏画柱照湖明,白葛乌纱曳履行[1]。桥下龟鱼晚无数,识君拄杖过桥声。

横湖

贪看翠盖拥红妆[2],不觉湖边一夜霜。卷却天机云锦段,从教匹练写秋光。

书轩

雨昏石砚寒云色,风动牙签乱叶声[3]。庭下已生书带草[4],使君疑是郑康成[5]。

溪光亭

决去湖波尚有情,却随初日动檐楹。溪光自古无人画,凭仗新诗与写成。

此君庵

寄语庵前抱节君[6],与君到处合相亲。写真虽是文夫子[7],我亦真堂作记人[8]。

　　文与可,名同,蜀梓潼人。他与苏轼是堂表兄弟,他是画家,也是诗人。熙宁八年,任洋州太守。这是作者和他的诗,作于熙宁九年(1076)。诗共三十首,这里选其第一、二、三、十八、二十七共五首。
　　〔1〕白葛衫、乌纱帽,是便装。履:这里指草履。曳履行,写其萧闲之状。
　　〔2〕翠盖:荷叶。红妆:荷花。
　　〔3〕牙签:宋以前的书籍不是"本"装的,是"卷"装的,卷末用轴,每卷的轴头上系着一根签,签上面写着书名、书号。这些卷搁在书架上,签

就垂露在书头外。

〔4〕书带草：是一种兰科的植物，它因郑康成而得名。郑康成是东汉时的经师，我国有名的大学者，他的讲学所在地——南山，生有这种草，当时的人叫它为"康成书带"。

〔5〕使君：指文与可。

〔6〕此君、抱节君：都是专用对竹子的拟人称呼。庵：一作亭。

〔7〕文与可善画竹。

〔8〕文与可有"墨君堂"——"墨君"是文与可称其所画竹。作者曾为之作《墨君堂记》。

寄题刁景纯藏春坞

白首归来种万松，待看千尺舞霜风。年抛造物陶甄外[1]，春在先生杖屦中。杨柳长齐低户暗，樱桃烂熟滴阶红[2]。何时却与徐元直，共访襄阳庞德公[3]。

刁景纯，名约，丹徒人。他是仁宗、英宗两朝的达官，宝元（1038—1039）中官馆阁校理，治平（1064—1067）中出知扬州。退休后筑藏春坞，坞前种松万株。作者为之题此，诗作于熙宁九年。

〔1〕陶甄：制作陶器、瓦器，借喻作育人才。这里用张华"茫茫造化，两仪始分，散气流形，既陶且甄"（《女史箴》）文意。

〔2〕两句用白居易"门柳阁全低，檐樱红半熟"（《和梦游春诗一百韵》）意。

〔3〕徐元直：名庶，汉末时初隐于襄阳，后曾一度作刘备的幕僚。在

当时襄阳一批名士——也就是隐者中,以庞德公最为老宿。这里作者以庞德公比拟刁约。

寄黎眉州

胶西高处望西川[1],应在孤云落照边。瓦屋寒堆春后雪[2],峨眉翠扫雨馀天[3]。治经方笑春秋学[4],好士今无六一贤[5]。君以《春秋》受知欧阳文忠公,公自号六一居士。且待渊明赋《归去》[6],共将诗酒趁流年。

这是作者熙宁九年寄赠黎錞的诗。黎錞字希声,蜀渠江人,熙宁八年,他以尚书屯田郎中出知眉州,所以称"黎眉州"。

〔1〕作者这时在密州。密州位于胶西——胶河以西。

〔2〕瓦屋:山名。蜀荣水之源所在。

〔3〕这两句是想象之词。

〔4〕黎錞是一位研究《春秋》的儒者,曾著有《春秋经解》。这时王安石执政,王安石素不喜《春秋》,说那是一本古代的"断烂朝报"。

〔5〕欧阳修以"藏书一万卷、集采三代以来金石遗文一千卷、有琴一张、有棋一局,而常置酒一壶;以吾一翁,老于此五物之间",自号"六一居士"。黎錞是他的宾客,他曾经以"文行苏洵,经术黎錞"并向英宗推荐。

〔6〕晋陶渊明弃官归隐,曾作出有名的《归去来兮辞》,这里作者以此自况。

登常山绝顶广丽亭

西望穆陵关,东望琅玡台,南望九仙山,北望空飞埃[1]。相将呼虞舜,遂欲归蓬莱。嗟我二三子,狂饮亦荒哉!红裙欲仙去,长笛有馀哀。清歌入云霄,妙舞纤腰回。自从有此山,白石封苍苔。何尝有此乐,将去复徘徊。人生如朝露,白发日夜催。弃置当何言,万劫终飞灰[2]。

　　常山,在密州。地方官每年要在这里举行冬祭。此系作者熙宁九年秋日登临之作,与祭事无涉。

〔1〕空飞埃:言望里一片风沙。与上三句指实某关、某台、某山不同。
〔2〕劫:佛家语,一劫包括事物的长成、存在、破坏、消灭。万劫,极言时间之长。

和晁同年九日见寄

仰看鸢鹄刺天飞,富贵功名老不思。病马已无千里志[1],骚人长负一秋悲[2]。古来重九皆如此,别后西湖付与谁[3]?遣子穷愁天有意,吴中山水要清诗。

晁端彦字美叔,他和苏轼是"同年"——同科应试考取出身的,有文名,擅书法。时任两浙刑狱提点官,因违法私下参加西湖妓宴,熙宁九年,被解任递赴润州受审。重阳日,有诗寄作者。这是作者自密州和他的诗。

〔1〕曹操《步出夏门行·龟虽寿》诗:"老骥伏枥,志在千里;烈士暮年,壮心不已。"此反其意。

〔2〕骚人:诗人。此句隐用宋玉《九辩》"悲哉,秋之为气也","皇天平分四时兮,窃独悲此凛秋"之意。

〔3〕此句言晁端彦离开了杭州。

别东武流杯

莫笑官居如传舍[1],故应人世等浮云。百年父老知谁在?惟有双松识使君[2]。

熙宁九年岁暮,作者将离密州,作了好些留别的诗。这是其中一首。

〔1〕传舍:宾馆、招待所。
〔2〕使君:这里乃作者自称。

留别雩泉

举酒属雩泉[1],白发日夜新。何时泉中天,复照泉上人。二年饮泉水,鱼鸟亦相亲。还将弄泉手,遮日向西秦[2]。

此诗亦熙宁九年将离密州时作。雩泉,在密州,作者曾建亭其上,有《雩泉诗叙》。

〔1〕属:让。
〔2〕末二句用杜牧《途中一绝》"惆怅江湖钓竿手,却遮西日向长安"诗意,作者此时奉命调知河中(今晋南)。后没有去成,因为又改知徐州。

留别释迦院牡丹呈赵倅

春风小院初来时,壁间惟见使君诗。应问使君何处去?凭花说与春风知。年年岁岁何穷已,花似今年人老矣[1]。去年崔护若重来[2],前度刘郎在千里[3]。

此诗查注及冯应榴案均以为系熙宁五年作者在杭州时作。施编及王文诰考证则断为熙宁九年在密州时作。王氏考证较为翔实,今从之,仍列于此。惟诗中两用桃花典故,而题云牡丹,疑题有误。赵,名成伯。倅(cuì 脆),州、县的辅助官。也可用作动词,如后面有"送贾讷倅眉"。

〔1〕此用唐人刘希夷《代悲白头翁》"年年岁岁花相似,岁岁年年人不同"诗意。
〔2〕唐诗人崔护,清明日游长安城南郊,时桃花盛开,他向一人家

求水喝,那人家的门隙处正有一位年轻的姑娘在注视他,这位姑娘给了他水,却独倚桃花伫立,仍然注意他。崔护喝了水就走了,但心里也老是惦念着这位姑娘。可以说,彼此都有了情愫。第二年的清明节,他重来访问,桃花如故,门墙如故,但那姑娘却不见了。他就题了一首诗在那人家的门扇上:"去年今日此门中,人面桃花相映红。人面不知何处去,桃花依旧笑春风。"这是流传了千年的"人面桃花"故事。这里作者把赵成伯比作崔护,虽然没有恋爱故事。

〔3〕唐诗人刘禹锡于贞元二十一年在京为屯田员外郎,曾游玄都观。后十年——太和二年,复至长安,这时玄都观有许多桃花,游观者甚众,他有诗云:"紫陌红尘拂面来,无人不道看花回。玄都观里桃千树,尽是刘郎去后栽。"再十四年,他三到长安,玄都观的桃花一株也没有了,复题诗云:"百亩庭中半是苔,桃花落尽菜花开。种桃道士归何处? 前度刘郎今又来。"这里作者自比刘禹锡,言与花将远别。

除夜大雪留潍州。元日早晴,遂行。中途,雪复作

除夜雪相留,元日晴相送。东风吹宿酒,瘦马兀残梦[1]。葱昽晓光开,旋转馀花弄。下马成野酌,佳哉谁与共! 须臾晚云合,乱洒无缺空[2]。鹅毛垂马鬃,自怪骑白凤[3]。三年东方旱,逃户连敲栋[4]。老农释耒叹,泪入饥肠痛。春雪虽云晚,春麦犹可种。敢怨行役劳[5],助尔歌饭瓮[6]。

熙宁十年(1077)初,作者离密赴京途中作。雪复作,雪又下起

来了。

〔1〕兀:颠动。骑在马上还有馀醉和半睡状态,所以说兀残梦。刘驾《早行》诗:"马上续残梦,马嘶时复惊。"

〔2〕无缺空(这里读 kòng):是说雪下得很密。

〔3〕两句极写雪。鹅毛,形容雪花;白凤,形容蒙雪的马。

〔4〕攲(qī 七)栋:倾斜的房屋,这里用以指贫民的住宅。连攲栋,意谓家家户户。形容逃荒者之多。

〔5〕作者看到农民的疾苦,所以自己虽有行役之劳也不敢怨嫌。敢,岂敢的意思。

〔6〕我国古农谚:"霜凇打雾凇,穷汉备饭瓮。"凇(sōng 松),水气凝成的冰花。春雪预兆丰年,作者的意思是说:写这首诗聊作农家讴歌之一助。

书韩幹《牧马图》

南山之下,汧渭之间,想见开元天宝年。八坊分屯隘秦川〔1〕,四十万匹如云烟。骓、駓、骃、骆、骊、骝、骠、白鱼、赤兔、骍、皇、駂〔2〕。龙颅凤颈狞且妍〔3〕,奇姿逸德隐驽顽。碧眼胡儿手足鲜〔4〕,岁时剪刷供帝闲〔5〕。柘袍临池侍三千〔6〕,红妆照日光流渊。楼下玉螭吐清寒〔7〕,往来蹴踏生飞湍。众工舐笔和朱铅,先生曹霸弟子韩〔8〕,厩马多肉尻脽圆〔9〕,肉中画骨夸尤难〔10〕。金羁玉勒绣罗鞍,鞭箠刻烙伤天全,不如此图近自然,平沙细草荒芊绵,惊鸿脱兔争后先。王良挟策飞上天〔11〕,何必俯首服短辕〔12〕!

122

韩幹，我国大画家，蓝田人，《历代名画记》作大梁人，《宣和画谱》作长安人。他善写人物，绘马尤精。唐天宝初年，曾为内廷供奉。杜甫在《丹青引赠曹将军霸》诗里曾经提到过他，说他"亦能画马穷殊相"。可惜今天我们已没法看到韩幹的原作，只能从宋以后的某些摹写品中体会他作品的精神。就在苏轼那时，他的作品已经是很名贵，不易见的了。此诗作于熙宁十年。

〔1〕唐玄宗时，在首都长安附近，以八坊之地一千二百馀顷，屯田养马。八坊的名称是：保乐、甘露、南普闰、北普闰、岐阳、太平、宜禄、安定。

〔2〕前句记马的毛色。据旧注：骓，苍白杂毛的马；駓（pī 批），黄白杂毛的马；骊，灰白杂毛的马；骆，白身黑鬣的马；骊，黑马；骝，赤身黑鬣的马；骤，白马。后句举马的名目。䮧（hán 寒），长毛马。

〔3〕这句写马的姿态。

〔4〕当时替皇家养马的，有外邦人，他们是优秀的骑士。作者另一首绝句《书韩幹二马》有云："赤髯紫眼老鲜卑，回策如萦独善骑。"

〔5〕闲：马厩。

〔6〕柘袍：红色袍服。临池：指洗马。

〔7〕五凤楼下的白石龙头，从龙口里泻出水来。

〔8〕曹霸是韩幹的先生，杜甫最称道的一位画师，有名诗篇《丹青引》，就是为赠曹霸而作的。

〔9〕尻（kāo 考阳平）、脽（shuí 谁）：屁股。

〔10〕杜甫《丹青引》中说到韩幹画马，不如他的先生："幹惟画肉不画骨，忍使骅骝气凋丧。"

〔11〕王良：春秋时人，赵简子的马车夫，善御马。后来人们把在天驷星旁边的一颗星子，叫"王梁"，据说就是王良。策：鞭子。

〔12〕辕：车子前面套马的两条木杠。

宿州次韵刘泾

我欲归休瑟渐希，舞雩何日著春衣〔1〕。多情白发三千丈〔2〕，无用苍皮四十围〔3〕。晚觉文章真小技，早知富贵有危机。为君垂涕君知否，千古华亭鹤自飞〔4〕。泾之兄汴亦有文，死矣〔5〕。

熙宁十年四月，作者奉调徐州，此赴徐州前过宿州所作。刘泾字巨济，时任宿州提举。

〔1〕《论语·先进》记载曾点在回答孔子的话，说是最希望："暮春者，春服既成，冠者五六人，童子六七人，浴乎沂，风乎舞雩，咏而归。"作者在他的诗中，曾好几次用这个典故。这里是说很想退休，但不知到哪一天才如愿。

〔2〕李白《秋浦歌》："白发三千丈，缘愁似个（这样）长。"此用其意。

〔3〕杜甫《古柏行》："苍皮溜雨四十围"，但是"古来材大难为用"。此用其意。

〔4〕三国时，吴陆机字士衡和他的弟弟陆云字士龙并称"二陆"，吴亡，归晋。后为晋成都王司马颖所杀，陆机临受刑时曾叹息："华亭鹤唳，岂可闻乎？"这里作者以之比刘泾的哥哥刘汴，并隐含劝刘泾退休的意思。

〔5〕作者有《与刘巨济书》云："贤兄文格奇拔，不幸早世。见其手

书旧文,不觉垂涕。"大概刘汴不是好好死去的。

次韵答邦直、子由(选二首)

老弟东来殊寂寞[1],故人留饮慰酸寒[2]。草荒城角开新径,雨入河洪失旧滩。车马追陪迹未扫,唱酬往复字应漫[3]。此诗更欲凭君改,待与江南子布看[4]。

君虽为我此迟留,别后凄凉我已忧。不见便同千里远,退归终作十年游。恨无扬子一区宅[5],懒卧元龙百尺楼[6]。闻道鹓鸾满台阁,网罗应不到沙鸥[7]。

  李邦直,名清臣,河南人,是北宋之季政治上相当重要的人物。他历仕神宗、哲宗、徽宗三朝,做过国史编修官,任过中书,最后出知大名府。他反对过新法,也恢复过新法。与苏氏兄弟颇好;但后来苏辙之被罢免,苏轼之贬海南,又恰是李清臣当权的时候。清臣有文名,尤具史才,作者对他似很推重。观前首末二句可知。诗作于熙宁十年,原五首,选其三、其四二首。

  〔1〕老弟:指作者的弟弟辙。
  〔2〕故人:指李清臣。
  〔3〕漫:模糊。
  〔4〕三国时吴人张昭,字子布,历佐孙策、孙权,才名甚高。刘表有一次亲自写信与孙策,把信稿给祢衡看,祢衡笑他:"如是为欲孙策帐下儿读之耶?将使张子布见乎?"(见《典略》)意思是说:要是给孙策帐下

儿读,岂不白费! 作者这里以李清臣比张昭,是推重他,是请他指正。

〔5〕扬子:汉扬雄。一区宅:见前《和欧阳少师寄赵少师次韵》诗注。

〔6〕元龙:三国时人陈登的字。刘备尝与许汜论天下人物,谈到陈登,汜曰:"陈元龙湖海之士,豪气不除。昔遭乱过下邳,元龙无客主之意,自上大床卧,使客卧下床。"许汜是不满意陈登的。刘备以为许汜只不过是求田问舍,未尝忧国忘家,应该是元龙(并隐括刘备自己)"卧百尺楼上,卧君于地,何但上下床之间耶"! 上句说"恨无",作者欲退隐而不可得;此言"懒卧",表示并无陈登的豪情乃至刘备的壮志。

〔7〕鹓鸾:指在朝诸公。沙鸥:作者自谓在野。

韩幹马十四匹

二马并驱攒八蹄〔1〕,二马宛颈骏尾齐〔2〕。一马任前双举后〔3〕,一马却避长鸣嘶〔4〕。老髯奚官骑且顾〔5〕,前身作马通马语〔6〕。后有八匹饮且行,微流赴吻若有声。前者既济出林鹤,后者欲涉鹤俯啄〔7〕。最后一匹马中龙,不嘶不动尾摇风〔8〕。韩生画马真是马,苏子作诗如见画。世无伯乐亦无韩〔9〕,此诗此画谁当看?

熙宁十年三月作于徐州。题云"十四匹",而诗中所描述的马看来不止十四匹,见注〔8〕。

〔1〕攒:聚。攒八蹄,是说两马并足齐行,并非"八蹄"都"攒"在一堆。

〔2〕宛:曲转。鬃:同鬉,即马鬃毛。

〔3〕任前:前蹄着地。双举后:两只后脚踢起。

〔4〕却避:退避。

〔5〕老髯奚官:指管理马的人。按:唐玄宗朝,用奚族(东胡)人养马、训练马。奚族人多半是蓄着大胡子的。

〔6〕这句是形容他深知马的性格。

〔7〕二句以马比鹤,用"出林鹤"的姿态形容已经过河的马,用低头啄食的鹤的神情来形容将要涉水的马。

〔8〕按:这是第十六匹了。第一句,两匹;第二句,两匹;第三、四句,共两匹;第五句,老髯奚官另骑着一匹;第七句(包括第九、十两句所描写的),八匹;再加上这"最后一匹马中龙":共十六匹。由来解此诗者,没讲清楚,有的说"最后一匹"就是"后有八匹"之一,但是从苏轼诗中写它"不动不嘶",那神情和"饮且行"的八匹显然不同,而且作者特别着一笔"马中龙",以别于前面所写的每一匹马。还有,奚官骑着的一匹有人不把它算在内。这样一匹并入,一匹不算,勉强来符合诗题"十四匹"的数目,是不对的。题疑有误。我说十六匹还有一个旁证:宋·楼钥有和诗,诗中有"良马六十有四蹄"一句,正说的是十六匹。

〔9〕伯乐:人名,春秋时善识马者。这里暗用韩愈《杂说》:"千里马常有,而伯乐不常有。"

司马君实独乐园

青山在屋上,流水在屋下。中有五亩园,花竹秀而野。花香袭杖履,竹色侵杯斝[1]。樽酒乐馀春,棋局消长夏。洛阳古多士,风俗犹尔雅[2]。先生卧不出[3],冠盖倾洛社[4]。虽云与众乐,中有独乐者。才全德不形,所贵知我寡[5]。先生独何事?四海望陶冶[6]。儿童诵君实,走卒知司马。持此欲安归[7]?造物不我舍。名声逐吾辈[8],此病天所赭[9]。抚掌笑先生[10],年来效瘖哑[11]。

熙宁十年五月作。司马光,字君实,我国有名的历史学者,《资治通鉴》的撰著人。他是北宋时期一个重要的政治人物,历仕仁宗、英宗、神宗、哲宗四朝,反对新法的领袖。因为反对新法,他从神宗朝到哲宗朝罢官闲居十五年之久。熙宁四年,移家洛阳;六年,筑独乐园。按《孟子》:"独乐乐,不若与人乐乐。"他的园却以"独乐"名,隐示他反对新法失败后的政治生涯和顽固守旧的政治态度。作者苏轼在政治上是他的追随者,这诗是赞美他的。

〔1〕侵:映入。罘:见前《次韵代留别》诗注。

〔2〕尔雅:近乎古风、犹存正道的意思。

〔3〕卧:这里是隐居亦即退居、闲居的意思。不出:谓不出山、不出来作事。

〔4〕倾:倾倒,即使人钦佩。这句是说司马光虽"卧不出",但已成为洛阳的士大夫的领袖。唐白居易退休居洛阳,结社于香山,称"洛社"。这里借用。

〔5〕这两句用《庄子》"才全德不形"和《老子》"知我者希,则我贵矣"的意思。

〔6〕陶冶:陶土冶金,犹如说教化。这句言天下却希望司马光出仕。

〔7〕《三国志·锺会传》:"我自淮南以来,算无遗策,四海所共知也。我欲持此安归乎?"此借用其语,是说司马光功高名大,哪里能够避世逃名。

〔8〕此言逃名而名随,避名而名追,应前"儿童诵君实,走卒知司马"。

〔9〕赭:红色。古代奴隶(刑馀之人)是穿赭衣的,这里意指天在我们身上着了赭,天要使唤我们,应前"造物不我舍"。

〔10〕抚掌:拍手。

〔11〕司马光这时不谈政治,自号"迂叟",末句故如此说。

河复并序

熙宁十年秋,河决澶渊,注巨野,入淮泗,自巨魏以北皆绝流而济,楚大被其害。彭门城下水二丈八尺,七十馀日不退,吏民疲于守御。十月十三日,澶州大风终日,既止,而河流一枝已复故道。闻之喜甚,庶几可塞乎!乃作河复诗,歌之道路,以致民愿,而迎神休[1],盖守土者之志也[2]。

君不见西汉元光元封间[3],河决瓠子二十年[4],巨野东倾淮泗满,楚人恣食黄河鳝。万里沙回封禅罢[5],初遣越巫沉白马[6]。河公未许人力穷[7],薪刍万计流下随[8]。吾君盛德如唐尧,百神受职河神骄。帝遣风师下约束[9],北流夜起澶州桥。东风吹冻收微渌[10],神功不用淇园竹[11]。楚人种麦满河淤,仰看浮槎栖古木[12]。

熙宁十年秋作。河复,黄河复了故道。

〔1〕休:即庥。神休,神赐喜庆。民愿、神休,极言河复之庆。

〔2〕作者是年改知徐州,四月到任,七月就遇到这一场巨大的水患,计自七月十七日黄河决堤,八月二十一日水到了徐州城下,至十月五日水退,在这些日子里,他率领徐州的官吏、士卒、人民,大力地防守,抢救了徐州全城的生命财产。

〔3〕元光、元封:均汉武帝年号。

〔4〕河决瓠子:第一次在元光年间。后来元封年间又决。

〔5〕沙长三百馀里,故名万里沙。"封禅"是古代帝王对天地举行一种最隆重、最神秘的典礼,而又特别要到泰山去举行的:先到山顶祭天,后在山下祭地,经过这样一场把戏,就算是最合法的天的代表者、人的统治者。元封元年(219),汉武帝东巡封禅。这里说"罢",是指元封二年,汉武帝封禅回。

〔6〕越:通粤。此句指汉武帝另一郊祀:祭水神。用粤巫祝神祈福,以白马、玉璧投入水中,是这一典礼中的仪式。

〔7〕河公:水神。

〔8〕薪刍:柴草。万计:言其多。《汉书·孝武帝纪》:"玉匏子,临决河,命从臣将军以下皆负薪塞河堤。"

〔9〕帝:指天帝。

〔10〕渌:绿水。

〔11〕神功:即指"帝遣风师下约束","东风吹冻收微渌"。《诗经·卫风·淇奥》:"瞻彼淇奥(澳),绿竹猗猗。"淇水地多产竹。这里竹指上面所说的薪刍填河事,那时薪刍不足,以竹为闸。

〔12〕槎(chá察):独木船。这里用柳宗元《雨晴至江渡》"渡头水落村径成,撩乱浮槎在高树"诗意。写大水初退后的形象:抬头看见船儿搁在老树的枝桠上。

答吕梁仲屯田

乱山合沓围彭门,官居独在悬水村[1]。吕梁地名。居民萧条杂麋鹿,小市冷落无鸡豚。黄河西来初不觉,但讶清泗奔流浑。夜闻沙岸鸣瓮盎,晓看雪浪浮鹏鲲。吕梁自古喉吻地[2],万顷一抹何由吞?坐观入市卷闾井[3],吏民走尽馀王尊[4]。计穷路断欲安适[5]?吟诗破屋愁鸢蹲。岁寒霜重水归壑,但见屋瓦留沙痕。入城相对如梦寐,我亦仅免为鱼鼋。旋呼歌舞杂诙笑,不惜饮醨空瓶盆[6]。念君官舍冰雪冷,新诗美酒聊相温。人生如寄何不乐,任使绛蜡烧黄昏[7]。宣房未筑淮泗满[8],故道堙灭疮痍存。明年劳苦应更甚,我当畚锸先黥髡[9]。付君万指伐顽石[10],千锤雷动苍山根。高城如铁洪口快,谈笑却扫看崩奔。农夫掉臂免狼顾[11],秋谷布野如云屯。还须更置软脚酒[12],为君击鼓行金樽。

熙宁十年作。屯田,官名,即屯田员外郎的简称。

〔1〕悬水村:因《庄子·达生》篇有"孔子观于吕梁,悬水三仞"之语而得名。

〔2〕《水经》:"吕梁乃自古黄河喉襟唇吻之地。"言其河水所必经之道。

〔3〕言水浸入市,淹了街巷、肆坊。

〔4〕王尊：汉时人，他任东郡太守时，黄河水涨，泛滥到了瓠子堤，吏民奔走，王尊祝祷于河神，愿以身填堤，因独宿堤上不避。这里作者以王尊自比。

〔5〕安适：何处去。

〔6〕釂（jiào叫）：喝干、饮尽。

〔7〕绛蜡：红烛。绛蜡烧黄昏，黄昏时燃起红烛。

〔8〕宣房：一称宣防，据《汉书》，武帝在瓠子堤上筑宫防守，名宣防。这里借指河防建设。

〔9〕畚（běn本）：盛土的筐。锸，字原作臿，起土的铲子。黥：面上刺字；髡，剃去头发：均是古代的肉刑。黥，也叫"墨刑"，宋代还有；髡刑隋唐以后已废。黥、髡是"刑馀之人"，充作奴隶服劳役的。这里"畚锸"指掘土、担泥去掩水的劳动；"先黥髡"，谓自己带头作这种劳动者。

〔10〕万指：千人。泛言人多。伐顽石：开山取石——是为了筑城。顽，坚。

〔11〕掉臂：挥手而去的样子。《史记·孟尝君列传》："君不见夫朝趋市者乎：明旦，侧肩争门而入；日暮之后，过市朝者，掉臂而不顾。"狼顾：狼走路时常常回顾其后，怕有袭击。这里"免狼顾"，是借喻无后顾之忧。《汉书·食货志》："失时不雨，民且狼顾。"

〔12〕设宴慰劳行役远归之人叫做"软脚"，犹如今天说接风、洗尘。

送郑户曹

游遍钱塘湖上山，归来文字带芳鲜。羸童瘦马从吾饮[1]，陋巷何人似子贤[2]？公业有田常乏食[3]，广文好客竟无毡[4]。东归不趁花时节，开尽春风谁与妍！

元丰元年(1078)在徐州作。郑仅,字彦能,彭城(徐州)人。这时奉调赴大名府当户曹。

〔1〕羸(léi雷)童:瘦弱的仆童。

〔2〕《论语·雍也》:"贤哉,回也!一箪食,一瓢饮,在陋巷,人不堪其忧,回也不改其乐。"这是孔子夸奖他的弟子颜回的话,这里作者借用以赞美郑彦能。

〔3〕郑太:字公业,东汉时人。据《后汉书》说他"交结豪杰,家富于财,有田四百顷,而食常不足"。

〔4〕唐时郑虔为广文馆博士,人称"郑广文"。他很穷,杜甫赠他的诗:"才名四十年,坐客寒无毡。"(《戏简郑广文兼呈苏司业》)

虔州八境图并序(选五首)

南康八境图者,太守孔君之所作也〔1〕。君既作石城〔2〕,即其城上楼观台榭之所见而作是图也。东望七闽〔3〕,南望五岭〔4〕,览群山之参差,俯章贡之奔流,云烟出没,草木蕃丽,邑屋相望,鸡犬之声相闻。观此图也,可以茫然而思,粲然而笑,慨然而叹矣!苏子曰:此南康之一境也,何从而八乎?所自观之者异也。且子不见夫日乎:其旦如盘〔5〕,其中如珠〔6〕,其夕如破璧,此岂三日也哉?苟知夫境之为八也,则凡寒暑朝夕、雨旸晦冥之异〔7〕,坐作行立、哀乐喜怒之接于吾目而感于吾

133

心者,有不可胜数者矣,岂特八乎!如知夫八之出乎一也,则夫四海之外,诙诡谲怪,《禹贡》之所书[8],邹衍之所谈[9],相如之所赋[10],虽至千万,未有不一者也。后之君子,必将有感于斯焉。乃作诗八章,题之图上。

涛头寂寞打城还[11],章贡台前暮霭寒。倦客登临无限思,孤云落日是长安。

白鹊楼前翠作堆,萦云岭路若为开。故人应在千山外,不寄梅花远信来[12]。

朱楼深处日微明,皂盖归时酒半醒[13]。薄暮渔樵人去尽,碧溪青嶂绕螺亭[14]。

却从尘外望尘中[15],无限楼台烟雨濛[16]。山水照人迷向背,只寻孤塔认西东。

回峰乱嶂郁参差[17],云外高人世得知?谁向空山弄明月?山中木客解吟诗[18]。

元丰元年在徐州作。八首选其二、三、四、六、八共五首。

〔1〕孔君:谓孔元翰,时守虔州。
〔2〕虔州城临章水和贡水,孔元翰筑石城以御,曾得到朝廷的褒

奖。《宋史》有传,纪其事。

〔3〕七闽:福建。

〔4〕五岭:广西、广东和湖南、江西交界处的大庾岭、骑田岭、都庞岭、萌渚岭、越城岭。

〔5〕旦:早上。槃:同盘。

〔6〕中:日中、中午。

〔7〕旸:晴。晦:黎明或黄昏。冥:黑夜。

〔8〕《禹贡》:是一篇记载我国古代山川、疆域的文件,收在《尚书》里。

〔9〕邹衍:战国时的阴阳家、天文学家,具有初步世界地理知识。

〔10〕司马相如:汉文学家,赋的代表作者。

〔11〕唐刘禹锡《石头城》诗:"潮打空城寂寞回",是咏石头城——南京的。这里借以咏虔州的石城。

〔12〕自晋以来,有以梅花代消息寄人的风俗,始于陆凯之以江南梅寄范晔。虔州西南的大庾岭,是产梅的胜境。作者借本地风光说话,实无所指。

〔13〕皂盖:黑色的盖——其形似伞,太守所服用,出行时有人打着的。

〔14〕螺亭石,又叫螺亭山,有螺女庙,是赣南的胜迹。

〔15〕尘外:据查注:"尘外,亭名。"

〔16〕此用杜牧《江南春绝句》:"南朝四百八十寺,多少楼台烟雨中"诗意。

〔17〕郁:盛多。参差:高低不齐。

〔18〕木客:传说以为山鬼。作者是"姑妄言之"。

读孟郊诗二首

夜读孟郊诗,细字如牛毛。寒灯照昏花,佳处时一遭[1]。孤芳擢荒秽[2],苦语馀诗骚。水清石凿凿[3],湍激不受篙[4]。初如食小鱼,所得不偿劳。又似煮彭蚏[5],竟日持空螯[6]。要当斗僧清[7],未足当韩豪[8]。人生如朝露,日夜火消膏。何苦将两耳,听此寒虫号。不如且置之,饮我玉色醪[9]。

我憎孟郊诗,复作孟郊语。饥肠自鸣唤,空壁转饥鼠。诗从肺腑出,出辄愁肺腑。有如黄河鱼,出膏以自煮[10]。尚爱铜斗歌[11],鄙俚颇近古[12]。桃弓射鸭罢,独速短蓑舞[13]。不忧踏船翻,踏浪不踏土[14]。吴姬霜雪白,赤脚浣白纻。嫁与踏浪儿,不识离别苦。歌君江湖曲[15],感我长羁旅!

元丰元年作。孟郊字东野,唐代大诗人之一,他是韩愈所领导的"载道"、"起衰"文学运动中诗歌方面的旗手,诗境高寒,多硬语、苦语,开后来奇僻拗涩一派,影响"宋诗"颇大。作者苏轼主观上是不喜欢这种诗风的,这在诗里已表示了他的意见;但对于孟郊严肃的创作态度和艺术的感染力,却给予了较高的评价,乃至于自己亦"作孟郊语"。可当作一篇最持平的"孟郊诗论"看。

〔1〕时一遭:有时偶一遇着。是说佳处不多见。
〔2〕擢:独出、拔出。
〔3〕凿(zuò 坐)凿:明朗、洁白的样子。《诗经·唐风·扬之水》:"扬之水,白石凿凿。"
〔4〕湍:急流。以上两句,言孟郊诗清而激。
〔5〕彭蚏:小螃蟹。
〔6〕言其没有蟹肉、蟹黄可吃。以上四句,喻读孟郊诗所得无多。

〔7〕僧：指贾岛；清：谓贾岛的诗境。贾岛也是唐代名诗人，他曾经做过和尚，其诗名亦与孟郊相齐，诗的风格也与孟郊相近，苏轼称他们为"郊寒岛瘦"。

〔8〕韩：指韩愈；豪：谓韩愈的诗风。

〔9〕醪：酒。

〔10〕以上六句，言孟郊诗语多饥苦愁艰。

〔11〕这里指孟郊《送淡公十二首》诸篇。见下。

〔12〕鄙俚：言其似民歌，很通俗。

〔13〕独速：即抖擞，这里指振衣。

〔14〕以上四句，采孟郊诗中语。《送淡公十二首》有云："铜斗饮江酒，手拍铜斗歌。侬是拍浪儿，饮则拜浪婆。脚踏小船头，独速舞短蓑。笑伊渔阳操，空恃文章多。闲倚青竹竿，白日奈我何！"又云："短蓑不怕雨，白鹭相争飞。短楫画菰蒲，斗作豪横归。笑伊水健儿，浪战求光辉。不如竹枝弓，射鸭无是非。"又云："射鸭复射鸭，鸭鸭惊菰蒲。鸳鸯亦零落，彩色难相求。侬是清浪儿，每踏清浪游。笑伊乡贡郎，踏土称风流。如何卯角翁，至死不裹头。"

〔15〕此亦《送淡公十二首》中语："数年伊洛同，一旦江湖乖。江湖有故庄，小女啼喈喈。"又云："伊洛气味薄，江湖文章多。坐缘江湖岸，意织鲜明波。铜斗短蓑行，新章其奈何！"

与梁左藏会饮傅国博家

将军破贼自草檄[1]，论诗说剑俱第一。彭城老守本虚名[2]，识字劣能欺项籍。风流别驾贵公子[3]，欲把笙歌暖锋镝。红旆朝开猛士躁[4]，翠帷暮卷佳人出[5]。东堂醉卧呼不起,啼鸟落花春寂寂[6]。试教长笛傍耳根,一声吹裂阶前石。

元丰元年在徐州作。梁交,时任左藏使。傅袺,官国博,时为徐州通判。"国博"是国子监博士的简称。

〔1〕将军:指梁交。因为"左藏"是武职,故称。破贼草檄:誉其能武能文,与下句"说诗论剑"相应。

〔2〕彭城老守:作者自谓。

〔3〕此指傅袺。

〔4〕旆:旗帜。

〔5〕用柳宗元《浑鸿胪宅闻歌效白纻》"翠帷双卷出倾城"句意。这两句极写"笙歌暖锋镝"。

〔6〕用王维《寒食氾上作》"落花寂寂啼山鸟"句意。

继丽人行并序

李仲谋家有周昉[1],画背面欠伸内人[2],极精,戏作此诗。

深宫无人春日长,沉香亭北百花香[3]。美人睡起薄梳洗[4],燕舞莺啼空断肠。画工欲画无穷意,背立东风初破睡。若教回首却嫣然[5],阳城下蔡俱风靡[6]。杜陵饥客眼长寒,蹇驴破帽随金鞍。隔花临水时一见,只许腰肢背后看[7]。心醉归来茅屋底,方信人间有西子。君不见孟光举案与眉齐[8],何曾背面伤春啼!

《丽人行》是杜甫所作歌行之一,诗中描写唐代贵族女人在曲江边郊游的情景。作者这首诗是题画的,画上的唐宫女人原与杜甫所写的丽人无涉,作者却把杜甫的诗和周昉的画牵合起来,算作是杜甫所见的丽人之一,周昉画了她的背面,所以下面题解中说是"戏作"。时元丰元年,作者在徐州。

〔1〕周昉:字仲朗(《历代名画记》作"字景元"),唐长安人,我国著名的人物画家,尤工写贵族妇女的生活。

〔2〕内人:唐代教坊歌妓的专称。

〔3〕沉香亭:是唐玄宗时兴庆宫中游宴之处,玄宗尝与他的妃子杨玉环在此赏花,召李白赋诗,李白做了《清平调》三首,其三是:"名花倾国两相欢,常得君王带笑看。解释春风无限恨,沉香亭北倚阑干。"

〔4〕唐张祜《集灵台》咏虢国夫人(杨玉环的三姐):"却嫌脂粉污颜色,淡扫蛾眉朝至尊。"

〔5〕嫣(yān 烟)然:笑的姿态。

〔6〕阳城、下蔡:古楚国的两个邑名。宋玉《登徒子好色赋》:"东家之子,嫣然一笑,惑阳城,迷下蔡。"风靡:倾倒的意思。

〔7〕杜甫《丽人行》中有"背后何所见?珠压腰衱稳称身"。

〔8〕孟光:汉时梁鸿的妻子,她是正派女人。案:是长方形托盘,三面起边,四角矮脚。用以盛饮食具。举案齐眉,是说孟光送茶、端饭给梁鸿时很恭敬的样子。

起伏龙行并序

徐州城东二十里,有石潭。父老云:与泗水通,增损清浊,相应不差,时有河鱼出焉。元丰元年春旱,或云置虎头潭中,可以致雷雨。用其说。作起伏龙行。

何年白竹千钧弩,射杀南山雪毛虎?至今颅骨带霜牙,尚作四海毛虫祖。东方久旱千里赤,三月行人口生土。碧潭近在古城东,神物所蟠谁敢侮!上皷苍石拥岩窦[1],下应清河通水府。眼光作电走金蛇,鼻息为云擢烟缕。当年负图传帝命,左右羲轩诏神禹[2]。尔来怀宝但贪眠[3],满腹雷霆喑不吐[4]。赤龙白虎战明日,是月丙辰,明日庚寅[5]。倒卷黄河作飞雨。嗟我岂乐斗两雄?有事径须烦一怒[6]!

〔1〕窦:洞穴。

〔2〕羲:伏羲;轩:轩辕;均传说中的古帝。神禹:犹如说大禹。我国神话:伏羲时有龙马负图;轩辕帝曾梦见两龙授他以图;大禹也得过神龟赐书:这些龙马、龙龟(也是龙种)都是从黄河出现的。

〔3〕尔:通迩。尔来,近来。宝:指那些"图"、"书"。但贪眠:言其老是睡觉不管事。

〔4〕喑(yīn因):哑、无声、沉默。这句意谓龙已久不作雷,也就是说久不作雨。

〔5〕古代迷信的说法:龙跟虎是要斗的,龙出战时当然雷雨齐至。"辰"属龙,"寅"属虎,月日相克,一定龙虎相斗。

〔6〕事:指求雨。把虎头放进水里,其目的在于激龙之怒,所谓"起伏龙"。

和孙莘老次韵

去国光阴春雪消,还家踪迹野云飘。功名正自妨行乐,迎送才堪博早朝[1]。虽去友朋亲吏卒[2],却辞谗谤得风谣[3]。明年我亦江南去,不问雄繁与寂寥[4]。

　　元丰元年在徐州作。时孙觉在吴,故诗中有"明年我亦江南去"之语。

　　[1]博:取好于人之谓。这句话是白居易《晓寝》诗"不博早朝人"的反用。

　　[2]友朋多在京,离开友朋,意即离开京师。官职卑微,接近吏卒,意即做地方小官。

　　[3]在朝多磨擦,受谗谤,离开了京朝等于离开谗谤。做地方官能够亲民,能够听到人民的声音,知道人民的欢愉和疾苦。

　　[4]雄繁:形容大郡政务多;寂寥:形容小郡政务少。

游张山人园

壁间一轴烟萝子[1],盆里千枝锦被堆[2]。惯与先生为酒伴[3],不嫌刺史亦颜开[4]。纤纤入麦黄花乱,飒飒催诗白雨来。闻道君家好井水,归轩乞得满瓶回。

元丰元年春夏间作。张天骥,字圣涂,居云龙山,号云龙山人。作者在徐州时曾数过其处。

〔1〕一轴:一张直幅。烟萝子:传说中学仙得道者,这里指挂着他的画像。

〔2〕锦被堆:一种蔷薇科的花。

〔3〕先生:指张山人。

〔4〕刺史:作者自谓。颜开:喜笑。

携妓乐游张山人园

大杏金黄小麦熟,坠巢乳鹊拳新竹[1]。故将俗物恼幽人[2],细马红妆满山谷。提壶劝酒意虽重[3],杜鹃催归声更速。酒阑人散却关门,寂历斜阳挂疏木[4]。

元丰元年夏作。

〔1〕乳鹊坠巢,新竹成拳,与上句杏黄麦熟,写春已去,夏方盛。

〔2〕俗物:谓妓乐。幽人:指张山人。

〔3〕提壶:鸟名。

〔4〕寂历:犹寂寞。

次韵僧潜见赠

道人胸中水镜清,万象起灭无逃形。独依古寺种秋菊,要伴骚人餐落英[1]。人间底处有南北[2]？纷纷鸿雁何曾冥[3]。闭门坐穴一禅榻,头上岁月空峥嵘。今年偶出为求法,欲与慧剑加砻硎[4]。云衲新磨山水出[5],霜髭不剪儿童惊[6]。公侯欲识不可得,故知倚市无倾城[7]。秋风吹梦过淮水,想见橘柚垂空庭。故人各在天一角,相望落落如晨星。彭城老守何足顾,枣林桑野相邀迎。千山不惮荒店远,两脚欲趁飞猱轻。多生绮语磨不尽,尚有宛转诗人情。猿吟鹤唳本无意,不知下有行人行。空阶夜雨自清绝,谁使掩抑啼孤惸[8]。我欲仙山掇瑶草,倾筐坐叹何时盈[9]！簿书鞭扑昼填委[10],煮茗烧栗宜宵征[11]。乞取摩尼照浊水[12],共看落月金盆倾[13]。

元丰元年在徐州作。僧人道潜,字参寥,能诗,名句如"风蒲猎猎弄轻柔,欲立蜻蜓不自由",为人所传诵；"禅心已作沾泥絮,不逐东风上下狂",尤为苏轼所佩服。苏轼尝称其诗"清绝,与林逋上下"；其人"了通道义,见之令人萧然"。在此首次韵的诗里,作者一样地持此意见。

〔1〕此用屈原《离骚》"夕餐秋菊之落英"句意。英,花。

〔2〕底处：即何处,是唐宋时的口语。

〔3〕扬子《法言》："鸿飞冥冥,弋者何篡焉！"（又见《后汉书·逸民传序》）是说鸿雁飞在远空,猎鸟者怎么能截获！这里说"何曾冥",盖反其意。

〔4〕砻(lóng 龙)、硎(xíng 刑)：都是磨石。这是比方的说法,用《维摩经》"以智慧剑,破烦恼贼"义。

〔5〕此句极言道潜的衣服破旧。衲,僧服。山水出,是形容那上面补一块,缺一块,布色深一块,浅一块。

〔6〕此句形容他胡子不剃,面目吓人。

〔7〕《史记·货殖列传》:"刺绣文,不如倚市门。"是说那一个时代的劳动妇女,生活远不如卖艺卖笑的"赵女郑姬"。这里借"倚市"指奔走"公侯"之门的人。像道潜这样"公侯欲识不可得",才是高僧。

〔8〕孤惸(qióng 琼):孤独忧思。以上六句,极言道潜诗的艺术之高。

〔9〕《诗经·周南·卷耳》:"采采卷耳,不盈顷筐。"

〔10〕填委:诸事纷集。这句是说簿书(公文)、鞭扑(刑事)之类的事儿纷集,白天不得闲空。

〔11〕宵征:晚上从事,隐言公事之多。《诗经·召南·小星》:"肃肃宵征,夙夜在公。"

〔12〕摩尼:珠名,又名牟尼珠。佛教七宝之一,又称如意宝珠,光明普照四方。

〔13〕金盆倾:形容月落。以上二句,用杜甫《赠蜀僧闾邱师兄》"夜阑接软语,落月如金盆。……惟有摩尼珠,可照浊水源"诗意。

仆曩于长安陈汉卿家,见吴道子画佛,碎烂可惜。其后十馀年,复见之于鲜于子骏家,则已装背完好。子骏以见遗,作诗谢之

贵人金多身复闲,争买书画不计钱。已将铁石充逸少[1],殷铁石,梁武帝时人。今法帖大王书中,有铁石字。更补朱繇为道

144

玄[2]。世所收吴道子画,多朱繇笔也。烟薰屋漏装玉轴[3],鹿皮苍璧知谁贤[4]。吴生画佛本神授,梦中化作飞空仙。觉来落笔不经意,神妙独到秋毫颠。昔我长安见此画,叹息至宝空潸然[5]。素丝断续不忍看[6],已作蝴蝶飞联翩[7]。君能收拾为补缀,体质散落嗟神全。志公仿佛见刀尺[8],修罗天女犹雄妍[9]。如观老杜飞鸟句,脱字欲补知无缘[10]。问君乞得良有意,欲将俗眼为洗湔。贵人一见定羞怍,锦囊千纸何足捐[11]!不须更用博麻缕[12],付与一炬随飞烟。

元丰元年作。陈汉卿,字师阂,蜀阆中人,宋代有名的书画收藏家。吴道子,名道玄,唐时人,我国有名的"画圣"。山水、人物,并皆擅长,画佛像尤精。装背,托纸于画背,今俗称"裱"。作者所得这幅画,另一位大画家也是名诗人米芾曾见过,并记载在他的《画史》里:"苏子瞻家收吴道子画佛及侍者志公十馀人,破碎甚,而……精彩动人。"原藏者鲜于子骏,名侁,阆州人。神宗朝做过利州转运使判官、京东西路转运使,他也是反对新法的元祐党人。他和苏轼很要好,当苏轼入狱时,许多人都把和苏轼往来的诗文、信件烧掉,怕株连。他不这样,说"欺君负友,我不忍为"。

〔1〕逸少:王羲之字。
〔2〕两句是说传世法书名画多假。
〔3〕米芾《画史》:"佛像多经香薰损本色。"这里说烟薰屋漏,指伪造以充古旧。装玉轴:以玉为画轴,形容装背之豪华。
〔4〕《汉书·食货志》:武帝时"以白鹿皮……为皮币,值四十万。王侯宗室朝觐、聘享,必以皮币荐璧(以皮币作玉璧的衬垫之物),然后得行"。他的臣子颜异说:"仓(苍)璧值数千,而其皮荐反四十万,本末

145

不相称。"这里借喻精装的伪法书名画。而贵人们却不知谁贤——不辨什么真伪!

〔5〕潸(shān 山)然:流泪状。

〔6〕唐代绘画用绢,故云"素丝"。

〔7〕形容画的破碎。

〔8〕志公:即宝志禅师,刘宋时的高僧。

〔9〕阿修罗:佛教六道之一,是佛教中欲天界的大力神,阿修罗男丑恶,阿修罗女端正美丽。其形象有多种说法。雄:写阿修罗;妍:写天女。以上二句描述画中人物形象。

〔10〕欧阳修《六一诗话》:"陈舍人从易,当时文方盛之际,独以醇儒古学见称。……陈公时偶得杜集旧本,文多脱误,至《送蔡都尉》诗云'身轻一鸟'——其下脱一字,陈公因与数客各以一字补之,或云'疾',或云'落',或云'起',或云'下',莫能定。其后得一善本,乃是'身轻一鸟过'。陈公叹服。"这里作者借喻吴道子这幅画的残缺处,无从看到。

〔11〕锦囊:言其藏画之珍;千纸:言其藏画之多;何足捐:犹如说何足数、何足算。

〔12〕是说贵人们所藏书画多是伪品,无一真迹,拿来当麻缕用也不值得。博,这里作当、抵解。

雨中过舒教授

疏疏帘外竹,浏浏竹间雨[1]。窗扉静无尘,几砚寒生雾。美人乐幽独,有得缘无慕。坐依蒲褐禅,起听风瓯语[2]。客来淡无有,洒扫凉冠履。浓茗洗积昏,妙香净浮虑。归来北堂暗,一一微萤度。此生忧患中,一饷安闲处[3]。飞鸢悔前笑[4],黄犬悲晚悟[5]。自非陶靖节,谁识此间趣。

元丰元年作。舒焕,字尧文,时为徐州教授。作者在徐时与他往还颇密,唱和亦多。

〔1〕浏浏:犹如说清清。
〔2〕瓯:瓦制小盆小盂之类;这里风瓯是指建筑上瓦制铃铎之类。语:形容其发声。
〔3〕一饷:同一响。片刻,暂时。
〔4〕《墨子·鲁问篇》:"公输子削竹木为鹊,成而飞之,三日不下。公输子自以为至巧。"墨翟却说不如"翟之为车辖:须臾刘(镂)三寸之木,而任五十石之重"。他以为"利于人谓之巧,不利于人为之拙"。作者借此自嘲济世无功,巧不如拙。
〔5〕"黄犬"事见《石鼓歌》注〔39〕;悲晚悟,可怜悟已晚矣。

又送郑户曹

水绕彭城楼,山围戏马台[1]。古来豪杰地,千载有馀哀。隆准飞上天[2],重瞳亦成灰[3]。白门下吕布[4],大星陨临淮[5]。尚想刘德舆[6],置酒此徘徊。尔来苦寂寞,废圃多苍苔。河从百步响[7],山到九里回[8]。山水自相激,夜声转风雷。荡荡清河壖[9],黄楼我所开。秋月堕城角,春风摇酒杯。迟君为座客[10],新诗出琼瑰。楼成君已去,人事固多乖[11]。他年君倦游,白首赋归来。登楼一长啸:"使君安在哉!"[12]

元丰元年作。这时郑仅将奉调赴大名任司户参军。

〔1〕彭城楼、戏马台:均徐州古迹。前者相传即纪念殷时贤人彭祖的彭祖楼;后者系项羽所筑台,相传他曾戏马于此。

〔2〕隆准:大鼻子,这里指汉高祖刘邦。《史记·高祖本纪》说他"为人隆准而龙颜"。飞上天,言其成了龙——做了皇帝,但已死了。

〔3〕重瞳:指项羽。《史记·项羽本纪》说:"舜目盖重瞳子。又闻项羽亦重瞳子。"一只眼睛的虹膜上有两个瞳孔。亦成灰,言其事业失败,也死去了。

〔4〕汉末,吕布据徐州,被曹操围攻,擒之于白门楼上。下,攻下、打下的意思。

〔5〕唐李光弼封临淮郡王,镇徐州。陨:坠落。大星坠落,是说一个大人物的死。

〔6〕刘裕,字德舆,徐州人。他取得了晋的政权,称帝。史称宋高祖。

〔7〕即百步洪。见后《百步洪》诗。

〔8〕即九里山。

〔9〕壖(ruán 阮阳平,亦读 nuò 糯):缘水空地。

〔10〕迟:期待。

〔11〕乖:违隔。

〔12〕使君:作者自谓。此句是想象郑仅他年重登黄楼,不见作者的话头。

答仲屯田次韵

秋来不见渼陂岑[1],千里诗盟忽重寻。大木百围生远籁[2],朱弦三叹有遗音[3]。清风卷地收残暑,素月流天扫积阴。欲遣何人赓绝唱[4],满阶桐叶候虫吟[5]。

元丰元年作。

〔1〕杜甫《渼陂行》诗:"岑参兄弟皆好奇,携我远来游渼陂。"渼陂是胜地,岑参是名诗人;这里以"渼陂岑"指仲。

〔2〕籁:声响。这里用《庄子·齐物论》:"大木百围之窍穴,泠风则小和,飘风则大和,厉风则众窍为虚,地籁则众窍是已。"

〔3〕《礼记·乐记》:"清庙之瑟,朱弦而疏越,一唱而三叹,有遗音者矣。"

〔4〕赓:续。

〔5〕柳宗元《酬娄秀才寓居开元寺早秋月夜病中见寄》的名句:"壁空残月曙,门掩候虫秋。"绝唱指此。

答范淳甫

吾州下邑生刘季[1],谁数区区张与李[2]!来诗有张仆射、李临淮之句。重瞳遗迹已尘埃[3],惟有黄楼临泗水。郡有厅事,俗谓之霸王厅,相传不可坐,仆拆之以盖黄楼。而今太守老且寒[4],侠气不洗儒生酸。犹胜白门穷吕布,欲将鞍马事曹瞒[5]。

元丰元年在徐州作。范祖禹,字淳甫,与作者同为蜀人,也是作者最称道的一个朋友。诗中全用和徐州有关的人物故实。

〔1〕作者这时做着徐州太守,所以叫徐州为"吾州"。刘季即刘邦,

他是沛县人,沛县是徐州所辖,故云"下邑"。

〔2〕唐时,张建封做过徐泗节度使,李光弼封临淮郡王。因为范祖禹来诗以张仆射、李临淮誉苏轼,故戏答他:我这儿还出过皇帝呢,小小的节度使、郡王算得什么!

〔3〕即前《又送郑户曹》诗中"重瞳已成灰"之意。

〔4〕太守:作者自称。老、寒:作者自状;即下句所说的"儒生酸"。

〔5〕吕布在徐州被俘,乞降,曹操没有接受,把他杀了。事,侍奉。这里隐射当时阿附王安石的吕惠卿、曾布。

和鲜于子骏郓州新堂月夜二首 前次韵,后不次。

去岁游新堂,春风雪消后。池中半篙水,池上千尺柳。佳人如桃李,胡蝶入衫袖。山川今何许?疆野已分宿[1]。岁月不可思,驶若船放溜。繁华真一梦,寂寞两荣朽。惟有当时月,依然照杯酒。应怜船上人,坐稳不知漏!

明月入华池,反照池上堂。堂中隐几人[2],心与水月凉。风萤已无迹,露草时有光。起观河汉流,步屧响长廊[3]。名都信繁会,千指调笙簧[4]。先生病不饮,童子为烧香。独作五字诗,清绝如韦郎[5]。诗成月渐侧[6],皎皎两相望。

元丰元年作。郓州,今山东郓城。

〔1〕宿(xiù秀):星。古代测量天文,是以星分疆界的。这里指郓

州和徐州,言鲜于子骏与作者不在一处。

〔2〕隐几人:隐士。语出《庄子·徐无鬼》:"南伯子綦隐几而坐,仰天而嘘。"

〔3〕步屧(dié 蝶):步指脚步;屧是鞋子;这里指步履之声。

〔4〕千指:百人,泛言其多。

〔5〕韦郎:唐代名诗人韦应物,其诗清绝,与柳宗元齐名,并称"韦柳"。

〔6〕侧:倾斜。

中秋月三首

殷勤去年月,潋滟古城东[1]。憔悴去年人,卧病破窗中。徘徊巧相觅,窈窕穿房栊[2]。月岂知我病?但见歌楼空。抚枕三叹息,扶杖起相从。天风不相哀,吹我落琼宫。白露入肺肝,夜吟如秋虫。坐令太白豪,化为东野穷。馀年知几何?佳月岂屡逢?寒鱼亦不睡,竟夕相唴喁[3]。

六年逢此月,五年照离别。中秋有月,凡六年矣。惟去岁与子由会于此。歌君别时曲,满座为凄咽。留都信繁丽[4],此会岂轻掷[5]。熔银百顷湖,挂镜千寻阙。三更歌吹罢,人影乱清樾[6]。归来北堂下,寒光翻露叶。唤酒与妇饮,念我向儿说。岂知衰病后,空盏对梨栗。但见古河东,荍麦花铺雪[7]。欲和去年曲,复恐心断绝。

舒子在汶上,闭门相对清;舒焕试举人郓州。郑子向河朔,孤舟连夜行;郑仅赴北京户曹。顿子虽咫尺,兀如在牢扃;顿起来徐试举人。赵子寄书来,《水调》有馀声[8]。今日得赵杲卿书,犹记余在东武中秋所作《水调歌头》也。悠哉四子心,共此千里明。明月不解老,良辰难合并。回头坐上人[9],聚散如流萍。尝闻此宵月,万里同阴晴。故人史生为余言,尝见海贾云:中秋有月,则是岁珠多而圆。贾人常以此候之。虽相去万里,他日会合,相问阴晴,无不同者。天公自著意,此会那可轻。明年各相望,俯仰今古情。

元丰元年作。系寄弟辙者。看第二首中作者自注和"歌君别时曲"可知。

〔1〕殷勤:喻月之多情。潋滟:形容月容饱满,月华如水。
〔2〕窈窕:犹如说苗条,形容月光身轻体小,能穿房入户。
〔3〕唵喁(yán yóng 言颙):鱼口露水面吸气吐泡。
〔4〕宋时以南京为留都。信:真是、诚然、的确。时苏辙任南京签判。
〔5〕掷:丢掉、放弃。
〔6〕樾:树荫。
〔7〕荍(qiáo 乔)麦:荞麦。
〔8〕《水调》:即指作者有名的词——《水调歌头》:"明月几时有?把酒问青天。不知天上宫阙,今夕是何年?我欲乘风归去,唯恐琼楼玉宇,高处不胜寒。起舞弄清影,何似在人间。转朱阁,低绮户,照无眠。不应有恨,何事长向别时圆?人有悲欢离合,月有阴晴圆缺,此事古难全。但愿人长久,千里共婵娟。"

〔9〕回头:一本作"四顾"。

九日黄楼作

去年重阳不可说[1],南城夜半千沤发[2]。水穿城下作雷鸣,泥满城头飞雨滑。黄花白酒无人问[3],日暮归来洗靴袜。岂知还复有今年,把盏对花容一呷。莫嫌酒薄红粉陋[4],终胜泥中千柄锸。黄楼新成壁未干,清河已落霜初杀。朝来白雾如细雨,南山不见千寻刹[5]。楼前便作海茫茫,楼下空闻橹鸦轧。薄寒中人老可畏[6],热酒浇肠气先压。烟消日出见渔村,远水鳞鳞山齾齾[7]。诗人猛士杂龙虎,坐客三十馀人,多知名之士。楚舞吴歌乱鹅鸭。一杯相属君勿辞:此景何殊泛清霅[8]。

此诗作于元丰元年,黄楼新成以后。作者追述去年今日的水灾;欣喜今年今日的佳节。

〔1〕去年重阳,作者曾预料他的友好来共度佳节,来客既为水所阻,主人亦忙于与水斗争,故云不可说,即过节的事无从说起的意思。

〔2〕沤:积水。千沤,极言其水势之大。

〔3〕黄花:菊花。过重阳节要赏菊喝酒,这里以"黄花白酒"代表过重阳节。

〔4〕红粉:指在座侑酒的歌妓。

〔5〕这里是说高刹白雾迷漫,瞧不见。

〔6〕薄寒中(读 zhòng 仲)人:是说人中了寒气。

153

〔7〕龃(yà亚)龃:齿缺不齐,这里形容山峰参差。

〔8〕霅(zhà乍):水名,即流入太湖的霅溪。末句实为作者设想之词。

李思训画《长江绝岛图》

山苍苍,水茫茫,大孤小孤江中央。崖崩路绝猿鸟去〔1〕,惟有乔木搀天长〔2〕。客舟何处来？棹歌中流声抑扬。沙平风软望不到,孤山久与船低昂。峨峨两烟鬟〔3〕,晓镜开新妆〔4〕。舟中贾客莫漫狂〔5〕,小姑前年嫁彭郎〔6〕。

元丰元年冬,作者在徐州看到这幅山水画的杰作,因作此诗。李思训是唐代著名的画家,他是中国山水画北派的开山祖,因为他官至左武卫大将军,所以人称他为大李将军。他的儿子昭道,也是山水画家,称小李将军。

〔1〕猿、鸟也留不住,形容"崖崩路绝"的险。

〔2〕搀:刺、参。是说乔木刺天、乔木参天。长:高。

〔3〕峨峨:山高貌。两烟鬟:指大孤山和小孤山。鬟本是妇女头发梳结的一种式样,这里用来作峰峦的形象。烟,言其远看迷濛之状。

〔4〕是说江水清,江面平。

〔5〕贾客:即商人。

〔6〕小姑:即小孤山；彭郎即澎浪矶,在小孤山对岸。"孤"与"姑"、"澎浪"与"彭郎"谐音,民间原以山拟人,作者亦用其语,应上"烟鬟"

"新妆",形象地写出画中山之美。

百步洪二首并序

王定国访余于彭城[1],一日,棹小舟与颜长道携盼、英、卿三子游泗水[2],北上圣女山,南下百步洪,吹笛饮酒,乘月而归。余时以事不得往,夜著羽衣,伫立于黄楼上,相视而笑,以为李太白死,世间无此乐三百馀年矣。定国既去,逾月,余复与参寥师放舟洪下,追怀曩游,以为陈迹,喟然而叹!故作二诗,一以遗参寥,一以寄定国,且示颜长道、舒尧文[3],邀同赋云。

长洪斗落生跳波[4],轻舟南下如投梭。水师绝叫凫雁起,乱石一线争磋磨。有如兔走鹰隼落,骏马下注千丈坡。断弦离柱箭脱手,飞电过隙珠翻荷[5]。四山眩转风掠耳,但见流沫生千涡。崄中得乐虽一快[6],何意水伯夸秋河[7]。我生乘化日夜逝[8],坐觉一念逾新罗[9]。纷纷争夺醉梦里,岂信荆棘埋铜驼[10]。觉来俯仰失千劫[11],回视此水殊委蛇[12]。君看岸边苍石上,古来篙眼如蜂窠。但应此心无所住,造物虽驶如吾何!回船上马各归去,多言譊譊师所呵[13]。

佳人未肯回秋波,幼舆欲语防飞梭[14]。轻舟弄水买一笑,醉中荡桨肩相磨。不学长安闾里侠,貂裘夜走胭脂坡[15]。独将诗句拟鲍谢[16],涉江共采秋江荷[17]。不知诗中道何语,但觉两颊生微涡。我时羽服黄楼上,坐见织女初斜河。归来笛声满山谷,明月正照金叵罗[18]。奈何舍我入尘土,扰扰毛群欺卧驼[19]。不念空斋老病叟,退食谁与同委蛇[20]。时来洪上看遗迹,忍见履齿青苔窠!诗成不觉双泪下,悲吟相对惟羊何[21]。欲遣佳人寄锦字,夜寒手冷无人呵。

元丰元年作。

〔1〕王定国:名巩,大名人。工诗,他随苏轼学习文案。

〔2〕颜长道:名复,鲁人。熙宁中为国子监直讲官,因反对王安石,被免职。马盼盼、张英英、某卿卿:三人都是徐州的歌妓。

〔3〕舒焕(尧文):徐州教授,曾有和诗。

〔4〕斗:现在通作陡。斗落,突然下落。跳(读 tiāo 挑)波:言其水势奔流。

〔5〕这四句用七种形象来写水的姿态、水的势头,是苏诗中有名的"连喻"。

〔6〕崄:同险。

〔7〕这里用《庄子·秋水》篇:"秋水时至,百川灌河,泾流之大,两涘渚崖之间,不辨牛马。于是焉,河伯欣然自喜,以为天下之美,为尽在己。"

〔8〕乘化:陶潜《归去来兮辞》:"聊乘化以归尽。"《文选五臣注》:"乘化,谓乘其运会。"就是一任命运自然变化的意思。日夜逝:《论语·子罕》记载孔子去川上看水,叹道:"逝者如斯夫!不舍昼夜。"

〔9〕唐宋时新罗,即今朝鲜的一部分。逾,超过。逾新罗,言其一念之远。

〔10〕晋时索靖有远见,知天下将乱,指着洛阳宫门的铜驼说:"会见汝在荆棘中。"(见《晋书·索靖传》)后来人们用"荆棘铜驼"来比喻世事的变化。

〔11〕劫:佛家语,义为时日、岁月。

〔12〕委蛇(tuó陀):转曲自得的样子。

〔13〕谌(náo挠)谌:争论不休、喧哗、罗嗦。师:指参寥。呵:责斥。

〔14〕晋谢鲲字幼舆,他调戏邻家高氏女,女投梭折其齿。这里用以向王巩、颜复开玩笑,因为他们挟妓同游。

〔15〕胭脂坡:意即"红尘",因借指妓坊,故用此艳名。

〔16〕鲍谢:鲍照、谢灵运,东晋、刘宋时代大诗人。

〔17〕用古诗"涉江采芙蓉"语意(古诗中的"芙蓉"即荷花)。隐含"采之欲遗谁?所思在远道"的意味。

〔18〕金叵(pǒ笸)罗:酒杯名。

〔19〕毛群:言其小,意指人生。卧驼:言其大,意指宇宙。

〔20〕《诗经·召南·羔羊》:"委蛇委蛇,自公退食",这里委蛇指生活上的自得。退食,下班回家吃饭。

〔21〕羊何:羊璿之、何长瑜。他们与荀雍、谢灵运的族弟惠连号称"四友",都是谢灵运"共为山泽之游"的良伴。这里作者以谢灵运自况,以羊、何比舒、颜。谢灵运在当时是遭忌,后来被杀的,作者想到自己的处境,所以一则说"泪下",再则说"悲吟"。

石炭并序

彭城旧无石炭,元丰元年十二月,始遣人访获于州之西南白土镇之北,冶铁作兵[1],犀利胜常云。

君不见前年雨雪行人断,城中居民风裂骭[2]。湿薪半束抱衾裯[3],日暮敲门无处换。岂料山中有遗宝,磊落如磐万车炭[4]。流膏迸液无人知[5],阵阵腥风自吹散。根苗一发浩无际,万人鼓舞千人看。投泥泼水愈光明,烁玉流金见精悍。南山栗林渐可息,北山顽矿何劳锻。为君铸作百炼刀,要斩长鲸为万段!

元丰元年末作。石炭即煤块。

[1] 兵:武器。
[2] 骭(gàn 赣):脚骭。
[3] 《诗经·召南·小星》"抱衾与裯,实命不犹",是说小官们的辛苦。
[4] 磐(yī 医):黑色的美石。
[5] 流膏迸液:言其遍地都有。

月夜与客饮杏花下

杏花飞帘散馀春[1],明月入户寻幽人。褰衣步月踏花影[2],炯如流水涵青蘋[3]。花间置酒清香发,争挽长条落香雪。山城酒薄不堪饮,劝君且吸杯中月。洞箫声断月明中,惟忧月落酒杯空。明朝卷地春风恶,但见绿叶栖残红。

元丰二年(1079),在徐州作。客,据作者诗话,当是王子立、王子敏、张师厚。

〔1〕 散:一作报。
〔2〕 褰(qiān牵)衣:用手提、撩起长袍子。
〔3〕 炯:光明。青蘋:青绿色的浮萍。

泗州僧伽塔

我昔南行舟系汴,逆风三日沙吹面。舟人共劝祷灵塔,香火未收旗脚转。回头顷刻失长桥,却到龟山未朝饭[1]。至人无心何厚薄[2],我自怀私欣所便。耕田欲雨刈欲晴,去得顺风来者怨。若使人人祷辄遂,造物应须日千变。今我身世两悠悠,去无所逐来无恋。得行固愿留不恶,每到有求神亦倦。退之旧云三百尺,澄观所营今已换[3]。不嫌俗士污丹梯,一看云山绕淮甸[4]。

元丰二年春,作者奉调,移知湖州,再过泗州时作。

〔1〕 以上回忆熙宁四年自京赴杭初过此地的情景。
〔2〕 至人:完人,指道德修养达到最高境界的人。此指僧伽。《庄子·逍遥游》:"至人无己,神人无功,圣人无名。"又:"不失其真,谓之至人。"
〔3〕 僧伽塔是澄观所建,韩愈《送澄观》诗说:"僧伽后出淮泗上,……突兀便高三百尺。借问经营本何人?道人澄观名籍籍。"今已换:谓不复是唐的模样。

〔4〕甸:田地,疆土。淮甸,指淮河区域。

龟山

我生飘荡去何求,再过龟山岁五周。身行万里半天下,僧卧一庵初白头。地隔中原劳北望,潮连沧海欲东游。元嘉旧事无人记[1],故垒摧颓今在不[2]?宋文帝遣将拒魏太武,筑城此山。

元丰二年作。龟山在盱眙县北,作者熙宁四年曾过此,故第二句有"再过龟山岁五周"语。

〔1〕元嘉:南北朝时宋文帝年号。旧事:见诗末作者自注。
〔2〕摧颓:破坏、残败、倒塌。

舟中夜起

微风萧萧吹菰蒲[1],开门看雨月满湖[2]。舟人水鸟两同梦,大鱼惊窜如奔狐。夜深人物不相管[3],我独形影相嬉娱。暗潮生渚吊寒蚓,落月挂柳看悬蛛[4]。此生忽忽忧患里,清境过眼能须臾[5]!鸡鸣钟动百鸟散,船头击鼓还相呼。

元丰二年途中作。

〔1〕菰:茭白;蒲:水杨:都是水草。

〔2〕因风吹菰蒲,误以为是雨声。开门一看,原来没有雨,只见满湖的月色。

〔3〕人物:是说人和物。

〔4〕上句说水声幽咽如虫鸣。下句说柳条如蛛丝,月亮如悬在丝端的蜘蛛——写月将落时的景象。以上均写有月无雨。

〔5〕能:这里作这么解。能须臾,这么短的时间!

大风留金山两日

塔上一铃独自语:"明日颠风当断渡〔1〕。"朝来白浪打苍崖,倒射轩窗作飞雨。龙骧万斛不敢过〔2〕,渔舟一叶从掀舞。细思城市有底忙〔3〕,却笑蛟龙为谁怒?无事久留童仆怪,此风聊得妻孥许。潜山道人独何事〔4〕,夜半不眠听粥鼓〔5〕。

元丰二年,由徐州赴湖州道中过金山作。

〔1〕杜甫《偪侧行赠毕曜》诗:"晓来急雨春风颠。"颠风,犹言狂风。"颠"、"当"、"断"、"渡",连用这几个字音来象声"铃语"。

〔2〕龙骧:大船。万斛:形容船容量之大。

〔3〕有底:有啥、有什么。

〔4〕潜(qián 钱):同潜。潜山道人即僧人参寥。

〔5〕粥鼓:木鱼声。

赠惠山僧惠表

行遍天涯意未阑,将心到处遣人安[1]。山中老宿依然在[2],案上《楞严》已不看[3]。欹枕落花馀几片,闭门新竹自千竿。客来茶室空无有,卢橘杨梅尚带酸[4]。

惠山是无锡的名胜,惠表是惠山的住僧。作者曾说:"余昔为钱塘倅,往来无锡,未尝不至惠山。"这诗是元丰二年赴湖州过此重游、赠旧之作。

〔1〕将:携带。遣:使得。这句是说惠表所到,必说佛法。
〔2〕老宿:老前辈,这里指惠表及其他老和尚。
〔3〕楞严:即《楞严经》,佛家的经典。
〔4〕卢橘:即枇杷。

与秦太虚、参寥会于松江,而关彦长、徐安中适至。分韵得"风"字

吴越溪山兴未穷,又扶衰病过垂虹[1]。浮天自古东南水[2],送客今朝西北风。绝境自忘千里远,胜游难复五人同[3]。舟师不会留连意,拟看斜阳万顷红。

元丰二年作。秦太虚名观,字少游,宋代著名词人,亦能诗,在宋

诗中他也占一席地位。他与张耒(文潜)、黄庭坚(鲁直)、晁补之(无咎)共称"苏门四学士",加上李荐(方叔)、陈师道(后山)共称"苏门六君子"。

〔1〕垂虹桥:在吴江东门外。唐时所建。
〔2〕浮天:形容水多。
〔3〕难复:难再有。五人:作者与秦等四人。

端午遍游诸寺,得"禅"字

肩舆任所适,遇胜辄流连。焚香引幽步,酌茗开净筵。微雨止还作,小窗幽更妍。盆山不见日,草木自苍然[1]。忽登最高塔,眼界穷大千[2]。卞峰照城郭[3],震泽浮云天[4]。深沉既可喜,旷荡亦所便。幽寻未云毕,墟落生晚烟。归来记所历,耿耿清不眠。道人亦未寝,孤灯同夜禅。

元丰二年三月,作者移知湖州,此诗作于五月,是初到未久时。

〔1〕这四句作者自谓"非至吴越,不见此景"。
〔2〕大千:即"大千世界",佛家语。
〔3〕卞峰:即卞山。
〔4〕震泽:即太湖。

与王郎昆仲及儿子迈,绕城观荷花,登岘山亭,晚入飞英寺。分韵得"月"、"明"、"星"、"稀"四首

昨夜雨鸣渠,晓来风袭月。萧然欲秋意,溪水清可啜。环城三十里,处处皆佳绝。蒲莲浩如海,时见舟一叶。此间真避世,青蒻低白发[1]。相逢欲相问,已逐惊鸥没[2]。

清风定何物,可爱不可名[3]。所至如君子[4],草木有嘉声。我行本无事,孤舟任斜横。中流自偃仰,适与风相迎。举杯属浩渺,乐此两无情。归来两溪间,云水夜自明。

苕水如溪水,鳞鳞鸭头青[5]。吴兴胜襄阳,万瓦浮青冥[6]。我非羊叔子,愧此岘山亭[7]。悲伤意则同[8],岁月如流星。从我两王子,高鸿插修翎。湛辈何足道,当以德自铭[9]。

吏民怜我懒,斗讼日已稀。能为无事饮,可作不夜归。复寻飞英游,尽此一寸晖。撞钟履声集,颠倒云山衣。我来无时节,杖屦自推扉。莫作使君看[10],外似中已非。

元丰二年,在湖州作。王郎昆仲:王适、王遹。迈,苏轼的长子。

〔1〕是说这里看到一位避世的渔人:青蒻笠帽覆着白发。蒻(ruò

弱),蒲草。这里隐用张志和《渔父》"青蒻笠,绿蓑衣,斜风细雨不须归"词意。

〔2〕逐……没:随着……不见。

〔3〕不可名:难于称说。

〔4〕孔子曾经说:"君子之德风。"(见《论语·颜渊》)

〔5〕鳞鳞:形容水的波纹细皱;鸭头,形容水的颜色青绿。

〔6〕像是人家都浮在水上。此句极写水乡吴兴之所以胜襄阳。

〔7〕羊叔子,名祜,晋时人,他守襄阳时喜登岘山,死后襄阳百姓就在岘山立庙、竖碑纪念他。恰巧吴兴这儿也有一个岘山,是原名显山改的,晋吴兴太守殷康筑亭于此,叫显亭——后改称岘山亭,凡在这儿做官有德政的,人们也都为他立碑于亭,略如襄阳岘山故事。作者现在这里做官,登临之际,追怀古人,自觉愧对。

〔8〕《晋书·羊祜传》:"祜乐山水,每风景佳,必造岘山。尝慨然叹息,顾谓从事中郎邹湛等曰:'自有宇宙,便有此山。由来贤达胜士登此远望,如我与卿者多矣,皆湮灭无闻,使人悲伤!'……"作者同样有这悲伤。

〔9〕《晋书·羊祜传》:"湛曰:'公德冠四海,道嗣前哲,令闻令望,必与此山俱传。至若湛辈,乃当如公言耳。'……"作者意轻邹湛而立志学习羊祜,不过在后一句里没有明白地说出。

〔10〕意谓不要把我当官看待。

十二月二十八日,蒙恩责授检校水部员外郎黄州团练副使二首

百日归期恰及春〔1〕,馀年乐事最关身。出门便旋风吹

165

面[2]，走马联翩鹊啅人[3]。却对酒杯浑是梦，偶拈诗笔已如神。此灾何必深追咎，窃禄从来岂有因[4]。

平生文字为吾累[5]，此去声名不厌低[6]。塞上纵归他日马[7]，城东不斗少年鸡[8]。休官彭泽贫无酒[9]，隐几维摩病有妻[10]。堪笑睢阳老从事[11]：为予投檄到江西。子由闻予下狱，乞以官爵赎予罪。贬筠州监酒[12]。

元丰二年三月，权监察御史里行何正臣，弹劾作者"愚弄朝廷，妄自尊大。又一有水旱之灾、盗贼之变，轼必倡言归咎新法，喜动颜色"。到了七月，权监察御史里行舒亶、国子博士李宜之、权御史中丞李定连上弹章纠劾。于是作者被捕到京，八月入御史台狱，至十二月释放，贬黄州。这两首诗是作者出狱后所作。

〔1〕作者八月十八日入狱，距作此诗时计一百三十日，这里说百日是举其成数。

〔2〕便旋：犹如说徘徊。又意同轻捷。

〔3〕啅（zhuó 啄）：这里作众口杂鸣解。啅人，朝着人叫。

〔4〕窃禄：犹如说尸位素餐。

〔5〕这一次被捕入狱，主要是文字之累，尤其是诗闯了祸。舒亶就是这样摘句构成他的罪状的："陛下发钱以本业贫民，则曰'赢得儿童语音好，一年强半在城中'；陛下明法以课试群吏，则曰'读书万卷不读律，致君尧舜知无术'；陛下兴水利，则曰'东海若知明主意，应教斥卤变桑田'；陛下议盐禁，则曰'岂是闻韶解忘味，尔来三月食无盐'。其他触物及事，应口所言，无一不以讥谤为主，小则镂板，大则刻石。……"

〔6〕作者声名，在当时已很高，即使纠弹他的人也承认，但也借此

攻击。何正臣说他"轼所为文字,传于人者甚众";舒亶说他"传播中外,自以为能";李定说他"滥得时名"。故作者要"此去声名不厌低"。

〔7〕用《淮南子》塞翁失马的寓言故事。以"归马"喻出狱。塞翁的失马引了另一匹好马归来,致使他的儿子因骑马而跌伤;作者隐言出狱是福,焉知不另有后祸?

〔8〕用唐人陈鸿小说《东城父老传》:玄宗好斗鸡,长安城中的斗鸡少年贾昌,最得宠荣,封他为"五百小儿长",天下称为"神鸡童",当时流传着这样的话:"生儿不用识文字,斗鸡走马胜读书。"斗鸡之徒是皇帝的弄臣,士大夫以文字歌功阿世就如同斗鸡小儿以斗鸡取媚邀宠,作者表示所不愿为。此句须与上句连读:"纵归马,不斗鸡"是本旨;却故意引人看作是"纵他日,不少年"的说法。

〔9〕陶渊明辞去了彭泽令,家贫无酒。这句的意思是:为了家贫,不敢休官。

〔10〕佛经:维摩以法喜(见法生喜)为妻。这句意谓将与佛法终老。

〔11〕苏辙时任著作郎,签书应天府(今河南商丘)判官,应天府在唐时为睢阳,故称他"睢阳老从事"。

〔12〕筠州:今江西高安。

初到黄州

自笑平生为口忙[1],老来事业转荒唐。长江绕郭知鱼美[2],好竹连山觉笋香[3]。逐客不妨员外置[4],诗人例作水曹郎[5]。只惭无补丝毫事,尚费官家压酒囊。检校官例折支,多得退酒袋。

作者出狱后,被谪为黄州团练副使,元丰三年(1080)二月到职,诗作于此时。

〔1〕"口忙"语意双关:指因言事得罪被谪。兼指下文"鱼美"、"笋香"的享受。

〔2〕黄州在长江北岸,三面环水。

〔3〕黄州多竹。

〔4〕逐客:这里作逐臣解。员外:定额以外的官员,非本制,像作者这时所任就是。自唐以来,历代都有。置:安插。

〔5〕水曹郎:隶属于水部的郎官。梁时何逊、唐时张籍、宋时孟宾于都做过水部郎,他们都是诗人。

陈季常所蓄《朱陈村嫁娶图》二首

何年顾陆丹青手〔1〕,画作《朱陈嫁娶图》。闻道一村惟两姓,不将门户买崔卢〔2〕。

我是朱陈旧使君〔3〕,朱陈村在徐州萧县。劝农曾入杏花村〔4〕。而今风物那堪画:县吏催钱夜打门。

元丰三年在黄州作。陈季常,名慥,号方山子,蜀眉州人。季常的父亲公弼知凤翔时,作者也在那儿作签书判官,遂与季常相识。后陈氏移家洛阳,作者至黄州后,季常数从之游。蓄,收藏。这是作者为季常题其所藏画的诗。朱陈村仅朱、陈二姓,世为婚姻,唐白居易曾有诗咏其事。

〔1〕顾恺之、陆探微,均晋代有名的画家,二人都善绘人物。

〔2〕崔姓、卢姓,都是北朝——魏、北周——的豪族。南北朝时,最重门第;一直沿到唐代,仍以崔、卢诸姓为重。和这些门第的人结亲,得花钱,当时叫做"卖婚"。

〔3〕使君:唐宋时对太守的别称。作者曾为官徐州,所以自说是那儿的"旧使君"。

〔4〕查注引《名胜志》:"朱陈村距萧县东南百里,杏花村与朱陈村相连。"

安国寺寻春

卧闻百舌呼春风[1],起寻花柳村村同。城南古寺修竹合,小房曲槛欹深红。看花叹老忆年少,对酒思家愁老翁。病眼不羞云母乱[2],鬓丝强理茶烟中。遥知二月王城外[3],玉仙洪福花如海[4]。薄罗匀雾盖新妆,快马争风鸣杂珮。玉川先生真可怜,一生耽酒终无钱[5]。病过春风九十日,独抱添丁看花发[6]。

元丰三年作。作者有《黄州安国寺记》云:"城南精舍曰安国寺,有茂林修竹,陂池亭榭。寺僧曰继莲。寺立于伪唐保大二年,始名护国。嘉祐八年,赐今名。堂宇斋阁,莲皆新易之,严丽深稳,悦可人意,至者忘归。"

〔1〕百舌:鸟名。这种鸟善于模拟各种鸟的歌唱。

〔2〕唐、宋时尚以云母片饰屏、装窗,云母反光,老人看着眼花。

〔3〕王城:指当时的首都汴京——即今开封。

〔4〕玉仙观、洪福寺,是当时汴京的名刹。

〔5〕唐卢仝《叹昨日三首》之二:"天下薄夫苦耽酒,玉川先生也耽酒;薄夫耽酒有钱恣长乐,先生无钱养淡泊;有钱无钱俱可怜,百年骤过如流川。平生心事消散尽,天上白日悠悠悬。"这里作者以玉川先生自况。

〔6〕此用卢仝《添丁》诗:"春风苦不仁,呼逐马蹄行人家。惭愧瘴气却怜我,人我憔悴骨中为生涯。数日不食强之行,何忍索我抱看满树花。……"

寓居定惠院之东,杂花满山,有海棠一株,土人不知贵也

江城地瘴蕃草木,只有名花苦幽独。嫣然一笑竹篱间,桃李漫山总粗俗。也知造物有深意,故遣佳人在空谷〔1〕。自然富贵出天姿,不待金盘荐华屋。朱唇得酒晕生脸,翠袖卷纱红映肉。林深雾暗晓光迟,日暖风轻春睡足〔2〕。雨中有泪亦凄怆,月下无人更清淑。先生食饱无一事〔3〕,散步逍遥自扪腹,不问人家与僧舍,拄杖敲门看修竹。忽逢绝艳照衰朽,叹息无言揩病目。陋邦何处得此花,无乃好事移西蜀〔4〕?寸根千里不易致,衔子飞来定鸿鹄。天涯流落俱可念〔5〕,为饮一樽歌此曲。明朝酒醒还独来,雪落纷纷那忍触!

作者《志林》曾经记有:"黄州定惠院东小山上有海棠一株,特繁茂,每岁开时,必为置酒。"这诗是元丰三年,到黄州不久时初访海棠之作。

〔1〕杜甫《佳人》:"绝代有佳人,幽居在空谷。"这里作者以花拟人。

〔2〕唐玄宗见杨贵妃早酒未醒,应召扶来的醉态,说是"海棠睡未足"。这里反用其意。

〔3〕先生:作者自称。

〔4〕这句意思是:莫非是好事之徒把它从西蜀移来?按:西蜀海棠最盛,蜀产香海棠也最名贵,作者的家乡,有"香海棠国"之称。

〔5〕俱:指上文"绝艳"与"衰朽",亦即海棠和作者自己——都是天涯流落。

雨晴后,步至四望亭下鱼池上,遂自乾明寺前东冈上归二首

雨过浮萍合,蛙声满四邻。海棠真一梦〔1〕,梅子欲尝新。挂杖闲挑菜,秋千不见人。殷勤木芍药〔2〕,独自殿馀春〔3〕。

高亭废已久,下有种鱼塘〔4〕。暮色千山入,春风百草香。市桥人寂寂,古寺竹苍苍。鹳鹤来何处?号鸣满夕阳!

元丰三年作。四望亭在黄州。

〔1〕言海棠已谢。

〔2〕木芍药:牡丹的别名。

〔3〕殿:结尾、收场。殿馀春,作春色的殿军。
〔4〕种鱼:即养鱼。

武昌铜剑歌并序

供奉官郑文,尝官于武昌。江岸裂,出古铜剑,文得之,以遗余。冶铸精巧,非锻炼所成者。

雨馀江清风卷沙,雷公蹴云捕黄蛇[1];蛇行空中如枉矢[2],电光煜煜烧蛇尾[3];或投以块铿有声,雷飞上天蛇入水。水上青山如削铁,神物欲出山自裂[4];细看两胁生碧花[5],犹是西江老蛟血[6]。苏子得之何所为:蒯缑弹铗咏新诗[7]。君不见:凌烟功臣长九尺[8],腰间玉具高挂颐[9]。

元丰三年,作者获得了一柄古铜剑,作此诗。

〔1〕《广异记》:唐开元末年,太原人武胜之在广西做官,曾见桂林漓江滩上有雷神驾着云追逐一条小黄蛇,渔民以石投蛇,蛇化为一柄铜剑。

〔2〕枉矢:星名,这星座像一条曲箭。

〔3〕煜煜:火光照耀状。

〔4〕神物:指古铜剑。

〔5〕碧花:指古剑上的铜绿——古器物学上所重视的"锈片"。

〔6〕西江:指漓江。武胜之在桂林所获得的剑,上有铭文云:"许旌阳斩蛟第三剑"。

〔7〕蒯(kuǎi 块上声):草绳。缑(hóu 侯):剑把上的缠物。言以草绳缠于剑把,没有什么金装玉饰。《史记·孟尝君列传》中冯谖的剑,就是这样:"冯先生甚贫,犹有一剑耳,又蒯缑。"铗:剑把。冯谖做了孟尝君的食客,他几次弹铗而歌:"长铗归来乎,食无鱼!""长铗归来乎,出无车!""长铗归来乎,无以为家!"(并见《史记》、《战国策》)

〔8〕唐太宗时,绘功臣像于凌烟阁。

〔9〕玉具:指剑饰璏、璲、瑑、珌之属。这里与"蒯缑"相对。挂颐,形容剑长,《战国策》:"大冠若箕,修剑挂颐。"这两句意谓凌烟阁上的功臣虽然神气十足——躯大剑长,而又有剑饰之美,但究竟不是我所羡慕的。隐用李白《答王十二寒夜独酌有怀》"严陵高揖汉天子,何必长剑挂颐事玉阶"诗意。

正月二十日往岐亭,郡人潘、古、郭三人送余于女王城东禅庄院

十日春寒不出门,不知江柳已摇村。稍闻决决流冰谷[1],尽放青青没烧痕[2]。数亩荒园留我住,半瓶浊酒待君温。去年今日关山路,细雨梅花正断魂[3]。

元丰四年(1081)作。潘大临(一说潘彦明)、郭遘、古耕道,都是作者到黄州后新交的朋友。这些人或开酒店,或卖药,或为流氓无产者。作者《东坡八首》之一有云:"潘子久不调,沽酒江南村;郭生本将种,卖药西市垣;古生亦好事,疑是押牙孙。"

〔1〕稍:这里义同多、渐。决决:水流动。

〔2〕青青:形容野草新生。烧(读 shào 绍):野火。这句是说新草青青掩盖了旧的烧痕。

〔3〕暗用杜牧《清明》诗"清明时节雨纷纷,路上行人欲断魂"句意。回忆"去年今日"自己在"关山路"上的情景。

侄安节远来,夜坐(选二首)

南来不觉岁峥嵘[1],夜拨寒灰听雨声。遮眼文书原不读[2],伴人灯火亦多情。嗟予潦倒无归日,令汝蹉跎已半生。免使韩公悲世事,白头还对短灯檠[3]。

心衰面改瘦峥嵘,相见惟应识旧声。永夜思家在何处[4]?残年知汝远来情。畏人默坐成痴钝,问旧惊呼半死生。梦断酒醒山雨绝,笑看饥鼠上灯檠[5]。

安节是作者的堂侄,作者在《跋所书摩利支经后》有云:"侄安节于元丰庚申(三年)六月大水中,舟行下峡,明年(四年)十一月至黄州。"此诗当是四年末作,第二首"残年知汝远来情"可证。原三首,选第一、二共二首。

〔1〕峥嵘二字,作者惯用。本是形容山势的高耸、峻险,这里当作岁的顶点、寒的深重。第二首第一句同样是这二字,但却当作瘦得露骨的形容。

〔2〕作者自写萧闲之状。用药山惟俨禅师看经"我只图遮眼"语意。

〔3〕韩愈《短灯檠歌》:"长檠八尺空自长,短檠二尺便宜光。黄帘绿幕朱户闭,风露气入秋堂凉。裁衣寄远泪眼暗,搔头频挑灯移床。太学儒生东鲁客,二十辞家来射策。夜书细字缀语言,两目眵昏头雪白。此时提携当案前,看书到晓哪能眠!一朝富贵还自恣,长檠高张照珠翠。吁嗟世事无不然,墙角君看短檠弃!"作者引用其事,而说"免使",说"还对",是自嘲也是自傲。檠(qíng 情),灯盏的柱。这里概指灯。

〔4〕永夜:长夜。

〔5〕常见画家爱以此句作题材,画烛台上燃着蜡烛,爬着一只老鼠,或题"残年",或题"饥鼠",都是用苏轼这句诗意。

正月二十日与潘、郭二生出郊寻春,忽记去年是日同至女王城作诗,乃和前韵

东风未肯入东门,走马还寻去岁村。人似秋鸿来有信,事如春梦了无痕。江城白酒三杯酽〔1〕,野老苍颜一笑温。已约年年为此会〔2〕,故人不用赋招魂〔3〕。

元丰五年(1082)作。潘,指开酒店的潘大临;郭,指卖药的郭遘;他们是苏轼到黄州后新交的朋友。前韵指其《正月二十日往岐亭,郡人潘、古、郭三人送余于女王城东禅庄院》一诗。

〔1〕酽(yàn 验):浓的口语。

〔2〕隐示安于此,乐于此。

〔3〕这里"招魂"借喻调他回京。说"不用",表示他的倔强。

红梅(选一首)

怕愁贪睡独开迟,自恐冰容不入时。故作小红桃杏色,尚馀孤瘦雪霜姿。寒心未肯随春态,酒晕无端上玉肌[1]。诗老不知梅格在[2],更看绿叶与青枝[3]？石曼卿《红梅》诗云:"认桃无绿叶,辨杏有青枝。"

《红梅》三首,这一首(第一首)最好。第三、四句,许多人认为是咏红梅的绝唱,也是许多人画红梅的佳题。此亦元丰五年作。

〔1〕玉肌:犹如说玉容。
〔2〕诗老:指他的前辈诗人石延年——就是末句作者自注的石曼卿。格:风格。在:所在。
〔3〕更:岂能。这句是说:怎么能从"绿叶"、"青枝"来看梅花？

寒食雨二首

自我来黄州,已过三寒食。年年欲惜春,春去不容惜。今年又苦雨,两月秋萧瑟[1]。卧闻海棠花,泥污燕脂雪[2]。暗中偷负去,夜半真有力[3]。何殊病少年[4],病起头已白。

春江欲入户,雨势来不已。小屋如渔舟,濛濛水云里。空庖煮寒菜,破灶烧湿苇。那知是寒食？但见乌衔纸[5]。君门深九重,坟墓在万里〔6〕。也拟哭途穷〔7〕,死灰吹不起〔8〕!

农历清明节的前一天,是寒食节。此诗元丰五年作。传世作者手书《寒食帖》诗题无"雨"字。

〔1〕此句言两月来雨多春寒,萧瑟如秋。

〔2〕用杜甫《曲江对雨》"林花著雨燕脂湿"句意。燕脂(胭脂)雪,形容海棠花红中透白。

〔3〕《庄子·大宗师》:"藏舟于壑,藏山于泽,谓之固矣。然夜半有力者负之而走,昧者不知也。"这里用以喻海棠花谢,像是有力者夜半暗中负去。

〔4〕何殊:无异于。

〔5〕此句是说见乌衔纸才知道今天是寒食节日。见,一本作感。

〔6〕王注引次公曰:"此二句含蓄,言欲归朝廷耶?则君门有九重之深;欲返故乡耶?则坟墓有万里之远:皆以谪居而势不可也。"

〔7〕晋阮籍每走到一条路的尽头,就感慨地哭起来。这里隐言拟学阮籍途穷之哭。

〔8〕死灰:在字面上是指上面"乌衔纸"的纸钱灰,实隐用汉韩安国的话,《史记·韩长孺列传》:"安国坐法抵罪,狱吏田甲辱安国,安国曰:'死灰独不复燃乎?'田甲曰:'燃则溺之!'"作者说"死灰吹不起",也就是死灰不复燃,以免再被人"溺"。

琴诗并序

武昌主簿吴亮君采,携其友人沈君十二琴之说,与

高斋先生空同子之文、太平之颂以示予。予不识沈君,
而读其书如见其人,如闻十二琴之声。予昔从高斋先生
游,尝见其宝一琴,无铭无识,不知其何代物也。请以告
二子:使从先生求观之。此十二琴者,待其琴而后和。
元丰五年闰六月。

若言琴上有琴声,放在匣中何不鸣?若言声在指头上,何不
于君指上听?

这一首诗,苏氏集中或载或不载,清纪昀以为"此随手写四句,本不
是诗",所见甚陋,实是好诗。序文似非序本诗之文,姑照旧本录存。

正月三日点灯会客

江上东风浪接天,苦寒无赖破春妍[1]。试开云梦羔儿
酒[2],快泻钱塘药玉船[3]。蚕市光阴非故国[4],马行灯火
记当年[5]。冷烟湿雪梅花在,留得新春作上元[6]。

元丰六年(1083)作。各本均作"二月",冯本作"三月",王文诰
集成本作"正月"。审诗中语,当以王说为是。

〔1〕无赖:一本作无奈。
〔2〕云梦:江汉之地。羔儿酒:即羊羔酒。
〔3〕快泻:形容满倾。船:船形的酒杯,即羽觞。药玉:用一种药料

煮某种石之似玉者来假充古玉,自宋代开始,古董商传此法,所谓"提油"。钱塘药玉船,杭州出品的石质加工仿制古玉杯。

〔4〕此句意思是说此时尚非故乡蚕市的日子。——蜀中风俗,以人日(旧历正月初七)作蚕市。这句怀乡。

〔5〕这句回忆在京情景。马行(读 háng 航):是汴京城最热闹之处,春节夜市,更是繁华。

〔6〕上元:元宵节——旧历正月十五日。

六年正月二十日复出东门,仍用前韵

乱山环合水侵门,身在淮南尽处村。五亩渐成终老计[1],九重新扫旧巢痕[2]。岂惟见惯沙鸥熟,已觉来多钓石温。长与东风约今日,暗香先返玉梅魂[3]。

此诗仍用元丰四、五年两次正月二十日郊游之韵。

〔1〕《孟子·梁惠王》:"五亩之宅,树之以桑,五十者可以衣帛矣。"这时作者年四十八,在黄州又垦殖着东坡之地,觉得渐可作终老的打算。

〔2〕九重:指朝廷。这时朝廷废史馆,作者曾做过史官,所以说"新扫旧巢痕",反用李商隐《越燕》诗"安巢复旧痕"句意。

〔3〕末句隐含期待朝廷复用他的意思。

南堂(选三首)

江上西山半隐堤,此邦台馆一时西。南堂独有西南向,卧看千帆落浅溪。

他时夜雨困移床,坐厌愁声点客肠。一听南堂新瓦响,似闻东坞小荷香。

扫地焚香闭阁眠,簟纹如水帐如烟。客来梦觉知何处?挂起西窗浪接天。

　　苏诗中有两"南堂",这是黄州的南堂。施注引《齐安拾遗记》:"夏澳口之侧,本水驿,有亭曰临皋。郡人以驿之高陂上筑南堂,为先生游息。"诗元丰六年作,原五首,选第一、三、五共三首。

初秋寄子由

百川日夜逝,物我相随去。惟有宿昔心,依然守故处。忆在怀远驿[1],闭门秋暑中。藜羹对书史[2],挥汗与子同。西风忽凄厉,落叶穿户牖。子起寻夹衣,感叹执我手。"朱颜不可恃"[3],此语君莫疑。别离恐不免,功名定难期。当时已凄断[4],况此两衰老[5]?失途既难追,学道恨不早!买田秋已议,筑室春当成。雪堂风雨夜,已作对床声。

　　元丰六年作。

　　[1]怀远驿:在汴京,嘉祐六年,作者和他的弟弟曾寓此。

〔2〕藜羹:形容饮食之差,生活之苦。
〔3〕用欧阳修《会饮圣俞家》"须知朱颜不可恃"语。
〔4〕凄断:犹凄绝,凄楚之至。
〔5〕此:这时。这时作者四十八岁,苏辙四十五岁。

东坡

雨洗东坡月色清,市人行尽野人行。莫嫌荦确坡头路〔1〕,自爱铿然曳杖声。

元丰六年作。东坡在黄州,是山脚下一片数十亩大小的荒地。作者垦辟躬耕,并以此地名作自己的别号。唐大诗人白居易在忠州有《东坡种花》诗、《步上东坡》诗,作者对白居易是钦佩的,"东坡"之号,实原于此。

〔1〕荦(luò 洛)确:大而多的山石。

和秦太虚梅花

西湖处士骨应槁〔1〕,只有此诗君压倒〔2〕。东坡先生心已灰,为爱君诗被花恼。多情立马待黄昏,残雪消迟月出早。江头千树春欲闹,竹外一枝斜更好。孤山山下醉眠处,点缀裙腰纷不扫〔3〕。万里春随逐客来〔4〕,十年花送佳人老。去年花开我已病,今年对花还草草。不知风雨卷春归,收拾馀香还畀昊[5]。

这是元丰七年(1084)春,作者和秦观的诗。

〔1〕没有出仕的读书人叫"处士"。西湖处士,指林逋。逋字和靖,名诗人,居西湖孤山,他的《山园小梅》诗"疏影横斜水清浅,暗香浮动月黄昏",最为人所传诵。骨应槁,言其死已久。
〔2〕这是作者赞美较过的话,秦观梅花诗未必超过林逋。
〔3〕裙腰:喻山脚、山腰。
〔4〕逐客:作者自谓。
〔5〕畀昊(bì hào 庇皓):给天、交与上帝。

海棠

东风袅袅泛崇光[1],香雾空濛月转廊。只恐夜深花睡去,故烧高烛照红妆。

元丰七年(1084)作。

〔1〕袅袅:一本作袅袅。下一字是"泛",当以"袅袅"为胜。崇光:增长着的春光。

上巳日与二三子携酒出游，随所见辄作数句，明日集之为诗，故辞无伦次

薄云霏霏不成雨，杖藜晓入千花坞。柯邱海棠吾有诗[1]，独笑深林谁敢侮。三杯卯酒人径醉[2]，一枕春眠日亭午[3]。竹间老人不读书，留我闭门谁教汝？出檐蘖枳十围大[4]，写真素壁千蛟舞[5]。东坡作塘今几尺，携酒一劳农工苦。却寻流水出东门，坏垣古堑花无主。卧开桃李为谁妍，对立鹓鹉相媚妩。开尊借草劝行路，不惜春衫污泥土。褰裳共过春草亭，扣门却入韩家圃。辘轳绳断井深碧，秋千挂索人何所？映帘空复小桃枝，乞浆不见麏门女[6]。南上古台临断岸，雪阵翻空迷仰俯。故人馈我玉叶羹，火冷烟消谁为煮？崎岖束缊下荒径[7]，娅姹隔花闻好语[8]，更随落影尽馀尊，却傍孤城得僧宇。主人劝我洗足眠，倒床不必闻钟鼓，明朝门外泥一尺，始悟三更雨如许！平生所向无一遂[9]，兹游何事天不阻？固知我友不终穷，岂弟君子神所予[10]。

旧历以三月三日为上巳日。此诗元丰七年作。

〔1〕柯邱：即作者《志林》中所记"黄州定惠院东小山"。见前《寓居定惠院之东，杂花满山，有海棠一株，土人不知贵也》。

〔2〕卯酒：卯时（早上五点正至七点正）酒，早酒。径醉：硬是醉了，

一直醉了。

〔3〕亭午:正午。

〔4〕藂:通丛。作者《志林》中说:"山上多老枳木,花白而圆,色香皆不凡。"

〔5〕作者画枳,"千蛟舞"是形容老枳发枝的姿态。

〔6〕这里用崔护"人面桃花"故事。见前《留别释迦院牡丹呈赵倅》诗中注。

〔7〕束缊(yùn 运):火把。这里作打起火把解。

〔8〕娅姹(yà chà 亚岔):少女。

〔9〕遂:达到志愿。

〔10〕《诗经·小雅·青蝇》:"岂弟君子,神所劳矣。"岂弟(读 kǎi tì 恺悌),乐也。

别黄州

病疮老马不任鞿[1],犹向君王得敝帏[2]。桑下岂无三宿恋[3],尊前聊与一身归[4]。长腰尚载撑肠米[5],阔领先裁盖瘿衣[6]。投老江湖终不失[7],来时莫遣故人非[8]。

元丰七年,作者改官检校尚书水部员外郎汝州团练副使,四月离黄州时作。

〔1〕鞿(jī击):马络头。

〔2〕言皇上还给他官做。《礼记·檀弓下》:"敝帷不弃,为埋马也。"帏与帷可通用。

〔3〕佛家说不三宿桑下,以免发生爱恋。这里指对黄州有了感情。

〔4〕唐牛僧孺《赠汝州刘中丞》(一作《席上赠刘梦得》)诗:"休论世上升沉事,且斗樽前见(现)在身。"此用其意,恰贴将赴汝州。

〔5〕这句是说还吃着黄州的饭。《韵语阳秋》:"长腰米,楚人语也。"

〔6〕瘿(yǐng影):大颈病。汝州饮水中缺少碘质,所以当地人多有这病。作者遐想到汝难免不罹此,所以这样说。

〔7〕投老:犹如说到老。王文诰云:"神宗手诏有'人才实难,不忍终弃'之语,此句之本意也。"

〔8〕纪昀说:"来时作将来解;非字作非议解。"按:来时,重来的时候。非,改变的意思。

过江夜行武昌山上,闻黄州鼓角

清风弄水月衔山,幽人夜度吴王岘〔1〕。黄州鼓角亦多情,送我南来不辞远。江南又闻出塞曲,半杂江声作悲健。谁言"万方声一概"〔2〕?鼍愤龙愁为余变。我记江边枯柳树,未死相逢真识面。他年一叶溯江来〔3〕,还吹此曲相迎饯。

元丰七年四月初离黄州后作。《梁溪漫志》:"东坡去黄,夜行武昌(今鄂城),回望东坡(地名),闻黄州鼓角,凄然泣下。"所谓"桑下岂无三宿恋",此亦一证。

〔1〕幽人:作者自谓。吴王岘:在武昌西山下,三国时孙权在此凿道,因而得名。岘,小而险峻的山。

〔2〕杜甫《秦州杂诗二十首》:"鼓角缘边郡,川原欲夜时。""万方声一概,吾道竟何之。"谁言,在这里是何言、怎么说——表示不同意。

〔3〕一叶:形容小舟。溯江:言沿江而上。

题西林壁

横看成岭侧成峰,远近高低各不同〔1〕。不识庐山真面目,只缘身在此山中。

西林寺,在庐山。这是作者于元丰七年初游庐山之作。

〔1〕别本作"远近看山总不同"。

书李公择白石山房

偶寻流水上崔嵬〔1〕,五老苍颜一笑开〔2〕。若见谪仙烦寄语〔3〕:康山头白早归来〔4〕。

元丰七年作。李公择,名常,建昌人。他历仕神宗、哲宗两朝,也是新法的反对者。白石山房是他的少年时读书处,后出仕仍藏书于此。他与作者交谊最好,作者在徐州时和他往还甚密,有句云:"先生生长匡庐山,山中读书三十年",又云"谁信家书藏九千"。

〔1〕崔嵬:高山。

〔2〕五老:五老峰,在庐山东,因为山峰像五个老人而得名。

〔3〕谪仙:借指李常。寄语:传话。这里是说麻烦五老向李常传句话。

〔4〕杜甫《寄怀李白》诗"匡山读书处,头白好归来",是对李白说的。这里因李公择的读书处而使用了这个典故。康山,即匡山,庐山原名"匡庐",在宋代,为了避太祖赵匡胤的"匡"字讳而改称"康"。李白读书处,实为四川江油之匡山。

庐山二胜并序

余游庐山南北得十五六,奇胜殆不可胜纪,而懒不作诗,独择其尤佳者作二首。

开先漱玉亭

高岩下赤日,深谷来悲风。擘开青玉峡,飞出两白龙〔1〕。乱沫散霜雪,古潭摇清空。馀流滑无声,快泻双石谼〔2〕。我来不忍去,月出飞桥东。荡荡白银阙,沉沉水精宫。愿随琴高生,脚踏赤鲩公〔3〕。手持白芙蕖,跳下清泠中〔4〕。

栖贤三峡桥

吾闻太山石,积日穿线溜〔5〕。况此百雷霆,万世与石斗。深行九地底,险出三峡右〔6〕。长输不尽溪〔7〕,欲满无底窦。跳波翻潜鱼,震响落飞狖。清寒入山骨,草木尽坚瘦。空濛烟霭间,派洞金石奏[8]。弯弯飞桥出,潋潋半月彀[9]。玉渊神龙近,雨雹乱晴昼。垂瓶得清甘,可咽不可漱[10]。

元丰七年游庐山时作。
〔1〕形容两道瀑布。
〔2〕谼(hóng 洪):大壑。
〔3〕琴高生:《列仙传》中所记载的赵人得道仙去者,后一度乘赤鲤复现于人间。鲩(hún 浑):鲤鱼。宋代称供放生用的红鲤鱼为赤鲩公。
〔4〕芙蕖:荷花。《庄子·让王》篇:"舜以天下让其友北人无择,……(无择)因自投于清泠之渊。"作者有出世的思想,前者明说"愿随琴高生",这里隐谓愿学无择。
〔5〕太山:即泰山。这里说年久水溜穿石。
〔6〕这里三峡指蜀江的三峡。出……右,在……上的意思。苏辙《庐山栖贤堂记》:"(栖贤)谷中多大石,岌嶪相倚,水行石间,其声如雷霆,又如千乘车,行者震掉,不能自持,虽三峡之险,不过也。故其桥曰'三峡'。"
〔7〕长输:源源不断地流入。
〔8〕派洞(读 hòng tóng 讧同):水势汹涌。金石奏:形容其有金石之乐音。
〔9〕彀(gòu 够):张弓。这里以月如弓形容"弯弯飞桥"。
〔10〕漱(叶韵应读 sòu 嗽):这里借晋人孙楚"枕流漱石"语,当作枕的意思用。

自兴国往筠,宿石田驿南二十五里野人舍

溪上青山三百叠,快马轻衫来一抹[1]。倚山修竹有人家,横

道清泉知我渴〔2〕。芒鞯竹杖自轻软〔3〕,蒲荐松床亦香滑〔4〕。夜深风露满中庭,惟有孤萤自开阖〔5〕。

元丰七年作。兴国、筠州,都在江西。

〔1〕一抹:即一抹而过。跑马看山,极言其快。又"快马轻衫"作为"溪上青山"的一点点缀,也就是说:在"溪上青山"的画面上,再涂抹上一笔"快马轻衫"的人物。

〔2〕横道:横在道上,犹如说当路。

〔3〕鞯:同鞋。芒鞋:草履。

〔4〕荐:草席。

〔5〕开阖:形容萤光明灭。

郭祥正家,醉画竹石壁上。郭作诗为谢,且遗二古铜剑

空肠得酒芒角出〔1〕,肝肺槎牙生竹石。森然欲作不可回,吐向君家雪色壁。平生好诗仍好画,书墙涴壁长遭骂。不瞋不骂喜有馀,世间谁复如君者!一双铜剑秋水光,两首新诗争剑铓。剑在床头诗在手,不知谁作蛟龙吼?

郭祥正,字功父,当涂人。有诗名。元丰七年七月作者过当涂,为他绘漆屏,并记以此诗。

〔1〕芒角出:生光芒、露锋芒。

189

次荆公韵

骑驴渺渺入荒陂[1]，想见先生未病时。劝我试求三亩宅[2]，从公已觉十年迟。

　　这诗是元丰七年和王安石之作。原四首，选其第三首。荆公即荆国公，王安石的封号。这时王安石已罢相，退居金陵蒋山，既老且病。苏轼过金陵，曾去看他。他们同游唱和，王安石这一首原诗是："北山输绿涨横陂，直堑回塘滟滟时。细数落花因坐久，缓寻芳草得归迟。"

　　[1] 渺渺：这里当远远地解。陂（pí 皮）：山旁。这里荒陂指王安石的居处——半山。
　　[2] 王安石约作者也来金陵居住，彼此结邻终老。

豆粥

君不见滹沱流澌车折轴[1]，公孙仓皇奉豆粥[2]。湿薪破灶自燎衣，饥寒顿解刘文叔[3]。又不见金谷敲冰草木春[4]，帐下烹煎皆美人。萍齑豆粥不传法[5]，咄嗟而办石季伦[6]。干戈未解身如寄，声色相缠心已醉[7]。身心颠倒不自知，更识人间有真味。岂如江头千顷雪色芦，茅檐出没晨烟孤,地碓舂粳光似玉,沙瓶煮豆软如酥。我老此身无著处,卖书来问东家住[8]。卧听鸡鸣粥熟时,蓬头曳履君家去。

元丰七年八月,作者由金陵送家眷到真州安顿,此诗系北上途中作。

[1] 滹(hū 呼)沱:即滹沱河,在河北省西部。

[2] 公孙:东汉初功臣冯异的字。

[3] 刘秀字文叔,东汉开国的皇帝,即光武帝。以上四句引用一个豆粥的故事:刘秀初起兵时,有一次到了滹沱河下游饶阳芜蒌亭,天冷,无食,得到冯异送上豆粥,才"饥寒俱解"。第二天,到南宫,遇大风雨,"光武引车入道旁空舍,异抱薪,邓禹爇火,光武对灶燎衣。异复进麦饭。"(见《后汉书·冯异传》)。所以第三句那样说。

[4] 金谷园:晋代洛阳的名园,是石崇的别墅。

[5] 萍:这里同苹,即蒿子;薑(jī 鸡):韭菜。

[6] 咄嗟而办:一经呼唤,立刻办到。石崇,字季伦。晋时大豪门之一。他和另一豪门王恺比阔斗富,石家的豆粥做得又快又好,冬天还有蒿子、韭菜吃,为王家所不能及。其中有法,秘不告人。后来王恺买通了石崇的佣人,才知道豆子是久煮才熟的,其所以快,是磨成粉末预先煮熟,客来以滚开的白粥浇对;蒿、韭也不是金谷园的草木独春,而是以干韭根捣细,杂以麦苗充代罢了。以上四句,又另是一个豆粥的故事。

[7] 这两句总结上面两事:"干戈"句说刘秀;"声色"句说石崇。

[8] 用杜甫《陪郑广文游何将军山林十首》"尽拈书籍卖,来问尔东家"句意。

191

金山梦中作

江东贾客木棉裘[1],会散金山月满楼。夜半潮来风又熟,卧吹箫管到扬州。

元丰七年作。

〔1〕木棉产于两广,在宋时,开始有人用它来絮袍子,以代皮裘。穿著这种服饰的多半是商人,当时士大夫以为"俗"。作者却穿上了。

次韵蒋颖叔

月明惊鹊未安枝[1],一棹飘然影自随。江上秋风无限浪,枕中春梦不多时。琼林花草闻前语[2],筼画溪山指后期[3]。蒋诗记及第时琼林苑宴坐中所言,且约同卜居阳羡。岂敢便为鸡黍约[4],玉堂金殿要论思[5]。

元丰七年作。蒋颖叔,名之奇,宜兴人。

〔1〕曹操《短歌行》诗:"月明星稀,乌鹊南飞,绕树三匝,无枝可依。"此用其意。隐喻自己前得罪入狱事,现在还惊魂未定,无枝可依。以下三句,亦隐喻飘泊,喻宦海风波,人生如梦。后四句才说到蒋之奇。

〔2〕琼林苑:皇帝赐宴进士们的地方。

〔3〕罨(yǎn 掩)画溪:是阳羡"三湖九溪"之一。

〔4〕《论语·微子》:"止子路宿,杀鸡、为黍而食之。"是记一隐者招待子路的事。后人因以鸡黍饷客为真挚的表示。这里鸡黍约,指将来归田后的接待。

〔5〕玉堂署是翰林学士们办公的地方。金銮殿是皇帝上朝问政的地方。汉制:金銮殿旁有金銮坡,是侍从之臣站班的地方。翰林学士是所谓"文学侍从之臣",照班固《两都赋》的说法,是"语言侍从之臣":"若司马相如、吾邱寿王、东方朔、枚乘、王褒、刘向之属,朝夕论思,日月献纳。"这句意思是:朝廷正需要你。

高邮陈直躬处士画雁二首

野雁见人时,未起意先改。君从何处看,得此无人态?无乃槁木形[1],人禽两自在。北风振枯苇,微雪落璀璀[2]。惨淡云水昏,晶荧沙砾碎。弋人怅何慕[3],一举渺江海。

众禽事纷争,野雁独闲洁。徐行意自得,俯仰若有节。我衰寄江湖,老伴杂鹅鸭。作书问陈子,晓景画茗雪[4]。依依聚圆沙,稍稍动斜月。先鸣独鼓翅,吹乱芦花雪。

陈直躬,高邮人,是宋代的职业画家,兄弟父子相承,他们的画颇为当时所推重。作者这两首题画诗作于元丰七年。

〔1〕《庄子·齐物论》:"形固可使如槁木。"槁木,枯木。是说人如槁木,忘记自己的存在,才能与雁共处,体验雁的生活,画出雁的神态。

〔2〕璀璨:玉光,这里形容雪的光洁。

〔3〕弋人:猎鸟者。

〔4〕指苕溪、霅溪。

泗州南山监仓萧渊东轩二首

偶随渔父采都梁,南山名都梁山,山出都梁香故也。竹屋松扉试乞浆。但见东轩堪隐几[1],不知公子是监仓[2]。溪中乱石墙垣古,山下寒蔬匕箸香[3]。我是江南旧游客,挂冠知有老萧郎[4]。

北望飞尘苦昼霾,洗心聊复寄东斋。珍禽声好犹思越[5],野橘香清未过淮[6]。有信微泉来远岭,无心明月转空阶。一官仓庾真堪老,坐看松根络断崖。

元丰七年,作者过泗州度岁时作。萧渊字潜夫,江西新喻人。

〔1〕隐几:不出仕。

〔2〕公子:指萧渊。

〔3〕匕:羹匙。箸:筷子。

〔4〕萧渊的父亲萧贯之,筑挂冠亭于此。

〔5〕《古诗十九首》其一:"胡马依北风,越鸟巢南枝",喻不忘故乡。此用其意。

〔6〕《考工记》上说,淮南的橘,过了淮北就变为枳。

题王逸少帖

颠张醉素两秃翁[1],追逐世好称书工。何曾梦见王与钟[2],妄自粉饰欺盲聋。有如市娼抹青红,妖歌嫚舞眩儿童。谢家夫人澹丰容,萧然自有林下风[3]。天门荡荡惊跳龙[4],出林飞鸟一扫空[5]。为君草书续其终,待我他日不忩忩[6]。

元丰八年(1085)作。这首题帖诗给予王羲之的书法以最高的评价。

〔1〕张旭、怀素,均唐代大书家。张旭称"张颠",怀素好饮酒,所以这里称曰"颠张醉素"。张旭颓发,怀素是和尚,故戏呼为"两秃翁"。

〔2〕言魏钟繇、晋王羲之的书法,远非唐人张、素辈所能到。

〔3〕这两句力赞王羲之的书法,如同名门闺秀——苏轼首先想到的是王羲之的儿媳谢道韫,她是"神情散朗,故有林下风气"的夫人(语出《世说新语》)。亦即《书后品》说王羲之的"草行杂体,如清风出袖,明月入怀"之谓。

〔4〕这句用梁武帝评王羲之书法"如龙跳天门"语。

〔5〕《书评》说张旭草书:"如惊蛇入草,飞鸟出林。"这里说"一扫空",意谓王书简直可以把它们扫荡一空。

〔6〕忩忩:即怱怱、匆匆。不忩忩,是说不忙、有暇。末二句颠倒读,其意自明。此帖大概是残本,故作者拟"续"。

书林逋诗后

吴侬生长湖山曲,呼吸湖光饮山绿。不论世外隐君子,佣奴贩妇皆冰玉。先生可是绝俗人,神清骨冷无由俗。我不识君曾梦见,瞳子了然光可烛。遗篇妙字处处有,步绕西湖看不足。诗如东野不言寒[1],书似西台差少肉[2]。平生高节已难继,将死微言犹可录。自言不作封禅书,逋临终诗云:"茂陵他日求遗草,犹喜初无封禅书。"更肯悲吟白头曲?我笑吴人不好事,好作祠堂傍修竹。不然配食水仙王,一盏寒泉荐秋菊[3]。

  元丰八年作。林逋,字君复,杭州人,平生不作官,不娶,无子,但有"梅妻鹤子"——他爱种梅、养鹤,故有此称。他的诗平淡幽远,大诗人梅尧臣说"咏之令人忘百事"。遗著有《和靖诗钞》——"和靖"是他的谥号。作者对于其人其诗,都有较高的评价。

  [1]"寒",是作者对孟郊诗境的定评。这句说林逋诗与孟郊诗有相似处而又不同。
  [2]李建中,宋书家,他曾官西台御史。"差少肉",是说林逋书法很像李建中,但比较瘦硬。
  [3]一本诗末有作者自注:"湖上有水仙王庙。"

归宜兴,留题竹西寺三首

十年归梦寄西风,此去真为田舍翁[1]。剩觅蜀冈新井水[2],要携乡味过江东[3]。

道人劝饮鸡苏水,童子能煎莺粟汤[4]。暂借藤床与瓦枕,莫教辜负竹风凉。

此身已觉都无事,今岁仍逢大有年[5]。山寺归来闻好语[6],野花啼鸟亦欣然。

元丰八年五月,过扬州回宜兴时作。——作者自汝州罢职归休宜兴。这时神宗刚死不久,作者诗意是这么欢欣,尤其是第三首,后来竟遭到了御史们的弹劾,说是"先帝厌代,轼别作诗自庆"。作者有辩,见下注[6]。

〔1〕时作者买地于常州,故云。
〔2〕剩:作多字解。蜀冈:在扬州城西北,绵亘四十里,上有蜀井,相传地脉通蜀。井在扬州,唐陆羽评为"天下第五泉"。
〔3〕井名蜀井,故称"乡味"。
〔4〕鸡苏、莺粟:均药用植物,可以用作饮料。
〔5〕大有:大熟、丰收。
〔6〕据作者辩诗札子:"是岁三月六日,闻先帝遗诏,举哀挂服了当,迤逦往常州。至五月初,因往扬州竹西寺,见百姓父老十数人道旁语

笑,一人以手加额云:'见说好个少年官家。'(宋时老百姓称皇帝为官家,这里指刚即位的哲宗。)臣实喜闻百姓讴歌吾君之子,出于至诚。又是时臣初得请归耕常州,盖将老焉。而淮浙间所在丰熟,因作诗云……"据苏辙作子瞻墓志:"公至扬州,常州人为公买田,书至,公喜,作诗有闻好语之句。"

登州海市并序

予闻登州海市旧矣[1],父老云:尝出于春夏,今岁晚,不复见矣。予到官五日而去,以不见为恨,祷于海神广德王之庙[2],明日见焉。乃作此诗。

东方云海空复空,群仙出没空明中。荡摇浮世生万象,岂有贝阙藏珠宫[3]?心知所见皆幻影,敢以耳目烦神功[4]。岁寒水冷天地闭,为我起蛰鞭鱼龙。重楼翠阜出霜晓,异事惊倒百岁翁[5]。人间所得容力取,世外无物谁为雄?率然有请不我拒,信哉人厄非天穷[6]。潮阳太守南迁归[7],喜见石廪堆祝融[8]。自言正直动山鬼[9],岂知造物哀龙钟[10]。伸眉一笑岂易得,神之报汝亦已丰。斜阳万里孤鸟没,但见碧海磨青铜[11]。新诗绮语亦安用?相与变灭随东风。

元丰八年,作者知登州,十月末到任,十一月初又奉调为礼部郎中进京去了。所以序中说"到官五日而去"。虽仅是五天,作者也得见到了海市蜃楼的奇迹(姑妄听之),留下这"空明"的诗篇。

〔1〕旧矣：犹如说久矣。

〔2〕广德王：即俗所称东海龙王。

〔3〕屈原《九歌》之一《河伯》云："鱼鳞屋兮龙堂，紫贝阙兮珠宫。"贝阙、珠宫，想象中的水神所居。

〔4〕神功：一作神工，意同。

〔5〕异事：指序中所说的海市是出现于春夏天，而这次竟出现于岁暮。登州父老，从没见过这样的事，故云"惊倒"。

〔6〕信哉：一作信我。

〔7〕韩愈被贬为潮州刺史，后召还。

〔8〕韩愈北归途中，曾游衡山，看到了"紫盖连延接天柱，石廪腾掷堆祝融"。紫盖、天柱、石廪、祝融，均峰名，衡山有七十二峰，终年常在云里雾里，不易看到。

〔9〕传说要是圣贤来游，衡山上的云雾才开。韩愈说"我来正逢秋雨节，阴气晦昧无清风。潜心默祷若有应，岂非正直能感通！"（以上均见韩诗《谒衡岳庙，遂宿岳寺，题门楼》）

〔10〕作者以为哪里是韩愈感动神灵，不过是造物者怜他老蠢，让他看见紫盖、天柱、石廪、祝融诸峰罢了。作者是以此自喻：说海神怜他老蠢，让他看一次海市。龙钟，笨大、潦倒；一般用指老蠢。

〔11〕青铜：指青铜镜。这句是说只看见碧海无波，像磨得很光亮的青铜镜面一样。写海市已不见，幻景一无所有。按：作者是否真见到海市？无可考。但此诗是好诗，姑妄听之。

惠崇春江晚景二首

竹外桃花三两枝，春江水暖鸭先知。蒌蒿满地芦芽短，正是河豚欲上时[1]。

两两归鸿欲破群,依依还是北归人。遥知朔漠多风雪[2],更待江南半月春。

惠崇,建阳人,《图绘宝鉴》说他"工画鹅、鸭、鹭鸶";《图画见闻志》说他"尤工小景,为寒汀远渚、潇洒虚旷之象,人所难到"。这两幅"春江晚景"或作"春江晓景"。通过诗看,我们可以知道一幅是鸭戏图,一幅是飞雁图。画不传,苏轼这两首元丰八年所作的题画诗却流传万口,尤其是第一首,是九百年来人民最喜爱的小诗之一。

〔1〕河豚:鱼名。春江水发,河豚鱼例向上游——渔人谓之"抢上水"。

〔2〕朔漠:泛指北方沙漠地带。

道者院池上作

下马逢佳客,携壶傍小池。清风乱荷叶,细雨出鱼儿[1]。井好能冰齿[2],茶甘不上眉[3]。归途更萧瑟,真个解催诗。

元祐元年(1086)在汴京作。道者院,即普安院,汴京人习称道者院。宋初所建。

〔1〕这一联是从杜甫《水槛遣心二首》中的名句"细雨鱼儿出,微风燕子斜"翻出。

〔2〕白居易《新秋早起》句"铜瓶水冷齿先知",写瓶中水,着重"冷";这句取其意,写井水,着重"好";前面《惠崇春江晚景二首》之一"春江水暖鸭先知",则似取白诗的句法,写江水,着重在"暖"。

〔3〕不上眉:不会使人皱眉头,极言茶甘滑、不苦涩。一解,是无上(最甘)的眉茶。后说较胜。

虢国夫人夜游图

佳人自鞚玉花骢[1],翩如惊燕蹋飞龙[2]。金鞭争道宝钗落,何人先入明光宫[3]?宫中羯鼓催花柳[4],玉奴弦索花奴手[5]。坐中八姨真贵人[6],走马来看不动尘[7]。明眸皓齿谁复见[8],只有丹青馀泪痕。人间俯仰成今古,吴公台下雷塘路[9]。当时亦笑张丽华,不知门外韩擒虎[10]!

《虢国夫人夜游图》,唐大画家张萱所作。这画在北宋时已成为希世之品,据前人笔记,知道它先后藏于南唐宫廷和宋徽宗(赵佶)的画院,其中还经过大词人晏殊的庋藏。此诗元祐元年为刘有方题,当时刘是这画的藏者。原图已佚,今辽宁博物馆藏有宋仿者一帧,用笔之妙,设色之精,并世无二。绢本,横卷,题《临张萱虢国夫人游春图》。苏轼所见原图当更精妙。当时题咏者甚多,不止苏轼一人。

〔1〕鞚:马勒,这里作控制、驾御解。唐玄宗有良马,叫玉花骢。

〔2〕惊燕:极写马上佳人的身段轻盈。飞龙:形容马的奔驰和它昂扬矫健的姿态。

〔3〕汉时长安有明光殿,这里借以指唐宫。"金鞭争道"事指杨家

与广平公主争西市门,杨家的豪奴居然敢挥鞭惊吓公主落马。

〔4〕羯(jié节)鼓:古乐器,两面蒙皮(公羊皮制),腰部细。唐玄宗最擅此乐,尝自击鼓,指挥乐队。传说他打《春光好》一曲,时值二月,正殿前杏开柳发,就附会是羯鼓催开的了。

〔5〕玉奴:杨妃的小名;花奴:汝阳王李琎的小名。杨妃善弹琵琶;李琎也是打羯鼓的好手。

〔6〕杨贵妃的姊妹当时最得宠,三姨封虢国夫人,八姨封秦国夫人。冯应榴曰:"余初疑先生诗咏虢国而作八姨似误,……而子由有《秦虢夫人走马图二绝》,先生所咏,或即此图。郑刊施注,亦称秦虢图。则诗中八姨本指秦国,并非误用。恐题中脱去秦国字,诗中脱去虢国二句耳。观前后皆四句一转韵,惟'宫中……'云云止二句一转韵,可悟刊集者有脱落也。"

〔7〕用杜甫《丽人行》"黄门飞鞚不动尘"句意。

〔8〕此用杜甫《哀江头》"明眸皓齿今何在"句。

〔9〕吴公台、雷塘:均在扬州,为隋炀帝先后葬地,这里用以指身死国亡的隋炀帝。

〔10〕张丽华:是陈后主的宠后。隋灭陈,陈后主、张丽华夫妇都作了隋将韩擒虎的俘虏。这里用杜牧《台城曲二首》"门外韩擒虎,楼头张丽华"诗意,谓隋炀帝也曾笑陈后主、张丽华一味游乐,不知隋兵已临门外;也就是隐喻唐玄宗、杨贵妃、虢国夫人、秦国夫人们,不仅蹈了陈后主、张丽华的覆辙,又步着隋炀帝的后尘。

西太一见王荆公旧诗,偶次其韵二首

秋早川原净丽,雨馀风日清酣。从此归耕剑外,何人送我池南[1]?

但有尊中若下[2],何须墓上征西[3]。闻道乌衣巷口:而今烟草萋迷[4]。

这是作者元祐元年奉敕祭西太一坛时,和王安石的诗。他们虽是政敌,但安石罢政后,苏轼对他已解除了这种敌意。这时安石已死,和诗中还表现了作者对他身后有所同情。六言诗是宋时比较流行的一种小诗体。

〔1〕剑阁之外,池阳之南,均指蜀地。
〔2〕尊:同樽。若下:村名,在吴兴,产酒最有名,这里以"若下"作酒的代名。
〔3〕曹操初起时,其志不大,不过希望封侯,做征西将军,死了之后,墓碑题"征西将军曹侯之墓"罢了。这句的意思是说何必要身后名。
〔4〕乌衣巷:在南京,是东晋时王、谢大士族的宅第所在。由于时移世换,到了唐代,已经是"朱雀桥边野草花,乌衣巷口夕阳斜。旧时王谢堂前燕,飞入寻常百姓家"(刘禹锡《乌衣巷》诗)了。这里作者说它"烟草萋迷",隐言王安石势去人亡,门庭衰落。

送贾讷倅眉

老翁山下玉渊回,手植青松三万栽。父老得书知我在,小轩临水为君开[1]。试看一一龙蛇活,更听萧萧风雨哀[2]。便与甘棠同不剪[3],苍髯白甲待归来[4]。先君葬于蟆颐山之东二十餘里,地名老翁泉。君许为一往。感叹之深,故及之。

元祐元年,贾讷将到作者的故乡眉州做官,作者送他诗。原二首,选一首。倅,作官的副手。

〔1〕一本作"蓬蒿亲手为君开",系据石刻本。

〔2〕两句都是写松:龙蛇,形容枝干盘曲;风雨,想象中的松涛。"活"字石刻本作"舞"。

〔3〕周代召伯下乡,憩息过一棵棠树下,以后这棵树便被当地人民加意保存、爱护,因为他们永远纪念着他们的召伯。《诗经》中有《甘棠》篇:"蔽芾甘棠,勿翦勿伐,召伯所茇。"作者引用这个故事,说青松当和甘棠一样受到人民的保护。因为预想到贾讷要去那里,所以这样称誉他。

〔4〕苏洵《老翁井铭》:"往岁十年,山空月明,常有老人苍颜白发,偃息于泉上。"

黄鲁直以诗馈双井茶,次韵为谢

江夏无双种奇茗[1],汝阴六一夸新书[2]。磨成不敢付僮仆[3],自看雪汤生玑珠[4]。列仙之儒瘠不腴[5],只有病渴同相如[6]。明年我欲东南去,画舫何妨宿太湖[7]。《归田录》:草茶以双井为第一。画舫宿太湖,顾渚贡茶故事。

黄庭坚,字鲁直,号山谷,又号涪翁,江西宁州人。我国大诗人之一。他在文学史上与苏轼并称。宋代诗歌上的"苏、黄",其地位仿佛于唐代的"李、杜"。他虽出于苏门,但诗歌艺术的成就上某些地方或者还超过苏轼,是宋体诗的代表作家,"江西诗派"的宗祖。其诗格高调拗,因过于讲究炼字,用典,抄书吓人而语言晦涩,开后来形式主义的诗风。苏轼这首和他的诗也是有意仿"山谷体"的,元祐二年(1087)作。这时黄庭坚也同在汴京。

〔1〕黄氏家乡江西宁州(今修水)双井产"草茶"有名。

〔2〕汝阴:即汝州,六一居士(欧阳修)晚年退居于此。新书:指《归田录》(参看诗末作者自注)。

〔3〕宋时用"团茶",即现在的茶饼、茶砖之类。这种团茶,用时要碾细,就是"磨"。这句是说磨好了,亲手烹。

〔4〕雪汤:雪水。讲究喝茶,要用预先储备的雪水。玑珠:喻水初沸时的小泡沫,烹茶的术语所谓"蟹眼"。讲究喝茶,要候着水小沸即可,大滚大开就要不得了。

〔5〕瘠:瘦。腴:肥。

〔6〕汉司马相如有消渴疾——据医家说即糖尿病。这里"病渴"却是照字面解。

〔7〕因茶好而想到产茶的东南去。

杜介送鱼

新年已赐黄封酒[1],旧友仍分赪尾鱼[2]。陋巷关门负朝日[3],小园除雪得春蔬。病妻起斫银丝鲙,稚子谨寻尺素书[4]。醉眼朦胧觅归路,松江烟雨晚疏疏。

杜介,字几先,扬州人。作者在徐州时曾经为他的熙熙堂题过诗。这时——元祐二年,杜介也同官在京。

〔1〕皇帝赐的官酿酒,坛子上有黄封。

〔2〕旧友:指杜介。赪尾鱼:红鲤鱼;旧俗新春,以之象征吉庆。

〔3〕负:曝。

〔4〕讙:即欢字。汉、魏文学作品中常有剖鱼得书信的描写。古诗《饮马长城窟行》:"客从远方来,遗我双鲤鱼。呼儿剖鲤鱼,中有尺素书。"这里写小孩子看见大人剖鱼,就高兴起来,想发现书信。古人的书信是用一尺长的帛写的。

书晁补之所藏与可画竹三首

与可画竹时,见竹不见人。岂独不见人,嗒然遗其身〔1〕。其身与竹化,无穷出清新〔2〕。庄周世无有,谁知此疑神〔3〕?

若人今已无〔4〕,此竹宁复有?那将春蚓笔〔5〕,画作风中柳?君看断崖上,瘦节蛟蛇走。何时此霜竿,复入江湖手?

晁子拙生事〔6〕,举家闻食粥。朝来又绝倒,谀墓得霜竹〔7〕。可怜先生盘,朝日照苜蓿〔8〕。吾诗固云尔,"可使食无肉"〔9〕。吾旧诗云:"可使食无肉,不可居无竹。"

　　元祐二年秋在汴京作。晁补之,字无咎,济州巨野人。作者任杭州通判时,他也跟着他的父亲在那儿,时年十七,作《七述》,赋钱塘山川风物之美,最为作者所称赏,甚至说自己可以"搁笔"。晁是诗人,著有《鸡肋集》。

〔1〕《庄子·齐物论》:"南郭子綦隐机而坐,仰天而嘘,嗒然似丧其偶。"嗒然,据成玄英疏,是一种"身心俱遗,物我双忘"的境界。遗,忘掉。

〔2〕犹如说清新出无穷。以上说文同画竹,是把生命溶入了作品中,所以有高度的艺术成就。

〔3〕疑:别本作"凝",误。《庄子·达生》:"用志不分,乃凝于神。"按:苏轼与晁君成书云:"古语以疑为似耳,如《易》'阴疑于阳'。世俗不知,乃改为凝。不敢不告。"因据从。

〔4〕若人:那个人、彼人,指画竹者文同。

〔5〕那将:谁将。

〔6〕拙生事:不会治生产、难过活,极言晁补之家贫。

〔7〕韩愈常为人作墓志,所得报酬,时人戏呼为"谀墓金"。谀墓,犹如说拍死人的马屁。这句诗意是说晁补之为人作墓志,人家送给他一幅文同画竹。

〔8〕苜蓿:是一种野菜,贫家的副食品。唐薛令之《自悼》诗:"朝日上团团,照见先生盘。盘中无所有,苜蓿长阑干。饭涩匙难绾,羹稀箸易宽。只可谋朝食,何由保夕寒?"此用其意。

〔9〕作者引己诗《於潜僧绿筠轩》开首两句作注,还隐括着下面两句的意思:"无肉令人瘦,无竹令人俗。"

书皇亲画扇

十年江海寄浮沉,梦绕江南黄苇林。谁谓风流贵公子,笔端还有五湖心[1]。

元祐二年作。皇亲失考。由本诗中句看来,扇面上画的是山水。

[1] 范蠡泛舟五湖事,见前《次韵代留别》诗注。这里"五湖心"指遁世思想。

书李世南所画秋景二首

野水参差落涨痕,疏林欹倒出霜根。扁舟一棹归何处[1]?家在江南黄叶村。

人间斤斧日创夷[2],谁见龙蛇百尺姿!不是溪山成独往[3],何人解作挂猿枝?

李世南,字唐臣,工画山水,与作者同时人。作者题画诗听说有三首,今存者二首。元祐二年作者在京为翰林学士时作。

[1] 扁舟:据诸家引《画继》作"浩歌"。
[2] 创:砍掉;夷,削平。指对于林木的伤害。
[3] 成:一本作"会"。

书鄢陵王主簿所画折枝二首

论画以形似,见与儿童邻[1]。赋诗必此诗,定非知诗人。诗画本一律,天工与清新[2]。边鸾雀写生[3],赵昌花传神[4]。何如此两幅,疏淡含精匀!谁言一点红[5],解寄无边春[6]!

瘦竹如幽人,幽花如处女。低昂枝上雀,摇荡花间雨。双翎决将起[7],众叶纷自举。可怜采花蜂,清蜜寄两股。若人富天巧,春色入毫楮[8]。悬知君能诗[9],寄声求妙语[10]。

元祐二年作。

〔1〕见:见识、见解。邻:接近。与儿童邻,言其幼稚。
〔2〕天工:指艺术造诣极高。与清新:得到清新境界。
〔3〕边鸾:唐代画家,工绘花鸟。
〔4〕赵昌:宋代的花鸟画家。
〔5〕谁言:当云何、料不到解。一点红:指所画的春花。
〔6〕解寄:会寄托着。疑问之词。这句是说那一点儿会寄托着无边春色!
〔7〕《庄子·逍遥游》:"决起而飞。"决,急速。
〔8〕毫:笔。楮:纸。
〔9〕悬知:猜想。
〔10〕寄声:指投赠以诗,即指这两首诗而言。

戏书李伯时画御马好头赤

山西战马饥无肉,夜嚼长秸如嚼竹[1]。蹄间三丈是徐行,不信天山有坑谷。岂如厩马好头赤,立仗归来卧斜日[2]。莫教优孟卜葬地,厚衣薪槱入铜历[3]!

　　李伯时,名公麟,晚号龙眠,宋时舒州人,我国有名的大画家,也是诗人。据周密《云烟过眼录》:李公麟画秦马好头赤在元祐二年十二月二十三日。作者题诗当与之同时或稍迟几天。

　　[1] 秸:禾秆。

　　[2] 立仗:设仪仗;立仗归来,是说马参加了仪仗,回到厩里。卧斜日:是说未晚即得到休息,不似战马劳苦。

　　[3] 优孟:战国时代楚国一个优人名叫孟的。他有辩才,长讽谏。楚庄王的一匹爱马死了,要群臣来吊丧,要葬马以大夫之礼。优孟对楚庄王说:索性以人君之礼葬它,使诸侯知道楚王轻人重马;否则,还是以六畜之礼葬它,"以垄灶为椁,铜历为棺,赍以姜枣,荐以木兰,祭以粮稻,衣以火光;葬于人之腹肠"(《史记·滑稽列传》)。厚衣:照"衣以火光"的说法,是大火——大烧大煮。薪,柴;槱(yǒu 友),烤。历,即鬲,古代食器,其形状略同于现在常见的香炉的放大。作者引用这个马的故事之前,已道出了兵间战马,远不如朝廷厩马所受到的待遇。末二句是说它死后别照优孟的办法葬它——把它吃掉。此诗意极隐微,而词则闪烁,原是作者以马自喻,从前贬逐外任,有如战马,吃的是粗粝,走的是山谷;现在被召为近臣,又像是厩马,被用来摆摆仪仗,装装门面。但一朝无用,还不是被当作一般牲畜处理吗?

次韵黄鲁直画马试院中作

少年鞍马勤远行,卧闻龁草风雨声[1],见此忽思短策横[2]。

十年髀肉磨欲透[3],那更陪君作诗瘦[4]? 不如芋魁归饭豆[5]。门前欲嘶御史骢[6],诏恩三日休老翁[7],羡君怀中双橘红[8]。黄有老母。

元祐三年(1088)正月,作者以翰林学士领贡举事。时李公麟任考校官,黄庭坚任参详官。三月,考毕,他们在试院中作画、题诗消遣。黄诗先成,这是作者的和作,诗亦仿"山谷体"。这种诗体,三句为一节,是从秦石刻铭文来的。

〔1〕齕(hé 河):咬嚼。风雨声:是卧中闻马嚼草喝水的喧响。

〔2〕策:马鞭。

〔3〕两股后部肌肉叫髀肉;髀肉磨欲透,是说十年之间,不离鞍马。

〔4〕作诗瘦:是说诗人苦吟,影响身体的健康。唐崔浩病后,他的朋友对他说:"非子病如此,乃子苦吟诗瘦也";李白也这样嘲过杜甫:"为问缘何太瘦生? 无乃从前作诗苦!"

〔5〕芋魁:芋头根;饭豆:以豆充饭食。《汉书·翟方进传》:翟方进字子威,他为相时,破坏了汝南的一个富饶鸿隙陂,后来那里的人民追怨于他,唱出了这样的歌谣:"坏陂谁? 翟子威! 饭我豆食羹芋魁。……"芋羹豆饭,这里用以指贫民生活。

〔6〕宋制:太学考试进士,必待御史来,才拆卷。这句是说御史快骑马来到。

〔7〕宋制:试官看完卷,出试院后给假三天。

〔8〕三国时,陆绩六岁,到袁术那里作客,给他橘子,他置入怀中,辞去时行礼,橘子掉了出来。袁术问他,他回答:想带回去送给老母。

书王定国所藏《烟江叠嶂图》王晋卿画

江上愁心千叠山[1]，浮空积翠如云烟。山耶云耶远莫知，烟空云散山依然。但见两崖苍苍暗绝谷，中有百道飞来泉。萦林络石隐复见，下赴谷口为奔川。川平山开林麓断，小桥野店依山前。行人稍度乔木外，渔舟一叶江吞天。使君何从得此本？点缀毫末分清妍。不知人间何处有此境？径欲往买二顷田。君不见武昌樊口幽绝处，东坡先生留五年[2]。春风摇江天漠漠，暮云卷雨山娟娟。丹枫翻鸦伴水宿，长松落雪惊昼眠。桃花流水在人世，武陵岂必皆神仙[3]？江山清空我尘土[4]，虽有去路寻无缘[5]。还君此画三叹息，山中故人应有招我归来篇[6]。

　　元祐三年作。王晋卿，名诜（shēn 申），太原人，他是宋英宗的女婿，蜀国公主的驸马，宋代大画家，善画金碧山水，师法唐代的大师李成，亦能作淡墨平远小景，作者尝说他得"破墨三昧"。

〔1〕唐张说有《江上愁心赋》，这里借用这个名色。
〔2〕指在黄州那一个时期。实仅四年，说五年，是举其成数。
〔3〕用陶渊明《桃花源记》武陵渔人发现桃源的故事，这里略翻其意。
〔4〕尘土：在尘世、很污浊。
〔5〕仍用陶渊明《桃花源记》渔人重来找不到路的说法。

〔6〕此句拟设之词,作者意在归隐。山中之人,并无实指。

夜直玉堂,携李之仪端叔诗百馀首,读至夜半,书其后

玉堂清冷不成眠,伴直难呼孟浩然[1]。暂借好诗消永夜,每逢佳处辄参禅。愁侵砚滴初含冻,喜入灯花欲斗妍。寄语君家小儿子:他时此句一时编。

　　直,值。夜直即值夜。玉堂见《次韵蒋颖叔》注中。时元祐三年,作者官翰林学士,例须夜直。李之仪字端叔,苏州人,著有《姑溪集》。

　〔1〕这里以李之仪比作唐诗人孟浩然。旧注多罗列和考证唐诗人某谁做过翰林学士,不当!孟浩然自己说是"不才明主弃,多病故人疏"(《岁暮归南山》);李白也称誉他"红颜弃轩冕,白首卧松云"(《赠孟浩然》),与夜直玉堂事何涉?作者明明说"伴直难呼",谓难呼孟浩然同值,意即恨不与李之仪同值谈诗,以消永夜。

和王晋卿送梅花次韵

东坡先生未归时[1],自种来禽与青李[2]。五年不踏江头路[3],梦逐东风泛蘋芷。江梅山杏为谁容?独笑依依临野水。此间风物君未识:花浪翻天雪相激。明年我复在江湖,知君对花三叹息。

213

据石刻作者自题诗后,时为"元祐四年(1089)三月十八日"。

〔1〕指在黄州时。

〔2〕来禽:即林檎,苹果属植物。

〔3〕江头路:指黄州。作者自题此诗后说:"仆去黄州五周岁矣,饮食梦寐,未尝忘之。"

与莫同年雨中饮湖上

到处相逢是偶然,梦中相对各华颠〔1〕。还来一醉西湖雨,不见跳珠十五年〔2〕。

元祐四年,作者以龙图阁学士出知杭州,七月到任,此诗当是重到未久时作。莫君陈,字和中,吴兴人,时任两浙提刑官。

〔1〕华颠:头发花白了、白头。

〔2〕跳珠:雨点落在湖面的景象。作者熙宁七年离杭,距今已十五年了。过去写西湖雨曾有"白雨跳珠乱入船"之句。

送子由使契丹

云海相望寄此身,那因远适更沾巾。不辞驿骑凌风雪,要使天骄识凤麟〔1〕。沙漠回看清禁月〔2〕,湖山应梦武林春〔3〕。单于若问君家世〔4〕,莫道中朝第一人〔5〕!

元祐四年八月,苏辙奉诏出使辽国——即契丹,贺辽主生辰。

〔1〕汉时,匈奴自称"天之骄子"。以后中国亦据此称之。凤麟:喻中国文明、人物。

〔2〕清禁:京中禁地——皇宫。因为苏辙是翰林学士,出入皇宫的。

〔3〕武林:即杭州。因为作者在杭,苏辙必然怀念。

〔4〕单(chán 禅)于:意译即大王。

〔5〕《旧唐书·李揆传》:唐肃宗尝称李揆"门地、人物、文章皆当世第一"。后来在德宗时,李揆做会盟使,入吐蕃会盟,酋长问他:"闻唐有第一人李揆,公是否?"李揆怕挨扣留,骗他说:"彼李揆安肯来耶!"当时苏氏父子兄弟的诗文已传诵契丹,有很高的声誉,这句是说不要对单于以"中朝第一人"自居,旨在使异域知道中国人物之盛。并示意应变,怕被敌国扣留。

异鹊并序

熙宁中,柯侯仲常通守漳州[1],以救饥得民[2]。有二鹊栖其厅事,讫侯之去,鹊亦送之。漳人异焉。为赋此诗。

昔我先君子[3],仁孝行于家。家有五亩园,么凤集桐花[4]。是时乌与鹊,巢彀可俯拿[5]。忆我与诸儿[6],饲食观群呀[7]。里人惊瑞异,野老笑而嗟,云"此方乳哺,甚畏鸢与蛇[8]。手足之所及,二物不敢加[9]。主人若可信,众鸟不我遐[10]。"故知中孚化[11],可及鱼与豭[12]。柯侯古循吏[13],悃愊真无华[14]。临漳所全活[15],数等江干沙[16]。仁心格异族[17],两鹊栖其衙。但恨不能言,相对空楂楂[18]。善恶以类应,古语良非夸[19]。君看彼酷吏,所至号鬼车[20]。

元祐四年在杭州作。

〔1〕柯仲常,名述,福建南安人。

〔2〕得民:即得民心——受到人民的爱戴。

〔3〕先君子:死去的父亲——指苏洵。

〔4〕鸟栖于树叫"集"。幺(yāo 腰)凤,鸟名,这种鸟每当春暮桐花开时来栖息于桐树上,故又名桐花凤,古人认为是"灵禽"。

〔5〕鷇(kòu 叩):乳鸟。可俯拿:言其巢低。

〔6〕诸儿:对"先君子"而言,对作者则是诸兄弟。

〔7〕呀(yá 牙):小鸟张口状。

〔8〕鸢(yuān 渊):鹞鹰。

〔9〕两句说人所接近的,鸢与蛇不敢加害。

〔10〕《诗经·周南·汝坟》:"既见君子,不我遐弃。"不我遐,即不远弃我的意思。这两句是说:人无伤鸟心,鸟有依人意。

〔11〕中孚:是《易经》中的一个卦名,意为心中诚信。

〔12〕豭(jiā 家):公猪。这里借指兽类。

〔13〕循吏:奉公守法而又体贴民情的官吏。

〔14〕《后汉书·章帝纪》:"安静之吏,悃愊无华。"悃愊(kǔn bì 捆必),心地诚实。

〔15〕临漳:到漳州。所全活:他所保全、救活的人,即序中所指救饥

的事。

〔16〕干:岸。江干沙,极言其多,数不清。

〔17〕格:这里是达到的意思,同于"可及鱼与鰕"的及字。异族:非人类,这里指鹊。

〔18〕楂楂:象声字,现在一般写作"喳喳"。

〔19〕夸:夸大、夸诞。

〔20〕鬼车:鸟名,即九头鸟、鸱枭。这种鸟是专吃小鸟,吃同类,传说中它还吃自己的母亲的。这两句诗是说酷吏恰与循吏相反,酷吏到哪儿,哪儿就有这种不祥之鸟叫。——他们带来了鬼车,也带来了灾害。

寄蔡子华

故人送我东来时,手栽荔子待我归。荔子已丹吾发白,犹作江南未归客。江南春尽水如天,肠断西湖春水船。想见青衣江畔路,白鱼紫笋不论钱。霜髯三老如霜桧[1],旧交零落今谁辈?莫从唐举问封侯[2],但遣麻姑更爬背[3]。

元祐五年(1090)二月作。蔡子华,名褒,是作者的同乡。

〔1〕指蔡子华和另外两位老人:杨君素、王庆源。作者这首诗同时也是给他们看的。

〔2〕唐举:战国时代的相术士。他曾经相过蔡泽的面,说蔡泽相貌不好。蔡泽说"富贵吾所自有"。后来蔡泽做了秦国的丞相,封"纲成君"。

〔3〕麻姑:仙女名,她的手指甲很长。东汉时,她下降过蔡经家。蔡

经见她"手似鸟爪",想到背痒时得这手爪搔背多好!以上用两个蔡姓故事,意谓莫问命运,但求安适。

次韵林子中王彦祖唱酬

蚤知身寄一沤中[1],晚节尤惊落木风。近闻莘老、公择皆逝,故有此句。昨梦已论三世事[2],岁寒犹喜五人同[3]。轼与子中、彦祖、子敦、完夫同试举人景德寺,今皆健。雨馀北固山围座[4],春尽西湖水映空[5]。差胜四明狂监在[6],更将老眼犯尘红。

元祐五年作。林子中,名希,闽人,时守润州(今镇江);王彦祖,名汾,济州人,时守明州(今宁波)。施注:"当是道出京口唱酬。"作者自杭州寄和他们。

〔1〕蚤:通早。
〔2〕佛家谓人生如昨梦;以事物未发生时为"未来世",既发生为"现在世",消灭后为"过去世"。
〔3〕岁寒:用《论语·子罕》:"岁寒,然后知松柏之后凋也!"喻五人"今皆健"。
〔4〕北固山:在镇江。此句写林之所在地、王之所过处。
〔5〕此句作者自写所在。
〔6〕唐贺知章做过秘书外监,世称"贺监";他晚年生活放诞,自号"四明狂客"。这里作者以贺知章自况。

寿星院寒碧轩

清风肃肃摇窗扉,窗前修竹一尺围。纷纷苍雪落夏簟,冉冉绿雾沾人衣。日高山蝉抱叶响[1],人静翠羽穿林飞。道人绝粒对寒碧,为问鹤骨何缘肥?

元祐五年作。院、轩在西湖灵隐天竺寺内。

[1] 杜甫《秦州杂诗二十首》:"抱叶寒蝉静。"

次韵林子中蒜山亭见寄

奇逸多闻老敬通[1],何人慷慨解怜翁?十年簿领催衰白,一笑江山发醉红。闻道赋诗临北固[2],未应举扇向西风[3]。叩头莫唤无家客,归扫岷峨一亩宫[4]。

元祐五年作。蒜山亭,在镇江。

[1] 冯衍字敬通,东汉时人,奇才博闻,但没有被朝廷重用。时林希(子中)年老,作者为之吹嘘,后始授中书舍人。这里以冯衍比之,作者是同情他的,故下句有"何人慷慨解怜翁"之语。这时,林希正诣事二苏。后来林希依附章惇,诋毁元祐党人,作者亦在被诋毁之列。

[2] 谢灵运有《从游京口北固应诏诗》。时林希知润州。这里借古人古事关合。

219

〔3〕《晋书·王导传》：王导不满意庾亮，（时导在金陵，亮镇武昌），"尝遇西风尘起，举扇自蔽，徐曰：'元规，尘污人。'"元规，庾亮的号，风尘是由他那边吹来的。这里虽戏说，亦有所指。未应：不当的意思。

〔4〕末句作者仍示归休之意。岷江、峨眉，是作者故乡。《礼记·儒行》："儒有一亩之宫，环堵之室。"又：作者有《蒜山松林中可卜居，余欲僦其地，地属金山，故作此诗与金山元长老》云："蒜山幸有闲田地，招此无家一房客。"《次韵林子中见寄》："蒜山小隐虽为客，江水西来亦带岷。"

安州老人食蜜歌 赠僧仲殊

安州老人心似铁，老人心肝小儿舌[1]：不食五谷惟食蜜，笑指蜜蜂作檀越[2]。蜜中有诗人不知，千花百草争含姿。老人咀嚼时一吐[3]，还引世间痴小儿。小儿得诗如得蜜，蜜中有药治百疾。正当狂走捉风时，一笑看诗百忧失。东坡先生取人廉，几人相欢几人嫌。恰似饮茶甘苦杂，不如食蜜中边甜。佛云：吾言譬如食蜜，中边皆甜。因君寄与双龙饼[4]，镜空一照双龙影。三吴六月水如汤，老人心似双龙井。

元祐五年作。仲殊字师利，俗姓张，名挥，据查注引《吴郡志》："承天寺僧也。初为士人，尝预乡荐。其妻以药毒之，遂弃家削发。食蜜以解毒。苏公与之往还甚厚，号曰'蜜殊'。"陆游《老学庵笔记》说他"所食皆蜜也：豆腐、面筋、牛乳之类，皆蜜渍之，客多不能下箸，惟东坡性亦嗜蜜，能与之俱饱"。

〔1〕小儿舌:言其嗜甜。

〔2〕檀越:梵语,意为施主。

〔3〕吐:谓吐诗。仲殊工诗,有《宝月集》,今不传。上二句意谓蜂酿千花百草成蜜,仲殊则酿蜜成诗,也就是咀花嚼草,吐而为诗。应"蜜中有诗"语。

〔4〕龙饼:团茶。

次韵苏伯固主簿重九

云间朱袖拂云和[1],知是长松挂女萝[2]。髻重不嫌黄菊满[3],手香新喜绿橙搓[4]。墨翻衫袖吾方醉,纸落云烟子患多[5]。只有黄鸡与白日,玲珑应识使君歌[6]。

元祐五年作。苏伯固,名坚,时以临濮县主簿兼杭州监税官。作者在这一年中对西湖有巨大的建设,如开湖、疏河、筑堤,多半是采纳他和许敦仁的建议和计划。

〔1〕云和:本是山名,《周礼》中提到乐器,特别举"云和之琴瑟",以后人们就用"云和"指琴瑟。

〔2〕李白《寄远》:"遥知玉窗里,纤手弄云和。奏曲有深意,青松交女萝。"

〔3〕因为是重九——黄花节,所以插菊。在苏轼那个时代,头上插花,男女一样。

〔4〕宋俗:以橙皮、橙汁搓手,可以润泽皮肤。现在两广某些地方,还保存着这一个古老的习惯。

〔5〕作者曾说过"人生识字忧患始",像苏坚这样"挥毫落纸如云烟"(杜甫《饮中八仙歌》中咏张旭的话)固是多才,也是多患。

〔6〕商玲珑是唐代的一个歌妓,白居易曾有《醉示妓人商玲珑歌》赠她:"歌罢胡琴掩素瑟,玲珑再拜歌初毕。谁道使君不解歌?听唱黄鸡与白日。黄鸡催晓丑时鸣,白日催年酉时没。腰间红绶挂未稳,镜里朱颜看已失!玲珑玲珑奈老何!使君歌了汝更歌!"作者在这两句中,全师其意,并以白居易自况。看诗中第一句的"朱袖",第二句的"女萝",和末句所提到的,重九这一天的宴游,似乎有弹瑟的歌妓在座。

九日袁公济有诗,次其韵

古来静治得清闲〔1〕,我愧真长也一斑〔2〕。举酒东荣挹江海〔3〕,回尊落日劝湖山。平生倾盖悲欢里,蚤晚抽身簿领间〔4〕。笑指西南是归路,倦飞弱羽久知还〔5〕。

元祐五年作。袁公济名毂,明州人,时在杭州。

〔1〕静治:清静无为的治术。
〔2〕一斑:豹皮上的一点斑文,意谓由一斑可窥全豹。
〔3〕荣:屋角的飞檐。这里"东荣"指东屋角下。
〔4〕蚤:通早。
〔5〕用陶渊明《归去来兮辞》"鸟倦飞而知还"句意。

赠刘景文

荷尽已无擎雨盖,菊残犹有傲霜枝。一年好景君须记,正是橙黄橘绿时[1]。

　　元祐五年作。此诗写初冬景。刘景文,名季孙,河南祥符人。宋时将门之后,博学、能诗。最初为王安石所赏识、提拔;作者也很推许他,而且表荐过他,曾誉之为"慷慨奇士",比之为汉时孔融。

　　[1] 正:一本作"最"。

次韵杨公济奉议梅花(选四首)

相逢月下是瑶台[1],藉草清尊连夜开[2]。明日酒醒应满地,空令饥鹤啄莓苔[3]。

月地云阶漫一尊,玉儿终不负东昏[4]。临春结绮荒荆棘[5],谁信幽香是返魂[6]。

君知早落坐先开[7],莫著新诗句句催[8]。岭北霜枝最多思[9],忍寒留待使君来。

寒雀喧喧冻不飞,绕林空啅未开枝[10]。多情好与风流伴,不到双双燕子时[11]。

　　元祐六年(1091)春所作和杨公济梅花诗前后两次,即本诗和《再和杨公济梅花》(见下),共二十首。第一次和作十首,选其二、

四、六、八共四首。奉议,官名。杨公济名蟠,建州人,在当时是颇有诗名的。

〔1〕月下看梅花,一片光洁,一片白,作者把这种环境拟喻"瑶台"。

〔2〕藉:以草荐设座。这里用白居易《洛阳春》"藉草开一尊"句意,是说就地在草荐上喝酒,为了赏梅。

〔3〕两句写落梅,想象之词。

〔4〕两句用唐牛僧孺《周秦行纪》中"月地云阶拜洞天"句及"东昏以玉儿故,身死国除,不拟负他"语意。玉儿是南朝齐明帝妃子潘氏的小名。齐亡于梁,梁武帝废他为东昏侯。潘妃自杀。这里作者以玉儿指梅花,言其洁白。

〔5〕临春阁、结绮阁,是陈后主建造供他和他的妃子张丽华享乐的。因亦系南朝故事,所以借用。

〔6〕幽香:一般对梅花的誉语。返魂:谓是玉儿魂归。

〔7〕坐:因为。

〔8〕句句:他本作"四句"。

〔9〕岭北:指大庾岭北。那里是产梅的胜地。

〔10〕啅(zhuó浊):通啄。

〔11〕言燕子来时,梅花早已开过了。

再和杨公济梅花(选二首)

天教桃李作舆台〔1〕,故遣寒梅第一开。凭仗幽人收艾纳〔2〕,国香和雨入青苔〔3〕。

北客南来岂是家？醉看参月半横斜[4]。他年欲识吴姬面[5]，秉烛三更对此花[6]。

这是第二次和作，原十首，选其二、其十。

〔1〕舆台：奴隶。
〔2〕艾纳：松皮上的薛苔，晒干可以制为香料。
〔3〕国香：花卉中的第一之称。一般以之称梅花，有时也以之称牡丹。
〔4〕参星横了，月亮斜了，言其夜深。
〔5〕吴姬：也是指梅花。
〔6〕秉烛：手持蜡烛，言夜游。这两句是说要把吴姬面貌认识清楚，所以深夜看个不休。

予去杭十六年而复来，留二年而去。平日自觉出处，老少粗似乐天，虽才名相远，而安分寡求，亦庶几焉。三月六日，来别南北山诸道人，而下天竺惠净师以丑石赠行。作三绝句（选二首）

当年衫鬓两青青，强说重临慰别情。衰发只今无可白，故应相对话来生。

在郡依前六百日,山中不记几回来[1]。还将天竺一峰去[2],欲把云根到处栽[3]。

元祐六年三月作。距四年七月重到杭州时,将二年。原三首,选其一、其三。粗,大约、大概的意思。惠净失考。丑石,实是美石,丑,言其老苍、古拙、绉、漏、瘦,在美学上这是另一种美。

〔1〕白居易《留题天竺灵隐两寺》有"在郡六百日,入山十二回"之句。

〔2〕将:持、拿。

〔3〕天竺一峰、云根:都是指惠净所赠的石。这一点也和白居易相似,白居易守杭罢职时也带去了石头,有《三年为刺史二首》诗云:"三年为刺史,饮冰复食檗。惟向天竺山,取得两片石。"到处栽:暗示行踪不定。

次韵刘景文见寄

淮上东来双鲤鱼,巧将诗信渡江湖[1]。细看落墨皆松瘦[2],想见掀髯正鹤孤[3]。烈士家风安用此[4]?书生习气未能无。莫因老骥思千里,醉后哀歌缺唾壶[5]。

刘景文时为"东南十三将"之一。他和苏轼交谊极好,唱和亦多。作者这首和诗作于元祐六年,时在颍州。

〔1〕两句说收到刘季孙的信。鲤鱼和信的典故,见前《杜介送鱼》诗注。

〔2〕松瘦:形容字迹老苍。

〔3〕掀髯:形容有胡子的人大笑。鹤孤:用东方朔《七谏》"鹍鹤孤而夜号兮"句意,想见其暮夜独吟形象。

〔4〕刘季孙的祖父刘汉凝,做过崇议使,以知兵名。父亲刘平,做过尚衣库使,守邠州,是在战争中兵败被擒殉国的。安用此:何须弄这玩意儿——诗。

〔5〕晋时王敦每酒后辄歌曹操"老骥伏枥,志在千里……"这几句诗,用如意敲唾壶来打拍子,壶边每每给他打缺。刘季孙这时已快六十岁了,不得大用,所以作者以王敦比他,意在安慰。

聚星堂雪并序

元祐六年十一月一日,祷雨张龙公,得小雪。与客会饮聚星堂,忽忆欧阳文忠作守时[1],雪中约客赋诗,禁物体语[2],于艰难中特出奇丽。尔来四十馀年,莫有继者。仆以老门生继公后,虽不足配先生[3];而宾客之美,殆不减当时;公之二子又适在郡[4]。故辄举前令,各赋一篇。

窗前暗响鸣枯叶,龙公试手初行雪;映空先集疑有无,作态斜飞正愁绝。众宾起舞风竹乱,老守先醉霜松折[5];恨无翠袖点横斜[6],只有微灯照明灭。归来尚喜更鼓永[7],晨起不待铃索挈[8];未嫌长夜作衣棱[9],却怕初阳生眼缬[10]。欲浮大白追馀赏,幸有回飙惊落屑。模糊桧顶独多时,历乱瓦

227

沟才一瞥。汝南先贤有故事[11],醉翁诗话谁续说？当时号令君听取:白战不许持寸铁[12]！

聚星堂是欧阳修守颍时建的,是他晚年宴会宾客的地方。

〔1〕欧阳修死后谥"文忠",他曾做过颍州太守,晚年也在这儿退居,所以诗中称他为汝南先贤。

〔2〕据欧阳修集子中雪诗的序,那次咏雪,公约颇严:"玉、月、梨、梅、练、絮、白、舞、鹅、鹤、银等字,皆请勿用。"

〔3〕配:比。

〔4〕指欧阳叔弼、欧阳季默,他两兄弟当时在颍州。

〔5〕老守:作者自称。

〔6〕杜甫"天寒翠袖薄"(《佳人》),写佳人;林逋"疏影横斜水清浅"(《山园小梅》),咏梅花。这里以"翠袖"代佳人,以"横斜"代梅花。

〔7〕永:长。更鼓永,指夜长。

〔8〕宋制:官府中有"铃阁",侍卫们在每天拉铃报告时间。

〔9〕稜:通棱。一本作"绫",误。衣稜是衣服的稜角,陆龟蒙《早秋吴体寄袭美》诗:"微风渐折蕉衣稜";苏辙诗:"应知洗濯衣稜败";唐宋时士大夫们穿衣讲究有稜,以示新洁、整饬。这句是说长夜未睡,还保持着衣稜。

〔10〕眼缬(xié 斜):眼花。

〔11〕故事即是指四十多年前欧阳修"雪中约客赋诗,禁物体语"的事。

〔12〕白战:徒手战,这里比方作诗的白描;不许持寸铁,就是不许用任何武器,指不许用"玉"、"月"……任何字眼。

喜刘景文至

天明小儿更传呼[1]:髯刘已到城南隅[2]。尺书真是髯手迹,起坐熨眼知有无。今人不作古人事,今世有此古丈夫[3]!我闻其来喜欲舞,病自能起不用扶。江淮旱久尘土恶,朝来清雨濯鬓须[4]。相看握手了无事,千里一笑毋乃迂?平生所乐在吴会[5],老死欲葬杭与苏。过江西来二百日,冷落山水愁吴姝。新堤旧井各无恙[6],参寥六一岂念吾[7]?别后新诗巧摹写,神中知有钱塘湖。

刘季孙诗信来不久,人也来了。他来看苏轼,顺便来参加聚星堂雅集。作者对于刘季孙的到来,似觉其速,却显得有极大的欢愉。此诗和下一首《和刘景文见赠》均作于元祐六年冬。

〔1〕更:几次。
〔2〕髯刘:犹如说"胡子老刘"、"刘胡子"。刘季孙有美髯,故称。
〔3〕两句极言刘季孙远道来看朋友,是今人所难,今世少有。
〔4〕两句写久旱得雨,而故人久别适至。
〔5〕吴、会:这里并指吴郡、会稽郡。不是"吴会"——单指苏州。
〔6〕新堤:作者在杭时所建的湖堤,即今西湖有名的"苏堤";旧井,作者在杭时重修唐代六井,其中就有有名的"龙井"。
〔7〕参寥泉、六一泉。

和刘景文见赠

元龙本志陋曹吴[1],豪气峥嵘老不除。失路[2]今为哙等伍[3],作诗犹似建安初[4]。西来为我风黧面[5],独卧无人雪缟庐[6]。留子非为十日饮[7],要令安世诵亡书[8]。

〔1〕刘备称陈元龙为"天下士",在心上压根儿就把曹操和东吴的孙策、孙权看得很陋。

〔2〕失路:无上进之途,犹失意。

〔3〕韩信晚年被汉高祖软禁,由王降为侯,他"羞与绛(绛侯周勃)、灌(灌婴)等列";又自笑"生乃与哙(樊哙)等为伍"!因为"哙等"是老粗。这里喻刘季孙在"十三将"之列,实在委屈。

〔4〕建安:汉献帝年号。实际上建安时期中的刘汉政权已完全落在曹魏手里。这里指当时以曹氏父子为首的"建安文学",说刘季孙的诗有汉魏风骨。

〔5〕黧:音义都同黎。这里当动词用:吹黑。

〔6〕缟:白色的绢,这里也当动词用:染白。

〔7〕十日饮:用《史记·范雎蔡泽列传》中秦昭王写给赵平原君的话:"愿与君为十日之饮",表示豪举。作者在这句里明说不是以此留你。

〔8〕《汉书·张安世传》:皇帝丢掉了三箱书,张安世能够把亡书背诵、默写出来。后来另购到这些书,翻阅对校,和张安世所诵、写的一样。这里作者以张安世喻刘季孙,誉其博学。

双石并序

　　至扬州获二石,其一绿色,冈峦迤逦,有穴达于背;其一玉白可鉴。渍以盆水,置几案间。忽忆在颍州日,梦人请住一官府,榜曰"仇池",觉而诵杜子美诗曰:"万古仇池穴,潜通小有天。"[1]乃戏作小诗,为僚友一笑。

梦时良是觉时非,汲井埋盆故自痴[2]。但见玉峰横太白,便从鸟道绝峨眉[3]。秋风与作烟云意,晓日令涵草木姿。一点空明是何处?老人真欲住仇池[4]。

　　元祐七年(1092)作,时作者自颍州移知扬州。

　　[1] 杜甫的两句诗见《秦州杂诗二十首》,诗中的仇池,在陕西成州境内,许多地志上都把它写作山重水复的洞天福地。

　　[2] 汲井:一作汲水;故:一作固。这句用韩愈《盆池五首》"老翁真个似儿童,汲水埋盆作下池"诗意。

　　[3] 李白《蜀道难》:"西当太白有鸟道,可以横绝峨眉巅。"这里玉峰指雪山,它横亘着太白山上,是描写"玉白可鉴"那一石。鸟道,高险逼窄的小径;绝,作横度过解;这句是描写"绿色"那一石,它"冈峦迤逦",山势仿佛峨眉;"有穴达于背",便是唯一可以通过的鸟道;序中所引杜诗"潜通小有天"和本诗第七句"一点空明是何处"可证。

　　[4] 作者欲往住仇池而不可得,他把它这石命名"仇池",以示寄托;并且把自己的笔记题为《仇池笔记》,以示纪念。他非常宝贵他的仇

池石,理想中别有他的仇池境。

石塔寺并序

世传王播"饭后钟"诗,盖扬州石塔寺事也。相传如此[1]。戏作此诗[2]。

饥眼眩东西,诗肠忘早晏[3]。虽知灯是火,不悟钟非饭[4]。山僧异漂母[5],但可供一莞[6]。何为二十年,记忆作此讪[7]?斋厨养若人,无益只贻患。乃知饭后钟,阇黎盖具眼[8]。

元祐七年作,时作者官扬州。

〔1〕唐时太原人王播,字明扬,他的父亲王恕做扬州仓曹参军,他随父流寓扬州,父死,他无所依,寄食于扬州惠昭寺,靠和尚养活他。他一无所事,只每顿饭钟打响时便上饭堂吃饭。日子久了,他遭到了寺僧的厌恶。某次,寺僧们先吃饭,后打钟,让王播扑一次空。后来王播为淮南节度使,开府扬州,重游惠昭寺,见其从前的壁上题诗,已被寺僧用碧纱罩起来,是新被看重,新被保护。王播也就其旁新题一首:"上堂才了各西东,惭愧阇黎饭后钟。二十年前尘拂面,而今始得碧纱笼。"(据《唐摭言》)

〔2〕说是"戏作",或云"翻案",作者对于以王播为代表的某些忘记人家许多好处、只记人家一点坏处的文人和以新显傲故交、崇王侯而轻僧道的达官,实有所不满。

〔3〕二句说王播饿得迷失了方向,做诗忘记了时间。

〔4〕用《五灯会元》元禅师引谚语答僧众:"早知灯是火,饭已熟多时。"说王播自己不知饱饿,只听钟。钟是饭吗?

〔5〕汉韩信微时,没饭吃,曾寄食于一个亭长家里,亭长的太太厌恶他,就提前很早吃饭,韩信去时,饭没有了。城边的漂母(拆洗的老大娘)见他挨饿,给他吃,连供他几十天。韩信说将来一定要答报她。她生气地说:"大丈夫不能自食!吾哀王孙而进食,岂望报乎?"(《史记·淮阴侯列传》)

〔6〕一莞:一笑。

〔7〕讪:怨谤。

〔8〕阇(shé舌)黎:即阿阇黎,梵语。意译为模范。和尚中的模范分子,就是高僧。具眼,有眼光、有见识。这句戏说阇黎看出王播是可以有作为的,饭后钟事件是故意给王播以刺激,以免他老是靠斋厨供养,没出息。

书晁说之《考牧图》后

我昔在田间,但知羊与牛。川平牛背稳,如驾百斛舟〔1〕。舟行无人岸自移,我卧读书牛不知。前有百尾羊,听我鞭声如鼓鼙;我鞭不妄发,视其后者而鞭之。泽中草木长,草长病牛羊〔2〕;寻山跨坑谷,腾趋筋骨强〔3〕。烟蓑雨笠长林下,老去而今空见画。世间马耳射东风〔4〕,悔不长作多牛翁〔5〕。

晁说之,字以道,号景迂。他是晁补之的弟弟,同属于苏门的人物。能诗,善画,《考牧图》是根据《诗经·小雅·无羊》画西周时牧畜生活的。作者这首题画诗作于元祐八年(1093)。

〔1〕北宋以前,十斗为一斛。百斛舟,言其船载重。
〔2〕据说作者曾请教过牧羊人:牲口吃美草不肥;瘠地的草,让它们细嚼,吃了可使发壮。
〔3〕腾趠(zhuó 浊):跳跃。
〔4〕李白《答王十二寒夜独酌有怀》:"吟诗作赋北窗里,万言不如一杯水;世人闻此皆掉头,有如东风吹马耳。"此用其意。"马耳射东风"一如"东风吹马耳",言其听不进去。
〔5〕《新唐书·卢从愿传》记从愿置田产甚多,被嘲为"多田翁",这里"多牛翁"是作者仿造。

雪浪石

太行西来万马屯〔1〕,势与岱岳争雄尊。飞狐上党天下脊〔2〕,半掩落日先黄昏〔3〕。削成山东二百郡〔4〕,气压代北三家村〔5〕。千峰右卷蠹牙帐,崩崖凿断开土门〔6〕。竭来城下作飞石〔7〕,一炮惊落天骄魂。承平百年烽燧冷〔8〕,此物僵卧枯榆根。画师争摹雪浪势,天工不见雷斧痕。离堆四面绕江水〔9〕,坐无蜀士谁与论?老翁儿戏作飞雨,把酒坐看珠跳盆〔10〕。此身自幻孰非梦,故国山水聊心存。

这是作者《次韵滕大夫三首》之一,元祐八年十二月作。滕名希靖,海陵人,时作倅定州。雪浪石,是作者所获的一块"黑石白脉"的佳石,并名其室为雪浪斋;作者文集中有《雪浪斋铭引》记其事。

〔1〕万马屯:形容太行山势的雄峻。

〔2〕飞狐口:在今河北怀来县境;上党,即今山西长治一带;均太行山区地势之高者。

〔3〕两句写太行山高。

〔4〕削:划分。山东:指太行山以东。

〔5〕代:今山西代县。代北,指晋北。

〔6〕土门:即井陉关,在今河北井陉。

〔7〕朅(qiè怯)来:去来、往还。

〔8〕烽燧冷:言烽燧久不举火。形容承平,没有战争。

〔9〕离堆:即我国古代有名水利工程巨建都江堰的别名,在四川灌县,秦时李冰所凿。

〔10〕《雪浪斋铭引》:"又得白石曲阳,为大盆以盛之,激水其上。""作飞雨"、"珠跳盆",正是写此。

鹤叹

园中有鹤驯可呼,我欲呼之立坐隅〔1〕。鹤有难色侧睨予〔2〕:"岂欲臆对如鹏乎〔3〕?我生如寄良畸孤〔4〕,三尺长胫阁瘦躯〔5〕。俯啄少许便有馀,何至以身为子娱!"〔6〕驱之上堂立斯须〔7〕,投以饼饵视若无,戛然长鸣乃下趋〔8〕。难进易退我不如!

元祐八年在定州作。

〔1〕坐隅:座旁、座的边角。

〔2〕侧睨:不正视、轻视的样子。

〔3〕汉贾谊《鵩鸟赋》:"口不能言,请对以臆。"臆,胸;申引之为心;臆对,犹如说"心心相印"。据贾谊在他的赋序中说:"鵩似鸮,不祥鸟也。谊既以谪居长沙……乃为赋以自广。"这里作者代鹤作语,却有以贾谊自广之意。

〔4〕畸孤:零落孤独。

〔5〕阁:高架着。

〔6〕以上五句,拟鹤语。

〔7〕斯须:顷刻、一会儿。

〔8〕戛(jiá颊):戈戟之属的古兵器。戛然,形容鸟类挺颈伸喙,其状有如竖着的戛。

寄馏合刷瓶与子由

老人心事日摧颓,宿火通红手自焙。小甑短瓶良具足〔1〕,稚儿娇女共燔煨。寄君东阁闲烝栗,知我空堂坐画灰〔2〕。约束家童好收拾,故山梨枣待归来〔3〕。

　　元祐八年在定州作。定州在宋代是烧制瓷器名地之一,其产品不仅供应国内,而且销行于国际市场,那就是举世知名的"定瓷"。作者曾在他的诗里有"定州花瓷琢红玉"的描写。送给子由的馏合和刷瓶,当是当时的新瓷器。馏合,蒸饭用的小甑子;刷,应是"涮"字之误或假借,涮瓶是烫菜用的矮锅。

〔1〕具足:齐备。

〔2〕画灰:用白居易"对雪画寒灰"(《送兄弟回雪夜》)句意,白居易这诗是送他兄弟的。作者在《侄安节远来夜坐》诗中,也有"坐拨寒灰听雨声"之句。

〔3〕归:一本作翁。

慈湖夹阻风(选三首)

捍索桅竿立啸空[1],篙师酣寝浪花中。故应菅蒯知心腹[2],弱缆能争万里风。

此生归路转茫然,无数青山水拍天。犹有小船来卖饼,喜闻墟落在山前。

卧看落月横千丈,起唤清风得半帆。且并水村敧侧过[3],人间何处不巉岩[4]!

慈湖夹在当涂境,绍圣元年(1094)苏轼南行过此时作。原五首,选第一、二、五共三首。

〔1〕捍(hàn 汗)索:船桅两旁的绳索。

〔2〕菅(jiān 奸)、蒯(kuǎi 块上声):草绳,用以编缆的。

〔3〕并:傍。

〔4〕巉(chàn 忏)岩:山石险峻。这里借喻人生道路上的难行。

壶中九华诗并序

湖口人李正臣,蓄异石九峰,玲珑宛转,若窗櫺然。予欲以百金买之与仇池石为偶[1],方南迁,未暇也。名之曰"壶中九华",且以诗纪之。

清溪电转失云峰[2],梦里犹惊翠扫空[3]。五岭莫愁千嶂外[4],九华今在一壶中。天池水落层层见,玉女窗虚处处通[5]。念我仇池太孤绝,百金归买碧玲珑。

绍圣元年秋,南行过湖口时作。

〔1〕仇池石:是作者所藏石,见前《双石》诗。
〔2〕电转:言水道转过之快;云峰,指壶中九华石。作者行程匆匆,所以这样说。
〔3〕翠扫空:亦谓九华石。作者非常倾心这九华石,似为前所未见,而一见难忘,故云"梦里犹惊"。又作者过去"每逢蜀叟谈终日,便觉峨眉翠扫空",今见九华石奇绝,难免将它视作他的家山峨眉。
〔4〕查云:"三句带南迁意不觉。"
〔5〕两句均写九华石,上句言其石形"宛转";下句是"若窗櫺然"。

南康望湖亭

八月渡长湖[1],萧条万象疏。秋风片帆急,暮霭一山孤。许国心犹在,康时术已虚[2]。岷峨家万里,投老得归无?

绍圣元年八月过南康作。

〔1〕长湖:一本作重湖,即指鄱阳湖。
〔2〕康时:即匡时,宋代因避太祖赵匡胤的"匡"字名讳,以康代匡。此句一本作"康时业本虚",意思略异。

八月七日初入赣,过惶恐滩

七千里外二毛人[1],十八滩头一叶身[2]。山忆喜欢劳远梦,蜀道有错喜欢铺,在大散关上。地名惶恐泣孤臣[3]。长风送客添帆腹[4],积雨浮舟减石鳞[5]。便合与官充水手,此生何止略知津[6]!

绍圣元年作。

〔1〕二毛人:老年。头上有黑兼白的发,叫"二毛"。
〔2〕十八滩:是赣江险处,惶恐滩即其中之一。
〔3〕惶恐滩即黄公滩,音相近,不知孰是。查注引《坦斋通纪》:"诗人好易地名以就句法。……前名黄公滩,坡乃改为惶恐以对喜欢。"冯注以为不然,谓"山水村落之名,原无定称,安见'惶恐'必应曰'黄公'乎?先生当日必有'惶恐'句,因以'喜欢'为上句;今转以改滩名就句法,恐先生必不为也!"按《一统志》:"其间为滩十八,怪石多险";《万安县志》:"滩水湍急,惟黄公为第一";"惶恐"或因险急而得名。
〔4〕帆受风,鼓起像大肚子,故云"帆腹"。

〔5〕积雨浮舟:形容江水新涨;江水既涨,那原来水流石上有如鳞片的样子当然减少了。

〔6〕《论语·微子》:"使子路问津焉。"问津,本义为询问渡口,后人每借用作请求指示办法,这里"知津"即识途,语意双关。

十一月二十六日
松风亭下梅花盛开

春风岭上淮南村,昔年梅花曾断魂。予昔赴黄州,春风岭上见梅花,有两绝句〔1〕。明年正月,往岐亭道上,赋诗云:"去年今日关山路,细雨梅花正断魂〔2〕。"岂知流落复相见,蛮风蜑雨愁黄昏〔3〕。长条半落荔枝浦,卧树独秀桃榔园。岂惟幽光留夜色,直恐冷艳排冬温。松风亭下荆棘里,两株玉蕊明朝暾。海南仙云娇堕砌,月下缟衣来叩门。酒醒梦觉起绕树,妙意有在终无言。先生独饮勿叹息,幸有落月窥清尊。

绍圣元年作。查注引《名胜志》:"松风亭在惠州学舍之东,昔为嘉祐寺之故址。"

〔1〕那两绝句是:"春来幽谷水潺潺,的皪梅花草棘间。一夜东风吹石裂,半随飞雪度关山。""何人把酒慰深幽?开自无聊落更愁。幸有青溪三百曲,不辞相送到黄州。"

〔2〕见前《正月二十日往岐亭》诗。

〔3〕蛮、蜑(dàn旦):这里均指当时作者所在兄弟民族地区。

四月十一日初食荔支

南村诸杨北村卢,谓杨梅、卢橘也。白华青叶冬不枯。垂黄缀紫烟雨里[1],特与荔子为先驱。海山仙人绛罗襦,红纱中单白玉肤[2]。不须更待妃子笑[3],风骨自是倾城姝。不知天公有意无,遣此尤物生海隅[4]。云山得伴松桧老[5],霜雪自困楂梨粗[6]。先生洗盏酌桂醑[7],冰盘荐此赪虬珠。似闻江鳐斫玉柱,更洗河豚烹腹腴。予尝谓荔支厚味、高格两绝,果中无比,惟江鳐柱、河豚鱼近之耳。我生涉世本为口,一官久矣轻莼鲈。人间何者非梦幻,南来万里真良图!

绍圣二年(1095)作。下首《荔支叹》同。作者对于祖国南方出产的荔支,具有特别的爱好,另有《食荔支》诗,有"日啖荔支三百颗,不辞长作岭南人"的豪语。

[1] 三句写杨梅、卢橘(枇杷):白华青叶,垂黄缀紫,状其花叶果实;它们开花结果在荔支之前,故云"先驱"。

[2] 中单:内衣。

[3] 妃子:指唐玄宗的妃子杨氏。杨贵妃好吃荔支,常命专人以快马自四川奔驰传递至长安,杜牧《过华清宫绝句三首》诗云:"一骑红尘妃子笑,无人知是荔支来。"

[4] 尤物:自春秋以来以这一词儿称美人,这里指顶好的、难得的东西,作者用以称荔支。

[5] 据《梁溪漫志》:松桧之间,杂植荔支,取其枝叶阴覆。

〔6〕楂：即楂子，是一种酸果。这句是说楂子、梨子困于霜雪，果实味粗。

〔7〕桂醑（xǔ 许）：肉桂酒。

荔支叹

十里一置飞尘灰，五里一堠兵火催[1]。颠阬仆谷相枕藉[2]，知是荔支龙眼来。飞车跨山鹘横海[3]，风枝露叶如新采[4]。宫中美人一破颜[5]，惊尘溅血流千载。永元荔支来交州[6]，天宝岁贡取之涪[7]。至今欲食林甫肉[8]，无人举觞酹伯游。汉永元中，交州进荔支、龙眼，十里一置，五里一堠，奔腾死亡，罹猛兽毒虫之害者无数。唐羌字伯游，为临武长，上书言状，和帝罢之。唐天宝中，盖取涪州荔支自子午谷路进入。我愿天公怜赤子[9]，莫生尤物为疮痏[10]。雨顺风调百谷登，民不饥寒为上瑞。君不见武夷溪边粟粒芽[11]，前丁后蔡相笼加[12]。大小龙茶，始于丁晋公，而成于蔡君谟。欧阳永叔闻君谟进小龙团，惊叹曰："君谟士人也，何至作此事耶？"争新买宠各出意，今年斗品充官茶[13]。今年闽中监司乞进斗茶，许之。吾君所乏岂此物？致养口体何陋耶！洛阳相君忠孝家[14]，可怜亦进姚黄花[15]！洛阳贡花，自钱惟演始。

〔1〕置、堠（hóu 侯）：古代驿里站头，唐代以五里为单堠，十里为双堠。

242

〔2〕阬:同坑。枕藉:互相用别人的身体当枕头睡。形容死人之多、尸体之密。

〔3〕飞车:言车行之速;鹘(hú 胡,一读 gǔ 骨):形容海船之状。

〔4〕唐玄宗时,四川所贡的荔支,摘时留枝叶,这样可以保持其新鲜。

〔5〕宫中美人:指杨贵妃。破颜:笑。

〔6〕永元:汉和帝年号,时在公元一世纪末、二世纪初。汉时交州,包括今广西、广东的大部分,和越南民主共和国的一部分。

〔7〕天宝:唐玄宗年号,时在公元八世纪中叶。涪(fú 浮):今四川涪陵,这里泛指巴、蜀。

〔8〕李林甫是唐玄宗的宰相,人民所憎恨的人。

〔9〕赤子:人民。

〔10〕疮痏(wěi 伪):这里是灾害的意思。

〔11〕武夷山,在福建,是我国有名的产茶地。"粟粒芽"是武夷茶的极品,叶小而嫩,故名。

〔12〕笼加:笼装进贡,后先相继。丁指丁谓,蔡指蔡襄,见作者自注。

〔13〕官茶:即贡茶。宋时有"斗茶"之风。这里是说贡茶者"争新买宠"。

〔14〕洛阳相君:指钱惟演,他是吴越王钱俶的儿子,归宋后在仁宗朝曾做过枢密使。洛阳岁贡牡丹,是他开例。沈钦韩云:"钱惟演官带使相,故亦称相君。"

〔15〕姚黄:牡丹的名色之一。这里"可怜",语含轻蔑,意谓钱贡牡丹与丁、蔡贡茶无异唐相李林甫之贡荔支,都是害民的虐政。按钱、丁、蔡都是作者本朝的前辈,此诗竟指名斥责。作者虽曾遭文字之祸,而到老不改,屡贬不屈,仍然是敢笑敢骂地写诗。

六月十二日酒醒步月,理发而寝

羽虫见月争翾翾[1],我亦散发虚明轩。千梳冷快肌骨醒,风露气入霜蓬根[2]。起舞三人漫相属,停杯一问终无言[3]。曲肱薤簟有佳处[4],梦觉琼楼空断魂。

绍圣二年作。

〔1〕翾(xuān 轩)翻:旋绕着飞。
〔2〕霜蓬:形容白发散乱。
〔3〕两句用李白诗《月下独酌》:"举杯邀明月,对影成三人";《把酒问月》:"青天有月来几时?我欲停杯一问之"。
〔4〕薤簟(xiè diàn 谢电):草席。

新年(选三首)

晓雨暗人日,春愁连上元。水生挑菜渚,烟湿落梅村。小市人归尽,孤舟鹤踏翻。犹堪慰寂寞:渔火乱黄昏。

北渚集群鹭,新年何所之?尽归乔木寺,分占结巢枝。生物会有役[1],谋生各及时。何当禁毕弋[2],看引雪衣儿[3]。

海国空自暖,春山无限清。冰溪纷瘴雨,雪菌到江城。更待轻雷发,先催冻笋生。丰湖有藤菜[4],似可敌莼羹[5]。

绍圣三年(1096)在惠州作。共五首,选前三首。

[1] 有役:有职司、有任务。
[2] 毕:网。弋:射。
[3] 鹭鸶古有"雪客"之称,这里"雪衣儿"指白鹭。
[4] 丰湖:在惠州西郊,当地产藤菜有名。
[5] 晋张翰在洛阳,见秋风起就想到他的故乡江南的美味——莼菜羹、鲈鱼脍。后来的人用"莼鲈之思"的说法来表示怀乡、思归。这里是反其意而用之,意谓惠州好,丰湖藤菜好,可以抵得上故乡。

迁居并序

吾绍圣元年十月二日至惠州,寓居合江楼。是月十八日,迁于嘉祐寺。二年三月十九日,复迁于合江楼。三年四月二十日,复归于嘉祐寺。时方卜筑白鹤峰之上,新居成,庶几其少安乎。

前年家水东,回首夕阳丽;去年家水西,湿面春雨细。东西两无择,缘尽我辄逝。今年复东徙,旧馆聊一憩。已买白鹤峰,规作终老计[1]。长江在北户[2],雪浪舞吾砌[3]。青山满墙头[4],髣髴几云髻[5]。虽惭抱朴子[6],金鼎陋蝉蜕[7];犹贤柳柳州[8],庙俎荐丹荔[9]。吾生本无待,俯仰了此世。念念自成劫,尘尘名有际[10]。下观生物息,相吹等蚊蚋[11]。

〔1〕规:规划。

〔2〕长江:言江之长,指东江。

〔3〕雪浪:江浪。形容其近在户外,就说是舞在阶前。

〔4〕形容墙外青山多而近。

〔5〕鬖髿(wǒ duǒ 我朵):与古诗《陌上桑》"头上倭堕髻"的倭堕同,形容髻发之美。

〔6〕抱朴子:即晋人葛洪的道号。

〔7〕金鼎:道家炼丹之器。蝉蜕:仙家尸解之称。

〔8〕贤:这里作贤于、胜过解。唐柳宗元曾做过柳州刺史,有德于民,世称柳柳州。

〔9〕柳州有罗池庙,即当地人民纪念柳宗元的柳侯祠。柳宗元死后,韩愈曾为撰《柳州罗池庙碑》,有"荔子丹兮蕉黄,杂肴馔兮进侯堂"的词,这里用其词意。这碑是作者书写的,今尚完好,世称"韩文、苏字、柳侯碑"为此一物之"三绝"。俎,祭器;荐,陈献。以上四句大意是:虽不能像葛洪仙去,总还好过柳侯——他虽被立庙、受祭祀,但究竟是死了。隐用《庄子·秋水》篇"神龟"之喻:不愿"死为留骨而贵",情愿"生而曳尾于涂中"。

〔10〕这二句均用佛家语:念念成劫,言时间的快过;尘尘有际,言处处有世界。

〔11〕用《庄子·逍遥游》:"生物之息以相吹也。"息,气息;吹,呼吸。蚋(ruì 锐):蚊类小虫。等蚊蚋,极言微小。

纵笔

白头萧散满霜风,小阁藤床寄病容。报道先生春睡美,道人轻打五更钟。

绍圣四年(1097)作。未久即被再贬儋耳(今广东儋县。宋为南宁军,在当时是最边远、最荒野的军州)。很可能与这首诗有关。据宋曾季貍《艇斋诗话》说这诗给章惇——当时的宰相看见了,以为苏轼这样安稳的"春睡美",怒而再予谪贬。

白鹤峰新居欲成,夜过西邻翟秀才(选一首)

林行婆家初闭户[1],翟夫子舍尚留关[2]。连娟缺月黄昏后,缥缈新居紫翠间。系闷岂无罗带水?割愁还有剑铓山。韩退之云"水作青罗带,山如碧玉簪";柳子厚云"海上尖峰若剑铓,秋来处处割愁肠":皆岭南诗也。中原北望无归日,邻火村舂自往还。

翟秀才名逢亨,居白鹤山下,作者在惠州时的新交和邻居。此诗绍圣四年二月作。原二首,选第一首。

〔1〕行(读 xìng 杏)婆:"居士"的对称,是不出家而信佛的老太太。这位林行婆,在作者《白鹤新居上梁文》中曾提到:"年丰米贱,林婆之酒可赊",据此,当是开小酒店的女掌柜。

〔2〕留关:即门不上闩。

吾谪海南[1],子由雷州[2];被命即行,了不相知。至梧乃闻尚在藤也[3]。旦夕当追及,作此诗示之

九疑联绵属衡湘[4],苍梧独在天一方。孤城吹角烟树里,落月未落江苍茫[5]。幽人拊枕坐叹息[6],我行忽至舜所藏[7]。江边父老能说子[8]:"白须红颊如君长[9]"。莫嫌琼雷隔云海,圣恩尚许遥相望。平生学道真实意,岂与穷达俱存亡。天其以我为箕子[10],要使此意留要荒[11]。他年谁作舆地志,海南万里真吾乡。

〔1〕绍圣四年四月,作者被贬为琼州别驾,奉命自惠州移昌化军(今海南省儋州市西北旧儋县)安置。

〔2〕苏辙也自筠州被贬至雷州(今广东海康、遂溪)。

〔3〕梧:指苍梧,今广西梧州。藤州:今广西壮族自治区藤县。

〔4〕九疑山,在湖南南部。

〔5〕落月:一本作"落日"。

〔6〕幽人:作者自谓。这里幽人义不限于"隐者",有"逐臣"的意思。

〔7〕藏:葬的讳称。相传虞舜南巡至苍梧而死,葬在那里。

〔8〕子:指苏辙。

〔9〕这句是江边父老说苏辙面貌、身材的话。君,指苏轼。长,言其体高。

〔10〕箕子:殷的贵族;殷亡后他受周封于朝鲜。这里作者自比箕子。纪云"比拟不伦",实则作者仅取远居异域这一点而言。

〔11〕要荒:要服、荒服地方。我国古代,京畿之外,把领土分为五等——五服:甸服、侯服、绥服、要服、荒服,分别统治。约莫五百里之外为一服,甸服离天子之国(首都)最近,侯服次之,要服、荒服最远,所谓"服",臣服于天子;要,约束;荒,边远。在宋代,已经没有这种"服"制了,这里要荒是远地边区的意思。一本作"遐荒",意同。按五服之说,古制渺茫,难详其实,这里只是据《禹贡》疏言之。

和陶止酒并序

丁丑岁予谪南海,子由亦贬雷州。五月十一日相遇于藤,同行至雷。六月十一日相别渡海。余时病痔呻吟,子由亦终夕不寐,因诵渊明诗,劝余止酒。乃和原韵,因以赠别,庶几真止矣!

时来与物逝,路穷非我止。与子各意行,同落百蛮里。萧然两别驾,各携一稚子〔1〕。子室有孟光〔2〕,我室惟法喜〔3〕。相逢山谷间,一月同卧起。茫茫海南北,粗亦足生理〔4〕。劝我师渊明,力薄且为己。微疴坐杯酌,止酒则瘳矣。望道虽未济,隐约见津涘[5]。从今东坡室,不立杜康祀[6]。

作者集中和陶渊明诗极多,不多选。止酒是陶诗原题,义即断酒。

〔1〕当时作者带着他最小的第三子苏过。

〔2〕孟光:见《续丽人行》注,这里指苏辙的妻史氏。

〔3〕法喜:佛家语,闻佛法而生欢喜心。作者《赠王仲素寺丞》诗:"虽无孔方兄,顾有法喜妻。"这句作者意谓自己夫人已殁。喜闻佛法,不欲再娶。

〔4〕生理:生活。

〔5〕津涘(sì 寺):水边。这句是说已近道。

〔6〕杜康:周时人,传说他善造酒。以杜康作为酒的代名,始于曹操《短歌行》诗:"何以解忧,唯有杜康。"

籴米

籴米买束薪[1],百物资之市[2]。不缘耕樵得[3],饱食殊少味。再拜请邦君[4],愿受一廛地[5]。知非笑昨梦[6],食力免内愧[7]。春秧几时花,夏稗忽已穟[8]。怅焉抚耒耜,谁复识此意!

绍圣四年作。

〔1〕籴(dí 敌):买。束薪:《诗经·王风·扬之水》:"扬之水,不流束薪。"两广各地买柴是论"把"(一捆)的,恰是"束薪"。

〔2〕资:仰给。

〔3〕不缘:不由。这句是说不由自己的劳动所得。

〔4〕邦君:这里指地方官。

〔5〕用《孟子·滕文公上》:"愿受一廛而为氓。"作者表示愿在那里落户做老百姓。

〔6〕知过去之非——错误,用陶渊明《归去来辞》"觉今是而昨非"意。

〔7〕食力:自食其力。内愧:内心惭愧。

〔8〕穟:同穗,结实。

被酒独行,遍至子云、威、徽、先觉四黎之舍(选二首)

半醒半醉问诸黎〔1〕,竹刺藤梢步步迷。但寻牛矢觅归路〔2〕,家在牛栏西复西。

总角黎家三四童〔3〕,口吹葱叶送迎翁〔4〕。莫作天涯万里意,溪边自有舞雩风。

元符二年(1099)作,三首选其一、其二。

〔1〕诸黎:几个黎姓友人,即子云、威、徽、先觉"四黎"。

〔2〕牛矢:牛粪。

〔3〕总角:古代儿童头上打两个丱,叫作总角,略如今之小辫而短。

〔4〕口吹葱叶:吹葱是儿童的游戏,用寸许的细葱管吹奏,其声仿

佛是远处唢呐。

倦夜

倦枕厌长夜,小窗终未明。孤村一犬吠,残月几人行。衰鬓久已白,旅怀空自清。荒园有络纬[1],虚织竟何成[2]!

元符二年在儋(dān 丹)州作。

[1] 络纬:虫名,即俗称"纺织娘"的。
[2] 用庾信《曹美人歌》"络纬无机织"句意,言其虚织而无所成,作者有自寓意。

纵笔三首

寂寂东坡一病翁,白须萧散满霜风[1]。小儿误喜朱颜在[2],一笑那知是酒红!

父老争看乌角巾[3],应缘曾现宰官身[4]。溪边古路三叉口,独立斜阳数过人。

北船不到米如珠,醉饱萧条半月无。明日东家当祭灶[5],只鸡斗酒定膰吾[6]。

元符二年冬作,从第三首末句看,时已届岁末。

〔1〕须:一本作"头"。

〔2〕小儿:作者指其第三子苏过,他是随父到岭南的。

〔3〕角巾:即方巾,古代隐士或官吏闲居时的头服。

〔4〕《法华经》说妙音菩萨曾现宰官身说法。作者因作宰官,所以借此自喻。

〔5〕旧俗每到年底,要祭灶,俗称"送灶神",官家以十二月二十三日,民家以二十四日举行,所谓"官三民四"。这里东家实指作者作客的黎家,是民家,则明日为二十四可知。

〔6〕膰(fán 凡):祭肉。这里当动词用:饷。作者很幽默地说他们祭灶,我得吃。

庚辰岁人日作。时闻黄河已复北流,老臣旧数论此,今斯言乃验(选一首)

老去仍栖隔海村,梦中时见作诗孙[1]。天涯已惯逢人日,归路犹欣过鬼门[2]。三策已应思贾让[3],孤忠终未赦虞翻[4]。典衣剩买河源米[5],屈指新笞作上元[6]。

庚辰即元符三年(1100),原作二首,选第一首。人日,正月初七日。熙宁年间,黄河决堤,当时治河之论,略分两派,一派是主张"塞",让黄河东流,有文彦博、吕大防等;一派主张"疏",让黄河北流,有苏辙、范百禄等。元祐间,争论颇大。作者的意见是属于后一

253

议的。这时黄河已复北流,故云"斯言乃验"。

〔1〕指他的族孙苏符。

〔2〕那时容州(今广西壮族自治区容县)道上有"鬼门关",过此地瘴疠更甚,古谚有"鬼门关,十人去,九不还"之语。

〔3〕贾让:汉人,我国有名的治河理论家,汉哀帝时他曾提出治河三策(三套办法),他是主张"疏"的,三策中的上策就是放河水往北流入海。

〔4〕虞翻:三国时吴人,为人正直,但好饮酒。孙权厌恶他,贬为交州(广州)刺史。他一直到死没有被召还。以上二句,作者借古人以自况。

〔5〕河源:即河源县,在广东。

〔6〕筘(chōu 抽):保护酒瓮的酒笼。笼上扎以新鲜的草叶,叫"挂青",也叫"插筘",用以点缀新春,表示吉祥。此俗唐宋时都盛,白居易《尝酒》诗:"一瓮春醪新插筘。"

庚辰岁正月十二日,天门冬酒熟,予自漉之,且漉且尝,遂以大醉(选一首)

自拨床头一瓮云,幽人先已醉浓芬[1]。天门冬熟新年喜,麹米春香并舍闻。杜子美诗云:"闻道云安麹米春",盖酒名也。菜圃渐疏花漠漠[2],竹扉斜掩雨纷纷。拥衾睡觉知何处,吹面东风散縠纹[3]。

原二首,选第一首。天门冬,一种百合科的药用植物。

〔1〕浓:一本作奇。
〔2〕花:一本作云。
〔3〕缬(xié 斜)纹:眼花缭乱。散缬纹,言已酒醒目清。

汲江煎茶

活水还须活火烹[1],自临钓石取深清。大瓢贮月归春瓮[2],小杓分江入夜瓶[3]。雪乳已翻煎处脚[4],松风忽作泻时声。枯肠未易禁三碗[5],坐听荒城长短更。

元符三年在儋州作。

〔1〕活水:刚从江中取回的水;活火,猛火,不同于缓火。唐人已有"茶须缓火炙,活火烹"的说法。作者《试院煎茶》有云:"贵从活火发新泉。"
〔2〕大瓢贮月:写夜。月映在水里,瓢舀水,仿佛舀起了月。
〔3〕分江:分取江的一部分,也就是舀水。
〔4〕雪乳:茶细白,水煎时所呈色象。脚:指茶脚。
〔5〕唐卢仝《走笔谢孟谏议寄新茶》:"三碗搜枯肠。"

澄迈驿通潮阁(选一首)

馀生欲老海南村,帝遣巫阳招我魂[1]。杳杳天低鹘没处,青山一发是中原。

澄迈在海南岛。作者即将北归,这是为琼人姜君弼题的。元符三年在儋州作。原二首,选一首。

〔1〕帝:天帝;巫阳:女巫名。《楚辞·招魂》:"帝告巫阳曰:有人在下,我欲辅之。魂魄离散,汝筮兴之。"是说天帝可怜屈原,叫巫阳去招回他。这里借天帝以指朝廷;借招魂以指召还。——这时朝廷将召还苏轼。

跋王进叔所藏画(选二首)

徐熙杏花[1]

江左风流王谢家[2],尽携书画到天涯。却因梅雨丹青暗,洗出徐熙落墨花[3]。

赵昌芍药[4]

倚竹佳人翠袖长,天寒犹著薄罗裳[5]。扬州近日红千叶,自是风流时世妆[6]。

元符三年作。王进叔时任岭南监司,作者为他题画诗共五首,这里选其一、二两首。

〔1〕纪昀云:"此首自寓。"徐熙,五代末的南唐画家,善写花卉草虫,其所绘有"铺殿花"、"装堂花"之称。他的画艺最为李后主(煜)所赏识,宫廷四壁,张挂的都是他的作品。

〔2〕这里指王进叔。

〔3〕以墨笔勾勒,略设色,称"落墨画";为后来"没骨画"的先驱。

〔4〕赵昌:字昌之,宋时剑南人,也是有名的花卉画家,尤工蔬菜草虫。

〔5〕首二句,仍是作者自寓。用杜甫《佳人》"天寒翠袖薄,日暮倚修竹"诗意。

〔6〕作者《志林》云:"扬州芍药,为天下冠。"句末"时世妆",指当时所谓"御爱红"、"御爱黄"之类。纪昀云:"此首刺小人",盖就末二句而言。

过岭(选一首)

七年来往我何堪[1]!又试曹溪一勺甘[2]。梦里似曾迁海外,醉中不觉到江南[3]。波生濯足鸣空涧,雾绕征衣滴翠岚。谁遣山鸡忽惊起,半岩花雨落毵毵[4]。

建中靖国元年(1101),作者北归,自韶州过大庾岭至虔州作。原二首,选第二首。

〔1〕作者自绍圣元年贬惠州,再贬儋州,三贬廉州,今重到虔州,计已七年。

〔2〕曹溪:在广东曲江东南。又试一勺甘,谓重饮此水,意即重到此地。曹溪为佛教禅宗胜地,其水称功德水。

〔3〕这里江南指虔州。两句言前迁海外,今到江南,如梦如醉。

〔4〕毵(sān 三)毵:毛细长貌,这里用来形容落花如雨。

送别

鸭头春水浓如染,水面桃花弄春脸〔1〕。衰翁送客水边行,沙衬马蹄乌帽点〔2〕。昂头问客几时归?客道秋风黄叶飞。系马绿杨开口笑,傍山依约见斜晖。

此诗作时失考,故置最末。

〔1〕首句写水绿,次句写花红。

〔2〕乌帽:即乌纱帽,官服。乌帽点,描绘马行时马背上的"衰翁"一步一点头。

苏轼词选

前　言

一

　　苏轼字子瞻，一字和仲，号东坡居士。宋景祐三年十二月（按公元已是1037年初）生于眉州（今四川眉山），建中靖国元年（1101）七月死于常州（今江苏省常州市），年六十六。他生活在宋朝比较"承平"的一段时代里。在他生前五十八年，北宋王朝统一了中国，结束了长期的战争和割据。在他死后二十六年，汴京被金兵攻破，北宋王朝垮台。其间真宗朝，有王小波、李顺领导的四川农民起义，徽宗朝，有方腊为首的浙江农民起义，宋江为首的山东农民起义；前者距他生前二十五年，后者距他死后二十年，两头他都没有碰上。

　　北宋时期，昔称"隆宋"，盖与"盛唐"相对而言。实则不"隆"于政治，而是"隆"于文学。首先让我们看到的，是"隆"于工业。读者们也许到大的或者小的博物馆参观过，曾经目触到那些馆里陈列的"宋瓷"：豆青色刻着宝相花图案的汝窑小碟，白地黑花笔势恢奇的磁州窑大酒坛，像青玉一样的哥窑花觚，像象牙一样的建窑酒盅，像牛乳冻成的定窑碗，像一湖澄碧水使你不敢用指头去搅动的广窑盘……如今世界上任何一个博物馆，倘是没有中国瓷器——尤其是宋瓷，它将不成其为博物馆。它同"宋版"书一样受到后人的珍视。而在当时，却已对世界文化做出了巨大的贡献。瓷业、印刷业在北宋时代的成就是如此的辉煌！其他如矿冶、丝织、造纸、制船……也都各有其发展。这是由于农业发展带动的。原来在北宋王朝统一了中国，结束了五代割据的同时，也吸收了后周、南唐、吴越等的经验，鼓励垦荒，扩大耕地，发明并推广使用新农具"踏犁"以代替耕牛,改良了茶树的栽培,不断地出现新品种……这样,不仅刺激了工业,也带来了交通、贸易的繁荣,城市的繁华。与时代同呼吸的文学,就有了巨大的变化:以欧阳修为中心的文学革新运动,不可能不是应运而生的。苏轼,是这一运动中的主要人物。

尽管"承平",尽管史称"隆宋",这一时期的阶级矛盾却是暗暗在滋长着,民族矛盾更是明明的揭开了:辽、西夏都先后"南下而牧马",他们侵略的刀尖总是指向汴梁。真宗(赵恒)景德元年(1004),辽国的铁蹄一直冲到黄河北岸。澶州(今河南濮阳)一战,挡是挡住了,而和议下来,要每年送银十万两、绢二十万匹给辽。仁宗(赵祯)庆历四年(1044)和西夏订的和约,又是每年送银七万二千两、绢十五万三千匹、茶叶三万斤给西夏。不消说,这些负担,也是压在了人民身上。因而也就加深了阶级矛盾。王安石的变法,其目的无非是缓和当时的阶级矛盾,充实国力,对付外患。然而,统治阶级的内部,矛盾也多,不能合作;新法虽然行了将近十年,但没有新的干部,更没有群众基础,旧党的势力虽一时被抑,毕竟是抑而复起;进步的新法,终于因王安石罢相后而变质,到了神宗(赵顼)一死,哲宗(赵煦)嗣位,就把它随着"大行皇帝"一并埋葬了。苏轼,是反对派的追随者。

一场文学革新运动有了很大的成就;一场政治革新运动却不可挽回地失败了;北宋历史留下它一首壮歌和一出悲剧,来说明它的发展不平衡。再把历史人物端详一下,可否这样地认识:这么一群人,譬如欧阳修、王安石、苏轼……他们在文学革新上的要求是一致的,组成了联军,汇成了巨流,取得了胜利;但当他们中间有人——譬如王安石,要一古脑儿把其他的上层建筑掀瓦开窗以至于换梁栋时,其他的人就不干和反对干了。再可否这样地认识:在不干和反对干的中间有人——譬如苏轼,他曾经向新法挥过拳,但却受到百倍的还击,那还击很少来自王安石,而大都是来自假变法以窃取高官厚禄的人们,使他迭遭贬逐,使他长期飘泊,并欲置他于死地,因而倒使他有机会接近了人民,体会了人民生活,也替人民做了一些好事。当窃取了高官厚禄的人们代替了王安石,他这时对王安石反而觉得"从公已悔十年迟"了。他虽名列"元祐党籍",但也受到旧党人的抑忌,他在新、旧党争中原来是"一肚皮不合时宜"的。这"一肚皮不合时宜",就反映在他的作品上,就有一部分是人民肚皮里的话,就有一些人民的感情、人民的语言。于是,把文学革新只局限于正统诗文上的带到当时人民所喜爱的"词"上来,虽然未必是自觉的,但却获得了成就,做出了贡献。因此,在文学史上的苏轼变词,和在政治史上的王安石变法,各不同地给予当时和后世以巨大的影响。

二

他这些有巨大影响的作品——词,今存者或名《东坡乐府》,有元延祐刻本、清王鹏运四印斋校刻本、朱孝臧《彊村丛书》校增本;或名《东坡词》,有明吴讷《四朝名贤词》(即《唐宋名贤百家词》)本、毛晋汲古阁《六十名家词》本……

尽管苏轼的集子在北宋末期曾被赵氏王朝禁行过,尽管那些《东坡乐府》、《东坡词》或孤秘迟出,或印行不多,但人民口耳相传、笔墨记录,九百年来,习焉不坠。就在当时,巡夜的兵士一夜之间传遍"明月如霜,好风如水,清景无限……";善歌的说要关西大汉绰铁板才配唱"大江东去……";稍后,伟大的小说《水浒》里写复仇的英雄醉中听到了"明月几时有?把酒问青天……";这些随手可拾的例子,约略可以证明:凡好作品,靠人民传。而人民所传者,亦即人民的选本,是历史的彩笔圈点过了的。历史的彩笔,涂抹掉了多少作品啊——包括苏轼某些作品在内!

苏轼在文学史上最大的贡献,是以各种文学形式作创作实践来支持和发展十一世纪的北宋文学革新运动。这个运动以诗的革新开始,以散文革新为中心,石介是理论上的发难者;梅尧臣是诗方面的旗手;欧阳修是运动的中心人物,并且是散文方面的主将;王禹偁、尹洙、穆修、苏舜钦、王安石、苏洵、苏轼、苏辙……或前或后地积极投入了这一运动的洪流;他们击退并荡除了由五代沿袭入宋的"西昆体"——那是唯美主义、形式主义的文学流派,这一流派占据了宋初文坛有半个世纪之久,其中代表作家杨亿、刘筠、晏殊、钱惟演……他们或为达官,或为近臣,或为权相,或者是拿着"丹书铁券"的旧贵族,他们在政治上高居统治阶级的上层,在文学上则汇为一股逆流。这一次文学革新运动,隐约中也看出是新兴中小地主的文学联军向大地主、旧贵族的营壁进攻,取得了胜利。如果说梅尧臣、欧阳修在诗、文方面是既破又立的楷模,那就可以说:苏轼,是这一运动的后期从建立到提高来完成革新运动奠定"北宋文学"的巨匠。他扩大了诗的疆土,丰富了诗的内容,多样化地提供了诗的创作方法;在散文的创作上,纠正了这一运动中某些"厚古"和一味"尊韩"的偏向。"载道"也不纯是载儒家之道,而渗合道家之道和佛家之道了。特别高峰突起的是他把这一文学革新运动的风涛,大力地推进到词的海空,不仅为运动前期诸巨将所未料及,就连运动的主帅欧阳修也被甩在后边了。

欧阳修有《六一词》,在"宋词"中也算得一大家。但欧词比起欧诗欧文来,太不相称,亦不相类。文学革新运动,他却没有革到他自己的词上,相反地,他的《六一词》基本上和晏殊的《珠玉词》是一路,不妨看作是比诗里的西昆体略高一筹的"词中西昆",正是承继五代靡习的末流——趋步"花间",已临绝路。晏殊的儿子晏几道小变其父之道,即扬弃其父词中虚伪的感情、华贵的词风,而以"清歌莫断肠"来写"无限伤春事"的真实哀愁,但失之颓废;"断肠"、"伤春"是没落贵族、落难公子的酒哀花愁,真实倒是真实的,但人民和他没有共同的感受。柳永想大变一下,他走入下层,笔触到市民,尤其是反映了妓女生活,从"惨绿愁红"、"红衰翠减"里来勾描"更那堪冷落清秋节",虽然一时确如叶梦得《石林避暑录话》所说的:"凡有井水处即能歌柳词",其最大成就不过使用了"俚语",使听者容易接受;发展了"慢词",方便卖唱和比较扩展了词的题材,使读者稍为拓开一点眼界;但其基调是很不健康的,李清照说他"虽协音律,而词语尘下",本质上是小有产者没落、飘零、不获用于当时,欲为"弄臣"而不可得的酸楚凝咽,对于广大的人民也没有多大教育意义。

苏轼来了,他的词,胡寅有几句话说得好:"一洗绮罗香泽之态,摆脱绸缪宛转之度,使人登高望远,举首高歌……",或创为清语,发出"人间有味是清欢"的调子——

　　山下兰芽短浸溪。松间沙路净无泥。萧萧暮雨子规啼。
　　谁道人生无再少?门前流水尚能西。休将白发唱黄鸡!
　　　　　　　　　　　　　　　　　　　　——《浣溪沙》

或扇其雄风,"忽变轩昂勇士,一鼓作气,千里不留行"的调子——

　　大江东去,浪淘尽千古风流人物。故垒西边,人道是三国周郎赤壁。乱石崩云,惊涛裂岸,卷起千堆雪。江山如画,一时多少豪杰!　遥想公瑾当年:小乔初嫁了,雄姿英发。羽扇纶巾谈笑间,强虏灰飞烟灭。故国神游,多情应笑我,早生华发。人间如梦,一樽还酹江月。

　　　　　　　　　　　　　　　　　　　　——《念奴娇》

他的词,格高,境大,色彩鲜新,而笔触又明快、又飞扬、又沉着。可以借用他文中的"山高月小,水落石出"和"白露横江,水光接天,纵一苇之所如,临万顷之茫然"来形容它;也可以借用他诗中的"蹄间三丈是徐行"和"天外黑风吹海立,浙东飞雨过江来"来形容它。

刘辰翁作《辛稼轩词序》是那样追溯推重苏词的:他说"词至东坡,倾荡磊落,如诗,如文,如天地奇观。"这种"如诗如文"的词是苏轼以前词中所没有的,所以刘辰翁视作"天地奇观"。把词"诗化"、"散文化"的大胆尝试,正是苏轼词的一大特色,亦即苏轼在词的领域中所拓开的一条广阔的创作道路,虽然也有流弊,如后面第五章末所举示的滥用词体,近于恶札,也使后来的画虎类犬者把词当作押韵的散文用。但在当时,他这一开拓,实是北宋文学改革运动中的最后贡献。

原来"词"这种文学形式,兴于唐而盛于五代,到了宋时,它和"平话"共成为那一个时代中"韵文"和"散文"的双璧:歌唱文学和说讲文学的两座高峰。词,在唐代,叫做"曲子词","曲子"是歌谱,"词"是歌词,所以后人作词叫"填",是按着曲子某调某谱、一字一音的"填"以文字的。但当它逐渐成长、发展,就逐渐由量的增加到质的变化,如同卵白和卵黄已逐渐孵育成了鸟仔,它就破壳而出。词逐渐脱离曲子而独立,到了苏轼,便成了那一时代的"第一燕"!不仅是羽劲啄锐,而且是飞得高、唱得响,使词分诗文之庭,成为宋文学之骄子。可以说词至苏轼,而体始尊,并树立了健康的创作风格,作为良好的创作典范。

三

对于苏轼的词,由来褒贬不一,议论各殊。王鹏运在词的创作上是倡"重·拙·大"说的,他特别推崇苏、辛,他把苏轼同时代的各家词,作了全面的比较,得出这样的结论:

> 北宋人词……惟苏文忠之清雄,夐乎轶尘超迹,令人无从趋步。盖霄壤相隔,宁止才华而已?其性情,其学问,其襟抱,举非

恒流所能梦见!

——《半塘老人遗稿》

王鹏运是那样地估高,但距王鹏运一个世纪以前的纪昀却是这样的估低:

> 词自晚唐、五代以来,以清切婉丽为宗。至柳永而一变,如诗家之有白居易。至苏轼而又一变,如诗家之有韩愈,遂开南宋辛弃疾等一派。寻源溯流,不能不谓之别格;然谓之不工则不可。故至今日,尚与"花间"一派并行,而不能偏废。

——《四库全书总目提要》

这话我不知道是出自《四库全书》总纂官纪昀还是出于他的助手之笔,总之是经过这位负一时盛名而又总纂《四库全书》的大批评家最后写定的,但实在未为知言。而且这种从形式出发、装公平模样、以调和了事的话,二百年来,不知贻误了多少读者、论客、选家和文学史家!我以为这话的误处,一误于论词"以清切婉丽为宗"——首先肯定了"花间"一派,而以苏辛一派为"别格",虽说"不能偏废",实则有所偏存!原来他们"寻源溯流",却没有找到真源;只见"并行",更分不清文学发展中的主潮与逆流了。这是一大误!次误于说柳永到苏轼,那样"一变""又一变",前者"如诗家之有白居易",后者"如诗家之有韩愈",笼统地观变,不恰当地比人;没有区别这两变的变法不同。柳永的变,是从唐、五代以来的"小令"发展为"慢词",其内容却仍是"花间"的继续,无非是"浅斟低唱"的剪红刻翠,或以"晓风残月"写羁旅行役。到了苏轼一变,才使词得到解放,"挟海上风涛之气"(黄庭坚语)而来,"于是'花间'为皂隶,而耆卿(柳永)为舆台矣!"(胡寅《酒边词序》)柳永的词,有几句道及国计民生?实不能与白居易的诗相比。而苏轼在词的贡献上却远超过韩愈在诗方面的成就。

读者对于纪昀的话,倒不妨"寻源溯流",去找找它的娘家。原来在苏轼当时,就有这样的评论了,"苏门六君子"之一的陈师道说过:"子瞻以诗为词,如教坊雷大使之舞,虽极天下之工,要非本色。"(《后山诗话》)"苏门四学士"之一的晁无咎又说:"居士词,人谓多不谐音律,然横放杰出,自是曲子中缚不住者。"(见《复斋漫录》引)这两家共同看到苏轼在词的创作上的一个问题,也共同地认识到这是他作品的一个缺点,但说法却各有抑扬——陈说:好,但有缺点。晁说:虽是缺点,但正好。以后诸家,凡议论苏词这一问题、这一"缺点"时,似乎都不出陈、晁两家窠臼。

类于陈说的,如——

　　彭乘《墨客挥犀》:"子瞻之词虽工,而不入腔,正以不能唱曲耳。"

　　李清照论词:"至晏元献、欧阳永叔、苏子瞻,学际天人,作为小歌词,直如酌蠡水于大海。然皆句读不葺之诗尔!"

　　　　　　　　　　　　　　　　(见《苕溪渔隐丛话》引)

类于晁说的,如——

　　陆游《渭南文集》:"世言东坡不能歌,故所作乐府辞多不协。晁以道谓:绍圣初,与东坡别于汴上,东坡酒酣自歌《古阳关》。则公非不能歌,但豪放不喜裁剪以就声律耳。试取东坡诸词歌之,曲终觉天风海雨逼人!"

　　王灼《碧鸡漫志》:"东坡先生非心醉于音律者,偶尔作歌,指出向上一路,新天下耳目,弄笔者始知自振。"

这些意见,看来只是说及苏词协不协律、入不入腔的得失处,亦即歌词合不合歌谱(实际上是新词合不合旧谱)的问题。到了纪昀,就用"不能不谓之别格"来抹杀苏词的整体以至于整个词派。甚矣,一代皇朝官书之不可信也如此！我们对于御用文人的话，和后来某些资产阶级文学史家再拾牙慧的话，必须多具戒心，万不可跟着他们以偏概全，或以耳代目。

词以"清切婉丽为宗"，是纪昀辈的阶级偏见，是反动统治者最上层自古传下来的戒条秘诀：诗要"哀而不伤，怨而不乱"，要"温柔敦厚"，超过这个界限，就是"变风"。苏轼以至于辛弃疾的词，不合于"清切婉丽"，当然算是"别格"。鼻孔是一样出气的，不过舌头翻着不同的字眼罢了。

所谓"谓之不工则不可"，意含勉强承认。是把元好问"不得不然之为工"打了个对折。元好问有一篇《新轩乐府引》，论及苏词：

> 唐歌词多宫体，又皆极力为之。自东坡一出，情性之外，不知有文字，真有"一洗万古凡马空"气象！虽时作宫体，亦岂可以宫体概之？人有言乐府本不难作，从东坡放笔后便难作，此殆以工拙论，非知坡者。所以然者，诗三百所载小夫贱妇幽忧无聊赖之语，特猝为外物感触，满心而发、肆口而成者尔，其初果欲被管弦、谐金石、经圣人手以与六经并传乎？……自今观之，东坡圣处，非有意于文字之为工，不得不然之为工也。

这位"亡金"遗民比"盛清"词臣不止高出一筹，却更道着了一些要害。

至于协律不协律，这是文学与音乐之间的问题。三十三年前，叶圣陶先生选有《苏辛词》，那书的《绪言》中谈到这些问题，他说得好：

> 其实词就是诗，犹之在先的乐府也就是诗一样，只多了一重音乐的关系。乐府的声律失传了，但还有人用乐府体作诗，而一般人也承认。那末词为什么不能脱离音乐的关系，由人用词体去作诗呢？用词体作诗，似乎是从自由趋向拘束，其实不然。词调各不相同，各调的结构上显有不同的情味；作者欲有所抒写，

其时他有极端的自由,去选择一个最适宜安排这些材料的调子。选的得当,调子与材料融和,会得到平常诗体不能有的结果。这一点好处,已经抵得过脱离音乐的关系了。

叶先生是反对"别格"之说的,认为那是"拘泥褊狭的评衡家"的作茧自缚。而这一段话更说得畅透,到今天还是正确的。

四

下面,再从苏词内容的好处来看,也"已经抵得过脱离音乐的关系"。

伟大的李白善写蜀山。苏轼的笔,更像是蘸饱了蜀水来写蜀水下游的长江水。它真是"犹自带岷峨雪浪,锦江春色",不管"波声拍枕长淮晓",还是"夜半潮来,月下孤舟起",总把他所爱的江水表现得有色有声,清雄逼人:一忽儿是"一江明月碧琉璃","春雨过一江春绿";一忽儿是"万里烟浪云帆","小舟横截大江,卧看翠壁红楼起";刚刚闪过"明月空江,香雾著云鬟",又涌现了"旌旗满江湖,诏发楼船万舳舻"。写水连山、水中山:"水涵空,山照市";"清溪无底,上有千仞嵯峨";"北固山前三面水,碧琼梳拥青螺髻","一千顷,都镜净,倒碧峰"……这些境界,不仅"花间"所未有,亦为同时词人晏几道、柳永的词中所未有。这些水光山色,是绝不同于晏几道、柳永的小山小井水或愁山怅水的。凡是健康的眼睛,就会爱此而不爱彼。

在伟大祖国美好的河山里面的主人——人民,苏轼勾勒出的是精神旺盛的人物活动,你看他写丰年中的老人和孩子们的欢愉——

老幼扶携收麦社,乌鸢翔舞赛神村。道逢醉叟卧黄昏。

——《浣溪沙》

　　　　黄童白首聚睢盱。

　　　　　　　　　　　　　　——《浣溪沙》

　　　　阗街拍手笑儿童。

　　　　　　　　　　　　　　——《浣溪沙》

写劳动妇女们——

　　　　旋抹红妆看使君。三三五五棘篱门。相排踏破茜罗裙。

　　　　　　　　　　　　　　——《浣溪沙》

　　　　谁家煮茧一村香？隔篱娇语络丝娘。

　　　　　　　　　　　　　　——《浣溪沙》

　　　　雨细风微，两足如霜挽纻衣。

　　　　　　　　　　　　　　——《减字木兰花》

写劳动之馀的渔人和卖酒人——

　　　　鱼蟹一时分付。酒无多少醉为期，彼此不论钱数。

　　　　　　　　　　　　　　——《渔父》

写民间水上运动的选手们——

　　　　碧山影里小红旗，侬是江南踏浪儿。

　　　　　　　　　　　　　　——《瑞鹧鸪》

写乘风破浪的老船夫——

　　　　忽然浪起掀舞，一叶白头翁。

　　　　　　　　　　　　　　——《水调歌头》

写从军的壮士——

　　　　帕首腰刀是丈夫。

　　　　　　　　　　　　　　——《南乡子》

这样广泛地把笔伸到广大的农村,写得如火如荼,虎虎有生气,充满了乐观精神,是从来文人词里所不曾出现过的。不过也有缺憾,那是描写民间疾苦这一方面的在比例上显然是太少了些,这大概是由于他所处的那一时代,阶级矛盾还没有变得十分尖锐;而他的阶级地位也局限了他的视线,束缚了他的笔触。

五

我们读苏轼的词也须有一点戒心。

前面说过,他的词,格高境大。自然作者本人的心胸、手眼也不会低小。因此作者常把古人前辈看得低小:

> 堪笑兰台公子,未解庄生天籁,刚道有雌雄。
> ——《水调歌头》

> 诗老不知梅格在,吟咏,更看绿叶与青枝!
> ——《定风波》

前者藐视古人,笑宋玉不懂庄子所说的"天籁",硬说风有"雌""雄"来贬低"庶民",取悦楚王。苏轼认为:有"一点浩然气",就能当"千里快哉风"!这是他看到乘风破浪的老渔翁而发,更是自己在超然台上拓开万里心胸而发。后者驳倒前辈,说石曼卿不知"梅格"——哪能从"绿叶青枝"去看梅花!苏轼自己写出了这样的红梅:"好睡慵开莫厌迟。自怜冰脸不时宜。偶作小桃红杏色,闲雅,尚馀孤瘦雪霜姿。"这样,梅格突出了,作者的手眼尤其是心胸又岂石曼卿所能"望其项背"!这种词格、词境,确是前无古人,他敢说敢想,笑得健康,驳得对。但——

> 不独笑书生争底事,曹公黄祖俱飘忽。
> ——《满江红》

灵均去后楚山空,澧阳兰芷无颜色。

——《归朝欢》

前者把书生——不管是祢衡本人和后人,都抹倒;后者视屈原以后若无人;这不当只看作他的笔触恣肆,要看到他的人生态度有虚无的色彩。所以,在他的词里,由"算当年,虚老严陵。君臣一梦,今古空名"到"君不见兰亭修禊事:当时座上皆豪逸。到如今修竹满山阴,空陈迹",都爱用一笔勾销的态度。便觉得"古今如梦"、"人生一梦"、"万世到头都是梦"、"世事一场大梦"……而采取"袖手何妨闲处看",以免"多情却被无情恼"。

这种消极的人生态度,看来像"达观",实际上是虚空,无是非。陶渊明有这一面,李白更多这一面。苏轼尽管低视古人,小视前辈,但他却和许多诗人一样,也承继了这一面。这在苏轼和苏轼以前连同苏轼以后的一些人,尽管他们有时是用消极作武器来抨击他们的社会,发泄他们的怨尤,但后之读者,有时却难免被带进虚无飘渺之境去,因为他们的艺术感染力太强。所以我说,须有一点戒心。

苏轼词中好发议论——议论人生,夏承焘先生在二十五年前序《东坡乐府笺》中曾指出宋人词中或论禅、或论道、或论文、或论政,"溯其源实出于坡之《如梦令》、《无愁可解》"。夏先生见的是。这确是苏词特征之一,前人所未有的。苏轼开了这扇门,是词学上一大功劳。不过开门人在这些词里或议论不高,或语言乏味。

> 水垢何曾相受?细看两俱无有。寄语揩背人:尽日劳君挥肘。轻手轻手,居士本来无垢。

> 自净方能净彼。我自汗流呀气。寄语澡浴人:且共肉身游戏。但洗但洗,俯首人间一切(切,叶韵读 qì)。

——《如梦令》

光景百年,看便一世。生来不识愁味。问愁何处来?更解个甚底!万世从来风过耳,何用不著心里。你唤做展却眉尖,便是达者也则恐未。　　此理本不通言,何曾道欢游胜如名利。道即浑是错,不道如何即是?这里元无我与你,甚唤做物情之外?若须待解了方开解时,问无酒怎生醉!

——《无愁可解》

右《如梦令》还不失为略可一读的小词,《无愁可解》则近于恶札。这种谈哲理的词,远不如他另一些含哲理的小诗:

若言琴上有琴声,放在匣中何不鸣?若言声在指头上,何不于君指上听。

——《琴诗》

横看成岭侧成峰,远近高低各不同。不识庐山真面目,只缘身在此山中。

——《题西林壁》

广义地说,任何一篇作品都是作者的"议论"。议论不好,听者藐藐。议论好,不管经过多少时间也使人忘不了。试看《无愁可解》和《题西林壁》就是最好的对照。

六

读苏轼词,又还要具有一点耐心和细心。

和苏轼同时代的词人,如前面曾提到的晏几道、柳永,他们的词,多不用典,白描,这个优点在苏轼词里也可以看到:如——

十年生死两茫茫。不思量,自难忘。千里孤坟,无处话凄凉。纵使相逢应不识:尘满面,鬓如霜。　夜来幽梦忽还乡。小轩窗,正梳妆。相顾无言,唯有泪千行。料得年年肠断处:明月夜,短松冈。

——《江城子》

林断山明竹隐墙。乱蝉衰草小池塘。翻空白鸟时时见,照水红渠细细香。　村舍外,古城傍。杖藜徐步转斜阳。殷勤昨夜三更雨,又得浮生一日凉。

——《鹧鸪天》

花褪残红青杏小。燕子飞时,绿水人家绕。枝上柳绵吹又少。天涯何处无芳草!　墙里秋千墙外道。墙外行人,墙里佳人笑。笑渐不闻声渐悄。多情却被无情恼。

——《蝶恋花》

这些词读起来很顺溜,用不着什么耐心的。但苏轼是一个"读万卷书,行万里路"的人,书本知识既广博,生活知识又丰富,因此他的词里好用经、用子、用史事,还用佛家术语、译名、农谚、口语、土话……或杂糅难分,或熔化无迹。读时不见得都像上面几首那样顺溜。有时颇费力,有时要反覆思索,有时碰到一串典故拦住去路,有时跳出一个词儿使你摸不到它的来踪去迹……一句一注或一句数注,一词彼一解此又一解,看起来,真烦。从前的人说:杜诗、韩文,无一字无来历。这话也许是夸大吓后人,也许是把杜诗韩文中来自杜韩本人的编派给古人。这是好心,想把杜韩地位抬高,把杜诗韩文附丽经史。但杜韩在文学史上自有其很高或较高的席位,杜诗韩文并不靠字字有来历才站得住的。苏词亦如是。杜诗、韩文、苏词都爱用典,不算优点。但苏词古典新用,死典活用;不但用古典,还用今典;不但用雅典,还用俗典,乃至于用自己的典——这却是优点。

《南乡子》:"破帽多情却恋头。"看来不算用典,实则反用孟嘉落帽故事,正说重阳。

《水调歌头》:"不知天上宫阙,今夕是何年。"看来无典,实则用唐人小说里的事。

《虞美人》:"惟有一江明月碧琉璃。"用家乡语。

《临江仙》:"问囚长损气,见鹤忽惊心。"用自己的事。

《浣溪沙》:"甚时名作锦熏笼?"用当时的新名。

《浣溪沙》:"门前流水尚能西。"看来像有典,实则无典,而确是他见到"溪水西流"。

《浣溪沙》:"隔篱娇语络丝娘。"看来像是指虫声,实乃指缲丝妇女谈笑。

《水调歌头》:"一叶白头翁。"看来像写鸟,实乃写操舟老汉。

好在读者总是比编者还多耐心和更细心的,这里不需要编者向读者多饶舌。

七

最后,说几句编选分内的话:

本书是用清王鹏运《四印斋所刻词》为底本。以清朱孝臧《彊村丛书》本为选、补、编年的主要依靠。近代汇刻词集,辑逸拾坠,发秘扬幽,始于王氏。朱氏继之,后来居上,更张大蔚成巨观。他们两位又共约校词,把正统派文人视为"诗馀"、难登"正集"的词当作经、史来校,其严肃态度和热情是可敬的。加以他们有毕生创作实践的功夫,校古人的作品,就更能知其得失。而他们两人又同是推崇苏词、学习过苏词的,他们的苏词本子、编年及有关材料,除观点外,大都可信。不过也还有可惜之处,我想起两句昔人评诗的话——原是当时对王士禛、朱彝尊的，难得巧合，可以借用："王爱好，朱贪多。"王鹏运爱善本，照元延祐本重刻，但元本未为尽善尽美，重刻亦步亦趋，自然受到了局限。朱孝臧本集各本之长，所收苏词亦多于各本，但有些不是苏作，当弃不弃，也收入了。后来有商务印书馆出版的《东坡乐府笺》，那是据朱本断句、加校、增笺、附考的，用力颇勤，材料亦丰，有可采处，亦多有可议处。汲古阁毛本，自明末迄今，流传较普遍，字大悦目，却未惬心，是好看不大顶用的东西，但也有二三可取之处。

本书所选苏词七十二首，约当苏轼全部词作四分之一。次第以创作年代为先后。编目以词调（牌名）为正，词题（或序）为副，这是循例如此。苏轼以前，词人填词，绝少标明题意的，更没有序以阐明词旨。苏轼既以作文、作诗之道来作词，于是有题有序。没有题没有序的词，在他的作品中倒反而是少数。而序之或长或短，都极精妙，序本身就是艺术品。后来的人模仿，除辛弃疾少数几个能得其神且自有新裁外，大都累赘臃肿；姜夔刻意为工，其结果弄得序即词的译文，词即序的韵语。苏轼的词题或序，有时难分。词的标点断句，基本上按照词谱。但苏词原是"曲子中缚不住者"，有时为了顾及文情语气，自不能"剪裁以就声律"，所以也未全依。

本书有缺点、错误，待批评、指教。

陈迩冬
1959 年 4 月于北京李广桥东

附　言

此书初版于 1959 年 4 月，同年 11 月再版，未作改动。今本为第二版——增订本，增选苏词二十三首，连同原选共九十五首。订正了旧版某些错夺,调整了目录,并改为横排。

此版责编陈建根同志和我的助手郭隽杰同志襄助甚多,尤其是隽杰于新选作注释致力尤勤。例得附书致谢!

同时仍盼读者指正。

陈迩冬

1985年6月于北京协和医院内科病室

行香子

过七里濑

一叶舟轻。双桨鸿惊。水天清,影湛波平[1]。鱼翻藻鉴[2],鹭点烟汀。过沙溪急,霜溪冷,月溪明[3]。　　重重似画,曲曲如屏[4]。算当年,虚老严陵[5]。君臣一梦,今古空名[6]。但远山长,云山乱,晓山青[7]。

熙宁六年(1073)二月作。时作者为杭州通判,由富阳至新城,又由新城放棹桐庐。濑(lài 赖),水流在沙石上,一般叫做滩,当地人又叫做泷。七里濑一名七里滩,即富春渚,在浙江桐庐严陵山下,与严陵濑相接。

〔1〕湛(zhàn 站):水澄清貌。水天,别本作"冰天"。

〔2〕藻:水草。鉴:铜镜。宋代的铜镜背面常有用鱼、藻图形做纹饰的,这里"鱼翻"和下句"鹭点"是打破"水天清,影湛波平"的状态。

〔3〕词有"领字"——总领其所属的两个以上平行句,这里"过"字就是,它们字句间的关系大致是:过 { 沙溪急, 霜溪冷, 月溪明。 }质言之,即过沙溪急,过霜溪冷,过月溪明。

〔4〕重重:言山之多;曲曲:状路之折。似画、如屏:形容两岸山之美。叶梦得《石林避暑录话》云:"七里滩两山耸起壁立,连亘七里。"

〔5〕严陵:严光字子陵,汉时人,他与刘秀同学,也帮助过刘秀的政治活动。后来刘秀做了皇帝——史称汉光武帝,他却隐居不仕,钓于富春江上。那江上的严山、钓石、严陵濑,均因他得名。

〔6〕昔人多说严光钓鱼实是"钓名",如韩偓《招隐》诗云:"立意忘机机已生,可能朝市污高情。时人未会严陵志:不钓鲈鱼只钓名。"这里两句是说刘秀、严光的事业像一场梦过,他们"垂名"于后世和钓名于当时全是落到虚空。这里苏轼虽然把后人所称颂的"英"主"高"士一笔抹过,而这种"梦""空"思想实是作者人生观的一面,是消极的。《满江红·寄鄂州朱使君寿昌》中的"曹公黄祖俱飘忽",《念奴娇·赤壁怀古》中的"人间如梦"……也正是一样的消极思想。

〔7〕这里"但"字也是领字,是只有、唯有的意思。说刘秀、严光没有了,这儿只剩下远山长、云山乱、晓山青罢了。

瑞鹧鸪

寒食未明至湖上。太守未来,两县令先在。

城头月落尚啼乌[1]。朱舰红船早满湖[2]。鼓吹未容迎五马[3],水云先已漾双凫[4]。　映山黄帽螭头舫[5],夹岸青烟鹊尾炉[6]。老病逢春只思睡,独求僧榻寄须臾[7]。

熙宁六年作。《瑞鹧鸪》词,其形式和七言律诗的平起式全首字句、平仄相同。所以苏轼这词也被收进他的诗集里。桂林王鹏运四印斋重刻元延祐云间本不载,今从归安朱孝臧《彊村丛书》本《东坡乐府》选出。此题系诗集中题,朱本作词题。太守,陈襄字述古,熙宁五年八月自陈州迁任杭州太守。两县令,据查慎行《苏诗补注》:一个是周邠字开祖,时为钱塘县令;另一个仁和县令,可能是徐畴(shú熟)。

〔1〕写天色"未明"。

〔2〕暗写"两县令先在"。朱舰、红船,官船。宋时官船是涂朱红色的。诗集中作"乌榜红舷"。

〔3〕鼓吹(读 chuì 垂去声):仪仗乐队。未容:还不让。迎五马:接太守。古制:太守出,御五马,汉乐府《陌上桑》:"太守自南来,五马立踟蹰。"后人以五马指太守。此句写"太守未来"。

〔4〕漾:诗集作"飏"。此句写"两县令先在"。汉时河东人王乔有神术,每月初一、十五能够从叶县去京师长安,原来他的一双鞋子是两只飞凫(fú 符,俗称野鸭)。这里以双凫喻两县令,言其来得这么快,到得这么早。隐含刺意。

〔5〕黄帽:戴黄帽的船夫。螭(chī 痴):龙类。螭头舫,雕绘螭头的官船。

〔6〕鹊尾炉:是提炉的一种,这种炉有柄,形如鹊尾。以上两句,写水上的船夫们候着,岸上的持炉人早燃起了炉香。未见太守的到来,先见排场的盛大。

〔7〕须臾:一会儿、片刻。这两句作者自写其萧闲之状,与前六句写湖上的热闹,仪式的铺张,两县令趋赴之唯恐不及,恰成对比。

瑞鹧鸪

观潮

碧山影里小红旗[1]。侬是江南踏浪儿[2]。拍手欲嘲山简醉[3],齐声争唱浪婆词[4]。　　西兴渡口帆初落[5],渔浦山头日未欹[6]。侬欲送潮歌底曲[7]？樽前还唱使君诗[8]。

此词王本无题,据朱本增。钱塘江潮是举世闻名的奇观,每年旧历八月十五到十八日是观潮的盛会。作者写过好些观潮的诗。此词作于熙宁六年八月十五日。

〔1〕碧山:状潮水涌起,浪涛如山。此句形容游泳健儿手拿红旗在潮水中争强斗胜的情景。南宋周密《观潮》一文中有段生动描绘:"吴儿善泅者数百,皆披发文身,手持十幅大彩旗,争先鼓勇,溯迎而上,出没于鲸波万仞中,腾身百变,而旗尾略不沾湿,以此夸能。"可做此句的绝好注脚。

〔2〕吴语指我为"侬"。踏浪儿:参加水戏的选手们。孟郊《送淡公诗》:"侬是清浪儿,每踢清浪游。"

〔3〕山简:字季伦,晋时人,好酒,《晋书》记载当时的儿歌嘲他"日夕倒载归,酩酊无所知"。李白《襄阳歌》:"傍人借问笑何事？笑杀山公醉似泥。"

〔4〕孟郊《铜斗歌》:"侬是踏浪儿,饮则拜浪婆。"

〔5〕西兴:即西陵,在萧山县境,与钱塘密迩。作者《望海楼晚景》

诗有云:"江上秋风晚来急,为传钟鼓到西兴。"

〔6〕欹(qī期):倾斜。

〔7〕底:什么。歌底曲,唱啥子歌曲。

〔8〕使君:封建社会里对太守、刺史的称呼,这里指杭州太守陈襄。是日作者与陈襄同游。陈襄在当时也是有名的诗人。

临江仙

风水洞作

四大从来都遍满[1],此间风水何疑。故应为我发新诗。幽花香涧谷[2],寒藻舞沦漪[3]。　借与玉川生两腋,天仙未必相思[4]。还凭流水送人归,层巅馀落日[5],草露已沾衣[6]。

熙宁六年八月作。《咸淳临安志》:"坡在杭三年,风水洞在五十里外,游且再至。"又云:"……洞极大,流水不竭,顶上又一洞,立夏清风自生,立秋则止。"作者诗中曾称之为"风岩水穴","细细龙鳞生乱石,团团羊角转空岩"。

〔1〕四大:地、水、火、风。佛家以此四者为宇宙组成的四种"原素"。

〔2〕这句中的幽花实指梅花,作者《往富阳新城,李节推先行三日,留风水洞见待》诗中有"溪桥晓溜浮梅萼,知君系马岩花落"可证。

〔3〕此句见柳宗元《南涧中题》诗。沦漪(yī依):水的细波纹,有时

也写作涟漪。漪,与《诗经·魏风·伐檀》"河水清且涟猗"的"猗"有别,那是语助词"啊"字。

〔4〕两句写风。玉川:唐诗人卢仝的号,卢仝有茶诗,说到喝了七碗就"惟觉两腋习习生清风"。这里是说风水洞中的风正好借与卢仝,但却不是冯夷(水神)回到他的"窟宅",也不是列御寇(传说他能驾风而行)的"车舆"飞来。作者《风水洞二首和节推》诗曾说过"冯夷窟宅非梁栋,御寇车舆谢辔衔",这里却反说。

〔5〕层巅:重迭的山。

〔6〕两句本杜甫《西枝村寻置草堂地,夜宿赞公土室》诗"曾(层)巅馀落日,草蔓已多露",一用原句,一略变句法。

行香子

丹阳寄述古

携手江村。梅雪飘裙。情何限,处处销魂。故人不见[1],旧曲重闻。向望湖楼,孤山寺,涌金门[2]。　　寻常行处,题诗千首,绣罗衫,与拂红尘[3]。别来相忆,知是何人?有湖中月,江边柳,陇头云[4]。

熙宁七年(1074)正月,作者自杭州赴润州(今江苏镇江),路过丹阳(今属江苏)。此词作于是时。

〔1〕故人:指陈襄。

〔2〕望湖楼、孤山寺:都是西湖名迹;涌金门是杭州西门的名称。

〔3〕宋寇准和魏野同游长安僧寺,看到他们过去游览这儿留题的诗。时寇准是典试官,魏野还是处士。寺僧对于寇诗预先用碧纱笼护;魏野的诗,却是蒙满了尘埃。当时有随行的歌妓同情魏野,甩袖子拂去那诗上的灰土。魏野说:"若得常将红袖拂,也应胜著碧纱笼。"(见《青箱杂记》)这里苏轼自比魏野。

〔4〕这里湖指西湖;江指钱塘江;陇(同垄,土阜),或即实指孤山。与上阕末三句所举的三处分别照应。

昭君怨

金山送柳子玉

谁作桓伊三弄〔1〕?惊破绿窗幽梦〔2〕。新月与愁烟,满江天〔3〕。　　欲去又还不去〔4〕,明日落花飞絮。飞絮送行舟〔5〕,水东流。

熙宁七年二月在润州作。金山,在润州西北长江中(今已与长江南岸相连)。柳子玉,名瑾,吴人。

〔1〕桓伊:晋时人,字子野,善吹笛。《世说新语·任诞》载:王徽之"遇桓于岸上过,王在船中,客有识之者,云是桓子野,王便令人与相闻,云:'闻君善吹笛,试为我一奏。'桓时已贵显,素闻王名,即便回下车,踞胡床,为作三调。弄毕,便上车去。"三弄:即三调,三个曲调或一调反覆三遍。此句是说听到笛声。

〔2〕绿窗:碧纱窗,此处代指居室。幽梦:犹如说酣梦、沉睡。

〔3〕二句言离愁之深广。

〔4〕此句之意即"欲不去又还去"——想不去又不得不去。

〔5〕"飞絮"叠用,使之与上句句断而意不断,实际就是"明日落花飞絮送行舟"。

蝶恋花

京口得乡书

雨后春容清更丽。只有离人,幽恨终难洗。北固山前三面水〔1〕,碧琼梳拥青螺髻〔2〕。　　一纸乡书来万里。问我何年,真个成归计〔3〕。回首送春拚一醉,东风吹破千行泪〔4〕。

熙宁七年春作。京口,地名,即今镇江,三国时曾为吴都。孙权自吴(今苏州市)徙治丹徒,号曰京城;赤壁战后,再徙京口;后又徙武昌(今湖北鄂城);最后徙建业(今南京市),仍于此置京口镇。

〔1〕北固山:在今镇江市东北,有南、中、北三个山峰,北峰伸入长江,是为北固。《寰宇记》:"山斗入江,三面临水。"

〔2〕碧琼:状江水澄碧。青螺髻:状北固山宛如螺形发髻。此句点明江水环绕北固山的景色,化用晚唐诗人雍陶《题君山》"风波不动影沉沉,翠色全微碧色深。疑是水仙梳洗处,一螺青黛镜中心"诗意。

〔3〕二句言乡书内容。

〔4〕以上二句未对乡书所问直接回答,但以送春一醉、热泪千行暗示归期无望。作者此时距最后一次离开故乡已六年,虽怀归心切,终不

能如愿。此后他也终生未能再回故里。

少年游

润州作,代人寄远。

去年相送,馀杭门外[1],飞雪似杨花。今年春尽,杨花似雪,犹不见还家。　　对酒卷帘邀明月,风露透窗纱。恰似姮娥怜双燕[2],分明照,画梁斜[3]。

熙宁七年四月作。远,在远方的人,一般用以指在远方的丈夫或情侣。这里是作者托词,实际上是他自己有感于行役之作。王文诰《苏诗总案》:"甲寅四月,有感雪中行役作。公以去年十一月发临平(在今杭州市东北),及是春尽,犹行役未归,故托为此词。"

〔1〕馀杭门:杭州北门之一。
〔2〕姮娥:有时候写作嫦娥,传说中后羿的妻子,她吞服了"不死之药"而飞升,成了月宫的主人。后世一直以姮(嫦)娥指月亮。
〔3〕两句写月初出,燕双宿。反衬出夜的凄清和人的寂寞。

醉落魄

离京口作

轻云微月。二更酒醒船初发。孤城回望苍烟合。记得歌时,不记归时节[1]。　巾偏扇坠藤床滑。觉来幽梦无人说。此生飘荡何时歇?家在西南[2],长作东南别[3]!

熙宁七年夏初作。

〔1〕二句写酒醒后的回忆:只记得告别宴席上唱歌劝酒的情形,后来喝醉了,如何告归便记不起了。

〔2〕作者蜀人,故云"家在西南"。

〔3〕作者自熙宁四年冬服官于杭州起,三年之中,来往于江南各地。

卜算子

蜀客到江南[1],长忆吴山好[2]。吴蜀风流自古同,归去应须早。　还与去年人[3],共藉西湖草[4]。莫惜樽前子细看,应是容颜老。

熙宁七年作。龙榆生《东坡乐府笺》据傅榦注本题作《自京口还钱塘道中寄述古太守》)。

〔1〕蜀客:作者自谓。
〔2〕吴山:一名胥山,在杭州。作者对它是非常称道的,《法惠寺横翠阁》诗有云:"朝见吴山横,暮见吴山纵。吴山故多态,转折为君容。"
〔3〕去年人:指去年同游者陈述古。
〔4〕藉:以草为垫,坐、卧其上。

江城子

湖上与张先同赋

凤凰山下雨初晴。水风清。晚霞明。一朵芙蕖,开过尚盈盈[1]。何处飞来双白鹭[2],如有意,慕娉婷[3]。　　忽闻江上弄哀筝:苦含情。遣谁听?烟敛云收,依约是湘灵[4]。欲待曲终寻问取,人不见,数峰青[5]。

熙宁七年作。张先,字子野,北宋著名词人,有《子野词》。同赋,同用一调,咏同一事物之作。此词是咏听筝的。

〔1〕芙蕖:即荷花;盈盈,端庄美丽的姿态;这里隐喻湖上有这样的女性。
〔2〕双白鹭:这里是指两个穿着白衣服的男性。
〔3〕娉婷:美好。据《墨庄漫录》:"东坡在杭州,一日,游西湖,坐孤山竹阁前临湖亭上,时二客皆有服(带孝),预焉。久之,湖心有彩舟渐近亭前,靓妆数人,中有一人尤丽……"

〔4〕湘灵:即屈原《九歌》中的"湘君"、"湘夫人"——湘水女神,我国神话:她们是帝舜的妻子娥皇、女英死于湘江之后的魂灵。这里借指上注"彩舟"中的丽人。"神"之下降,因有烟云缭绕,看不清楚;这里说烟敛云收,即"渐近"——可以看见之意。

〔5〕唐钱起的《湘灵鼓瑟》诗有"曲终人不见,江上数峰青"之句,此用其意。《墨庄漫录》说那女性"方鼓筝,……曲未终,翩然而逝。公(指苏轼)戏作长短句……"。

虞美人

有美堂赠述古

湖山信是东南美[1],一望弥千里[2]。使君能得几回来?便使樽前醉倒更徘徊。　沙河塘里灯初上[3],水调谁家唱[4]?夜阑风静欲归时,惟有一江明月碧琉璃[5]。

熙宁七年七月作,时陈襄将罢任,宴僚属于此。有美堂在杭州吴山上,是嘉祐二年(1057)杭州太守梅挚所建,欧阳修曾为作记。作者在杭,屡到其处,亦屡有题咏。

〔1〕宋仁宗(赵祯)赐梅挚诗,有"地有吴山美,东南第一州"之句,堂名"有美",取义于此。此词起句,简括其意。信是,真算是、诚然是。

〔2〕弥(mí迷):遍、满。

〔3〕沙河塘:在杭州城南,唐咸通二年(661)崔彦曾开辟,以杀钱塘江的水势。宋时这儿已成为杭州热闹繁华之区,歌馆、书场,多集于此。

〔4〕水调,大曲名。唐宋时流行的一种曲调。此句写闻歌。

〔5〕琉璃,即玻璃,这里用以形容水月交辉,光平一片。按蜀人称水清明者为玻璃,今四川茶馆里叫白开水也叫玻璃。作者用他的家乡语。

诉衷情

送述古迓元素

钱塘风景古今奇,太守例能诗〔1〕。先驱负弩何在〔2〕,心已誓江西〔3〕。　花尽后,叶飞时,雨凄凄。若为情绪〔4〕,更问新官,向旧官啼〔5〕!

熙宁七年初秋作。时陈襄卸任,杨绘新任杭州太守,作者照例要"迓(yà 讶)"——迎接新官。杨绘字元素,蜀绵竹人。

〔1〕古时大诗人白居易做过杭州刺史,今时旧官陈襄、新官杨绘又都是能诗的,他们先后为钱塘风景生色出奇。古今奇,毛本作"古来奇",非。例,一作"况"。

〔2〕先驱负弩:《汉书·司马相如传》:"太守以下郊迎,县令负弩矢先驱。"梅尧臣《送乐职方知泗州》诗:"铜牙大弩吏先迎。"作者时任通判,这里自写其属吏身份。

〔3〕誓江西:毛本作"浙江西",意较明。或云"誓"应作"逝"。

〔4〕若为:怎样的意思。

〔5〕更:哪还的意思。在这里借唐孟启(旧误作棨)《本事诗》录陈氏句:"此日何迁次?新官对旧官。笑啼都不敢,方验作人难。"而略翻

其意。

菩萨蛮

　　杭妓往苏迓新守杨元素,寄苏守王规甫。

玉童西迓浮丘伯[1],洞天冷落秋萧瑟[2]。不用许飞琼[3],瑶台空月明[4]。　　清香凝夜宴,借与韦郎看[5]。莫便向姑苏[6],扁舟下五湖[7]。

　　熙宁七年初秋作。王晦,字规甫,时为苏州太守。唐宋时赴任迎任,皆以官妓为导之例,元明以后,渐被禁绝。

　〔1〕玉童:借指杭妓。《列仙传》:"浮丘伯,本嵩山道士,后得仙去。"此指杨元素。

　〔2〕萧瑟:象声词,形容秋日风声。

　〔3〕许飞琼是传说中西王母的侍女,此亦借指杭妓。《汉武帝内传》:"(王母)又命侍女董双成吹云和之笙,石公子击昆庭之金,许飞琼鼓震灵之簧。"

　〔4〕瑶台:传说中西王母的居所,亦泛指神仙居处。李白《清平调》:"若非群玉山头见,会向瑶台月下逢。"

　〔5〕韦郎:谓韦皋。《云溪友议》:"韦皋少游江夏,止姜使君之馆。有小青衣曰玉箫,常令承侍,因而有情。廉使陈常侍得韦季父书,发遣归觐。遂与玉箫言约,少则五载,多则七年来取(娶)。因留玉指环并诗遗之。至八年春不至,玉箫叹曰:'韦家郎君,一别七年,是不来矣。'"

〔6〕姑苏:苏州的别称,因其西南有姑苏山而得名。

〔7〕春秋时吴王夫差灭掉越国,越以范蠡为相,用美人计,遣西施入吴。传说越平吴后,范蠡便携同西施乘扁舟泛五湖而去。扁(piān偏)舟,小船。五湖,其说不一,或谓即太湖,或谓泛指太湖周围的湖泊。杜牧《杜秋娘诗》:"西子下姑苏,一舸逐鸱夷(范蠡自号鸱夷子皮)。"

江城子

孤山竹阁送述古

翠蛾羞黛怯人看。掩霜纨。泪偷弹〔1〕。且尽一樽,收泪听《阳关》〔2〕。谩道帝城天样远〔3〕;天易见,见君难〔4〕。画堂新创近孤山。曲阑干,为谁安?飞絮落花,春色属明年。欲棹小舟寻旧事;无处问,水连天。

王文诰《苏诗总案》:"甲寅(熙宁七年)七月,与陈襄放舟湖上,宴于孤山竹阁作。"

〔1〕这三句写在座有与陈襄惜别的女性。翠蛾羞黛,是说她画了眉而又皱着眉。掩霜纨,是说她用白团扇掩面,不愿让人看见她的愁态啼痕。

〔2〕《阳关》:即《阳关曲》,亦叫《阳关三叠》。这支歌曲以唐王维《送元二使安西》诗为主要歌词,是一首著名的送别曲。

〔3〕谩:轻易,一般也写作漫;谩道,轻易地说,这里却当作莫轻易地说。

293

〔4〕司马绍(晋明帝)幼时,有一次,他的父亲司马睿(元帝)问他:长安远还是日远?他答:日远。因为常听说有人从长安来,没有听说过有人从太阳那边来。第二次再问他,他却说:日近。因为"举头见日,不见长安"。这里"天易见,见君难",即本"举头见日,不见长安"之意。这两句是拟座中女性惜别口吻,言陈襄远赴京城,相见实难。

菩萨蛮

西湖送述古

秋风湖上萧萧雨。使君欲去还留住。今日漫留君[1]。明朝愁杀人! 佳人千点泪。洒向长河水。不用敛双蛾[2]。路人啼更多[3]。

此词意与上词同,人与上词同,时间当亦与上词同——熙宁七年七月作。

〔1〕漫:枉然、徒劳。
〔2〕敛双蛾:皱起两个眉头。
〔3〕意谓好官去任,人们舍不得。

清平乐

清淮浊汴[1],更在江西岸[2]。红旆到时黄叶乱[3],霜入梁王故苑[4]。　秋原何处携壶？停骖访古踟蹰[5]。双庙遗风尚在[6]，漆园傲吏应无[7]。

此词傅注本题作《送述古赴南都》。时陈襄移守南都(今河南商丘)。词中用典颇多，且都和南都有关，故傅题较为可信。词亦应熙宁七年秋作。

〔1〕淮河、汴水，均源出河南省，这里指陈襄赴南都所经之处。

〔2〕江西岸：即长江之北岸。古人习惯称长江以北为江西。

〔3〕斾(pèi佩)：大旗，这里借指陈襄的仪仗。

〔4〕汉代梁孝王刘武好宾客，大造宫室园林，延请文人学士居住，名叫菟园，也叫梁园、梁苑。"梁王故苑"指此。——故址在今河南商丘。

〔5〕古代称驾在车两旁的马为骖(cān餐)。停骖，停车驻留。踟蹰(chí chú迟除)，联绵词，欲行又止的意思。

〔6〕双庙：唐天宝年间，安禄山叛乱，围睢阳(今河南商丘)，御史中丞张巡与睢阳太守许远奋力御敌，坚守经年，终因矢尽粮绝、援兵不至而陷落，张巡、许远皆战死，后人立庙睢阳，岁时祭祀，号"双庙"。韩愈《张中丞传后叙》："愈尝从事于汴、徐二府，屡道于两州间，亲祭于其所谓双庙者，其老人往往说巡、远时事云。"

〔7〕漆园傲吏：指庄周。漆园，古地名，在今河南商丘北。《史记·老子韩非列传》："(庄)周尝为蒙漆园吏。……楚威王闻庄周贤，使(派遣)使(使者)厚币迎之，许以为相。庄周笑谓楚使者曰：'千金，重利；卿相，尊位也。子独不见郊祭之牺牛乎？养食之数岁，衣以文绣，以入大庙。当是之时，虽欲为孤豚，岂可得乎？子亟去，无污我！我宁游戏污渎之中自快，无为有国者所羁。终身不仕，以快吾志焉。'"这两句相

对,言忠臣可得而高士难得。

南乡子

送述古

回首乱山横,不见居人只见城。谁似临平山上塔[1],亭亭[2]:迎客西来送客行。　归路晚风清,一枕初寒梦不成。今夜残灯斜照处,荧荧[3]:秋雨晴时泪不晴[4]。

熙宁七年七月作。
〔1〕临平山:在杭州东北。
〔2〕亭亭:耸立着的姿态。形容临平山上塔。
〔3〕荧荧:光亮貌。这里既形容上句的灯,又形容下句的泪,亦即指灯光照泪。
〔4〕将泪比雨,而又泪比雨多,夸张之辞。

南乡子

梅花词,和杨元素。

寒雀满疏篱。争抱寒柯看玉蕤[1]。忽见客来花下坐,惊飞:蹋散芳英落酒卮[2]。　痛饮又能诗。坐客无毡醉不知[3]。花谢酒阑春到也[4],离离[5]:一点微酸已著枝[6]。

熙宁七年冬作。

〔1〕柯:树枝;蕤(ruí绥):花垂貌。两词分用寒、玉形容,于枝状其经霜受雪,于花状其洁白。

〔2〕卮(zhī支):杯子。

〔3〕唐郑虔为广文馆博士,他很穷,客至连坐毡都没有。杜甫赠他的诗有云:"才名四十年,座客寒无毡。"作者亦有"广文好客竟无毡"之句。这里作者似以郑虔自况,大概杨元素曾饮于苏轼的寓所。

〔4〕花谢酒阑:结束眼前事;春到也,想象未来时。

〔5〕离离:果实下垂貌。

〔6〕言将见梅子初结。以上两句,系设想"春到也"的景象。

阮郎归

一年三过苏,最后赴密州时,有问:"这回来不来?"其色凄然。太守王规甫嘉之,令作此词。

一年三度过苏台[1],清尊长是开[2]。佳人相问苦相猜[3]:"这回来不来?" 情未尽,老先催,人生真可咍[4]。他年桃李阿谁栽?刘郎双鬓衰[5]。

熙宁七年五月苏轼已奉调知密州(治今山东诸城),实际上直到九月他才离开杭州。此词当是离杭不久途经苏州时作。

297

〔1〕台:是古代官署名,这里是对苏州太守的尊称。

〔2〕尊:通樽——酒杯。长是开:总是这样设宴款待。

〔3〕佳人:酒筵上的歌妓。苦:多次、反覆。句意应是因苦相猜而相问。

〔4〕咍(hāi 嗨):当时口语;可咍,即可笑。

〔5〕刘郎:指唐代诗人刘禹锡。他于元和十年(815)重到长安,游玄都观,看到观里有许多桃花,无数的游人。——那是他十年前任屯田员外郎初游玄都观时所没有的。他写了一首诗:"紫陌红尘拂面来,无人不道看花回。玄都观里桃千树,尽是刘郎去后栽。"这里作者以刘郎自比,以桃李喻佳人,表面作嘲笑口吻,暗中隐含着像刘禹锡那样的牢骚——对朝政用人的不满。

醉落魄

席上呈杨元素

分携如昨〔1〕,人生到处萍漂泊。偶然相聚还离索〔2〕。多病多愁,须信从来错〔3〕。　　尊前一笑休辞却,天涯同是伤沦落〔4〕。故山犹负平生约。西望峨眉〔5〕,长羡归飞鹤。

杨绘知杭州仅两月,即奉命内调,苏轼与之同舟至京口。此词当是熙宁七年约九月底于京口作。

〔1〕分携:犹言分手。作者熙宁四年(1071)赴杭州任时曾在京都与杨绘分别,如今再次离开,情景相似,故云如昨。

〔2〕离索:离别。
〔3〕著一"错"字,将离愁撇开,转作旷达语。此字读入声,音如戳。
〔4〕此句用白居易《琵琶行》中"同是天涯沦落人"句意。
〔5〕作者和杨绘同是蜀人,所以这里的"西望峨眉"有"故山犹负平生约"之意。

永遇乐

孙巨源以八月十五日离海州,坐别于景疏楼上。既而与余会于润州,至楚州乃别。余以十一月十五日至海州,与太守会于景疏楼上,作此词以寄巨源。

长忆别时,景疏楼上,明月如水。美酒清歌,留连不住,月随人千里。别来三度,孤光又满[1],冷落共谁同醉?卷珠帘、凄然顾影,共伊到明无寐[2]。 今朝有客,来从濉上[3],能道使君深意[4]。凭仗清淮,分明到海,中有相思泪。而今何在?西垣清禁[5],夜永露华侵被[6]。此时看、回廊晓月,也应暗记。

此词熙宁七年在海州作。海州,今江苏连云港市。楚州,今江苏淮安县。时孙巨源应召入京,任修起居注(记录皇帝日常言行)、知制诰(替皇帝拟稿)。按傅藻(一作"薬")《东坡纪年录》所载,熙宁七年十一月三日苏轼已抵密州,与此处所言不合。或以为序文"十一月"的"一"字乃衍文,实为十月十五日也。然十一月十五夜为"月当头"节日,或此夕与客会于景疏楼上赏月,词中皆有月光,傅说亦未尝可尽信。

〔1〕孤光:远照独明之光,这里指月光。三度孤光又满,指三次月圆。序中说自八月十五日与孙巨源别,至十一月十五日以词寄巨源,恰经三月。若以十月十五日至海州计,则当以八月十五日为第一次月圆。姑存两说。

〔2〕伊:指月。明:天亮。

〔3〕濉(suī 虽):水名,宋时自河南经安徽流入江苏北部的泗水。这里濉上指海州,是说孙自海州来。

〔4〕使君:指孙。原作史君,史、使,唐宋人通用。

〔5〕唐以中书省(中央行政官署)称西台,以别于门下省之称东台、御史之称南台。西台也称西掖、西垣。宋沿唐制,这些名称也照旧。清禁,指宫中。修起居注、知制诰是所谓"近臣",是在西垣清禁办公的。

〔6〕夜永:夜长、夜深。

浣溪沙

赠陈海州。陈尝为眉令,有声。

长记鸣琴子贱堂〔1〕,朱颜绿发映垂杨〔2〕。如今秋鬓数茎霜〔3〕。　聚散交游如梦寐,升沉闲事莫思量。仲卿终不忘桐乡〔4〕。

熙宁七年十月作。陈海州,名字不详,是时接替孙巨源为海州太守。题中"陈尝为眉令,有声",似为题注。

〔1〕宓不齐,字子贱,孔门弟子,曾为单父(今山东单县)县宰,善以礼乐教化百姓,有所谓"鸣琴而治"(见《说苑》)的说法。这里以子贱指陈海州,誉其政绩。

〔2〕绿发:犹言黑发,喻年轻。

〔3〕数茎:数根、有一些。此言鬓角上已出现了白发。

〔4〕桐乡:在今安徽省桐城县北,春秋时为桐国所在地。《汉书·循吏传》:"朱邑,字仲卿,庐江舒人也。少时为舒桐乡啬夫(掌管诉讼和赋税的官吏),廉平不苛,以爱利为行,未尝笞辱人,存问耆老孤寡,遇之有恩,所部吏民爱敬焉。"后官至大司农丞。病死前,嘱咐其子:"我故为桐乡吏,其民爱我,必葬我桐乡。后世子孙奉尝我,不如桐乡民。"死后葬于桐乡西郊外,民果为其起冢立祠,岁时祠祭。这里的仲卿也是用来指代陈海州。结句与首句相应。

沁园春

赴密州,早行,马上寄子由。

孤馆灯青,野店鸡号,旅枕梦残。渐月华收练[1],晨霜耿耿[2];云山摛锦[3],朝露团团[4]。世路无穷,劳生有限,似此区区长鲜欢。微吟罢,凭征鞍无语[5],往事千端。　　当时共客长安[6],似二陆初来俱少年[7]。有笔头千字,胸中万卷;致君尧舜[8],此事何难!用舍由时,行藏在我[9],袖手何妨闲处看[10]。身长健,但优游卒岁[11],且斗樽前[12]。

熙宁七年十月,作者赴密州途中,作此词以寄其弟苏辙。作者至海州前走的是水路,由海州至密州行的是陆路,此词当作于离开海州之后。辙字子由,时在齐州(今济南市)。作者原拟绕道去看他的弟弟,不果,故词前阕有感伤语,后阕换意,语转旷达。

〔1〕渐字是领字,它领此句"月华……"和下句"云山……"。练:白色的丝帛,这里形容月色。收练,谓月落。

〔2〕耿耿:微光,这里指天色黎明。

〔3〕摛(chī 痴):发布、铺张。摛锦,形容云山像锦绣般的排列着。

〔4〕团团:通沴沴,露水多貌。

〔5〕凭:倚、靠、伏。

〔6〕唐以前几代的首都均在长安,后来的人便以"长安"为首都的代称。这里长安实指当时的首都汴梁(今开封)。

〔7〕三国时吴有陆机、陆云兄弟,并负盛名,时称"二陆"。吴亡,二陆归晋,被迁到洛阳去。时陆机年二十,陆云年十六。苏轼与其弟苏辙初到汴京时,苏轼二十一岁,苏辙十八岁。按:这不仅是说与机、云入洛年龄相埒,轼、辙初到汴京,受知于欧阳修,少年声望,亦约略似二陆。

〔8〕以上连用杜甫《奉赠韦左丞丈二十二韵》中"甫昔少年日,早充观国宾。读书破万卷,下笔如有神。赋料扬雄敌,诗看子建亲。李邕求识面,王翰愿卜邻。自谓颇挺出,立登要路津。致君尧舜上,再使风俗淳"句意,自抒怀抱。

〔9〕《论语·述而》记孔子的话:"用之,则行;舍之,则藏。"

〔10〕看:这里读平声 kān(堪)。

〔11〕优游:悠闲自得。《诗经·大雅·卷阿》:"优游尔休矣。"卒岁,终其身之意。《孔子家语》:"优哉游哉,可以卒岁。"

〔12〕斗:这里作戏乐解。唐牛僧孺《席上赠刘梦得》:"且斗樽前现在身",为此句所本。

蝶恋花

密州上元

灯火钱塘三五夜〔1〕,明月如霜,照见人如画。帐底吹笙香吐麝,更无一点尘随马〔2〕。　　寂寞山城人老也。击鼓吹箫,却入农桑社〔3〕。火冷灯稀霜露下,昏昏雪意云垂野〔4〕。

旧历正月十五日元宵节,又称上元。时为熙宁八年(1075),作者到密州不久。词前半阕追怀钱塘上元的繁华,后半阕写在密州过节的寂寞。

〔1〕三五:即十五。
〔2〕上句写歌舞之盛,下句写街道之洁。唐苏味道《正月十五夜》诗:"暗尘随马去。"此句反用其意。
〔3〕农桑:即农耕与蚕桑,指耕织。社:祭祀土神的地方,也就是后来的土地庙。
〔4〕云垂野:状气压之低,天气阴霾,要下雪的样子。

江城子

乙卯正月二十日夜记梦

十年生死两茫茫[1],不思量[2],自难忘[3]。千里孤坟[4],无处话凄凉。纵使相逢应不识:尘满面,鬓如霜[5]。 夜来幽梦忽还乡。小轩窗,正梳妆。相顾无言,唯有泪千行[6]。料得年年肠断处:明月夜,短松冈[7]。

熙宁八年(乙卯)悼亡之作。作者梦见他的亡妻王弗。

〔1〕据作者《亡妻王氏墓志铭》:她是治平二年(1065)五月去世的,此词作时距王氏去世已十年。

〔2〕量:这里读 liáng(良),平声。

〔3〕忘:这里读 wáng(亡),平声。

〔4〕《亡妻王氏墓志铭》云:"葬于眉之东北彭山县安镇乡可龙里。"作者此时在密州,相距甚远。

〔5〕以上三句是设想之词。

〔6〕四句写梦境。

〔7〕三句写孤坟。唐孟启《本事诗》载孔氏赠夫张某诗:"欲知肠断处,明月照孤坟。"

雨中花

　　初至密州,以累年旱蝗,斋素累月。方春,牡丹盛开,遂不获一赏。至九月忽开千叶一朵,雨中特为置酒,遂作。

今岁花时深院,尽日东风,轻飏茶烟[1]。但有绿苔芳草,柳絮榆钱。闻道城西,长廊古寺,甲第名园。有国艳带酒,天香染袂[2],为我留连。　　清明过了,残红无处,对此泪洒樽前。秋向晚,一枝何事,向我依然!高会聊追短景[3],清商不假馀妍[4]。不如留取:十分春态,付与明年。

　　熙宁八年作。古代遇有旱、蝗等灾较大,地方官例须斋戒吃素,表示虔诚请"上天"免灾,为"下民"祈福。

　　[1] 用杜牧《题禅院》"今日鬓丝禅榻畔,茶烟轻飏落花风"句意,写"斋素"的生活。飏(同漾),飘起。
　　[2] 牡丹有"花王"之称,是我国最名贵的赏玩植物,名色也最多,唐时以"国色朝酣酒(绯红色的),天香夜染衣(贡黄色的)"为极品。"国艳带酒,天香染袂"本此。这两种即今之所谓"醉杨妃"和"御袍黄"。
　　[3] 高会:宴宾客。短景:指一年的时日所剩不多。
　　[4] 清商:古乐府曲名,这里借喻秋肃。不假:原作"不暇",这里据别本改。馀妍:指"九月忽开"的牡丹。因而想到牡丹忽开的九月,不仅春光早逝,就秋光也过了三分之二了。只觉得时间可贵,故上云"聊追短

景"。但秋风并不是因为牡丹秋日开花的难逢而稍予宽贷,故此云"不假馀妍"。

江城子

密州出猎

老夫聊发少年狂:左牵黄[1],右擎苍[2],锦帽貂裘,千骑卷平冈[3]。为报倾城随太守[4],亲射虎,看孙郎[5]。 酒酣胸胆尚开张。鬓微霜,又何妨!持节云中[6],何日遣冯唐[7]?会挽雕弓如满月[8],西北望,射天狼[9]。

熙宁八年冬作。

〔1〕左手牵黄狗。

〔2〕右臂擎苍鹰。

〔3〕千骑(jì计):言从骑之盛,亦暗示太守身份。太守是"封疆大吏",略等于古之诸侯。古制:"诸侯千乘。"

〔4〕倾城:倾动一城之意,犹如说"万人空巷"。写"随太守"的观众之多。他们是跟着去"看孙郎亲射虎"的。《东坡乐府笺》引《汉书·外戚传》李延年歌"北方有佳人,绝世而独立。一顾倾人城,再顾倾人国。宁不知倾城与倾国,佳人难再得",非是。宋制太守出猎,无携妾或挟妓者。这里倾城与佳人无涉。

〔5〕孙郎:即孙权。郎是六朝以前对年少者的美称。孙权当时是封建诸侯,这里作者借以自喻其太守身份。孙权曾亲乘马射虎示勇

〔6〕节：兵符。持节，是奉有朝廷重大使命。云中：今山西大同一带。

〔7〕冯唐：汉时人。汉文帝时，云中守魏尚获罪被削职，冯唐劝谏，文帝听了他的话，并令他持节去赦魏尚的罪和复魏尚的职。这里作者以魏尚自况，希望朝廷用他守边。作者正当壮年，所以上句说"鬓微霜，又何妨！"

〔8〕会：该是、应当（预期之词）。雕弓：有彩绘的弓。

〔9〕屈原《九歌·东君》"抽长矢兮射天狼"，是指楚国的西北强敌——秦。这里隐指当时与宋朝为敌的西夏。《史记·天官书》："其（指参星）东有大星曰狼。狼角变色，多盗贼。"《晋书·天文志》："狼一星，在东井（星）东南。狼为野将，主侵掠。"

望江南

超然台作

春未老，风细柳斜斜。试上超然台上看：半壕春水一城花。烟雨暗千家。　　寒食后，酒醒却咨嗟[1]。休对故人思故国[2]，且将新火试新茶[3]。诗酒趁年华。

熙宁九年（1076）春作。《望江南》一般是单调；这是双调。下首同。超然台在密州，作者"稍葺而新之"，以为登览游息之处，"超然"是他的弟弟苏辙所题名。作者有《超然台记》。

〔1〕咨嗟：双声叹辞。

307

〔2〕故国:这里作老家、故乡解。

〔3〕旧俗,寒食节是不举火的。这里说"新火",应上文"寒食后"。春末收的嫩茶多在谷雨节前或清明节前,所谓"雨前茶"、"未明茶",这时刚过寒食,故云"新茶"。谚云:"酒要陈,茶要新。"

望江南

春已老,春服几时成?曲水浪低蕉叶稳[1],舞雩风软纻罗轻[2]。酣咏乐升平[3]。　微雨过,何处不催耕[4]。百舌无言桃李尽[5],柘林深处鹁鸪鸣[6]。春色属芜菁[7]。

熙宁九年春作。

〔1〕蕉叶:杯形如蕉叶者。这种杯,是由战国时代的羽觞(船形杯)蜕化而来。杯可以飘浮在水面上,郊饮(野餐)时饮者沿水对岸散坐,利用水的流动来传杯送酒,所谓"流觞"。东晋时士大夫中最盛行这种游宴,宋人未必如此,不过作者这样写罢了。

〔2〕舞雩(yú鱼):古地名,在今山东曲阜东南,是春秋时鲁国祭天求雨的地方。纻(zhù住)罗:一种麻织品。

〔3〕《论语·先进》记曾点言志:"暮春者,春服既成,冠者五六人,童子六七人,浴乎沂,风乎舞雩,咏而归。"这段话,这种意境,当时最为孔子所赞许。因为曾点不像其他同门或高论治国,或侈言足民,或虚伪地谦抑说办好国交。……曾点只委宛地谈出他这样的教化方式。苏轼的政治思想也正是这样的,所以这典故屡见于他的作品中,如《同曾元恕游龙山,吕穆仲不至》诗中有"浴沂曾点暮方还";《宿州次韵刘泾》诗中有

"舞雩何日著春衣";《被酒独行,遍至子云、威、徽、先觉四黎之舍》诗中有"莫作天涯万里意,溪边自有舞雩风"……在曾点来说,他一样也是谈治国之道,不过话说得委宛,着眼在政教。在苏轼来说,他不时引用这个典故,似乎很倾心于这种"潜移默化"的施政。对于当时变法来说,这是一种退婴的思想,消极的因素。

〔4〕谓处处听到布谷鸟叫。

〔5〕百舌:鸟名,学名鹨,俗称山麻雀,它善于模拟各种鸟鸣。百舌鸟是春天才歌唱的,当它无言——停止了歌唱时,桃李花也都开过了。

〔6〕鹁鸪:即布谷,也是鸣春的鸟。以上两句都点"催耕"。

〔7〕芜菁:又叫"蔓菁",一种直根肥硕的蔬菜。

满江红

东武会流杯亭[1],上巳日作[2]。城南有坡,土色如丹,其下有堤,壅郏淇水入城[3]。

东武南城,新堤就,郏淇初溢[4]。微雨过,长林翠阜,卧红堆碧。枝上残花吹尽也,与君试向江头觅。问向前犹有几多春?三之一。　　官里事,何时毕?风雨外,无多日。相将泛曲水[5],满城争出。君不见兰亭修禊事[6],当时座上皆豪逸[7]。到如今修竹满山阴[8],空陈迹[9]!

熙宁九年三月三日作。

〔1〕东武:即密州。

〔2〕旧历以三月三日为上巳日。

〔3〕郑(fú 扶):王本沿元本之误作"郑"(郑在河南省),词中句亦作"郑淇初溢"。今从朱校改正。朱注云:"……《水经注》:'郑淇之水,出西南常山,东北流注潍,潍自箕县北经东武县,西北流,合郑淇之水。'汉琅玡有扶县,盖郑与扶同音。《名胜志》:'诸城县有柳林河,出石门山,流经县西北,入于郑淇。密人为上巳祓除之所。'"

〔4〕以上所云,即题"城南有坡,……其下有堤,壅郑淇入城"是也。初溢,言春水新涨。

〔5〕相将:相扶相携。说人们扶老携幼。

〔6〕兰亭:在今浙江绍兴市西南,其地为兰渚——亦名兰上里。晋永和九年(353)三月三日,王羲之等四十二人曾在这儿集会——修禊。举世闻名的《兰亭集序》即所谓"禊帖"就是王羲之在此时此地写的。修禊,是古代礼俗之一,禊,就是祈福、除灾。有春禊,每年三月三日上巳举行;有秋禊,每年七月十四日举行。举行禊礼,常在水边。

〔7〕那次参加兰亭修禊的自王羲之以下有谢安、谢万、孙绰、徐丰之、孙统、袁峤之、王彬之、郗昙、王丰之、华茂、庚友、虞说、魏滂、谢怿、庚蕴、孙嗣、曹茂之、曹华、桓伟、王宿、谢瑰、卞迪、丘髦、羊模、孔炽、刘密、虞谷、劳夷、后泽、华耆、谢滕、王蕴之、任儗、吕系、吕本、曹礼和羲之子凝之、玄之、徽之、涣之、献之。豪逸,说他们都是当时杰出的人物和高逸之士——实际上是一批高门士族子弟,除王羲之等极少数几个外,大多数是尚清谈的人物。

〔8〕山阴:即山阴县,今绍兴市。《兰亭集序》中有"此地有崇山峻岭、茂林修竹"句。修:高、长。

〔9〕这句话把东晋"豪逸"一笔勾销,但似乎连充满了民族斗争、阶级斗争的那一个历史时代也被带入虚无飘渺中了。

水调歌头

丙辰中秋,欢饮达旦,大醉作此篇,兼怀子由。

明月几时有?把酒问青天[1]。不知天上宫阙,今夕是何年[2]?我欲乘风归去,唯恐琼楼玉宇,高处不胜寒[3]。起舞弄清影,何似在人间? 转朱阁,低绮户,照无眠。不应有恨,何事长向别时圆?人有悲欢离合,月有阴晴圆缺,此事古难全。但愿人长久:千里共婵娟[4]。

熙宁九年中秋夜作。这首词是九百年来人民所最喜欢的歌词之一。据宋蔡絛《铁围山丛谈》:作者原是写给当时名歌手袁绚唱的。

[1] 屈原《天问》:"天何所沓?十二焉分?日月安属?列星安陈?"此师其意。又李白《把酒问月》诗:"青天有月来几时?我欲停杯一问之。"此用其语。

[2] 唐人小说《周秦行纪》中诗:"香风引到大罗天,月地云阶拜洞仙。共道人间惆怅事,不知今夕是何年。"

[3] 两句想象之词。"高"既不可上,"寒"又不胜,故下急作一转语:"何似在人间"(还不如在人间吧)!相传神宗读到这两句,以为"苏轼终是爱君"(以为"高处不胜寒"是指他说的)。胜,这里读 shēng(升)。

[4] 婵娟:美好的姿态。孟郊《婵娟篇》:"花婵娟,泛春泉;竹婵娟,笼晓烟;妓婵娟,不长妍;月婵娟,真可怜。"作者《江城子》词中亦有"今

夜里,月婵娟"之句。按,作者对于这一中秋夜的情境,这一首《水调歌头》的词意,两年后在徐州写《中秋月》诗寄他的弟弟苏辙,还反覆提起:"……赵子寄书来,水调有馀声。悠哉四子心,共此千里明。明月不解老,良辰难合并。回头坐上人,聚散如流萍。尝闻此宵月,万里同阴晴。天公自著意,此会那可轻。明年各相望,俯仰今古情。"

江城子

东武雪中送客

相从不觉又初寒[1]。对尊前,惜流年。风紧离亭,冷结泪珠圆。雪意留君君不住[2],从此去,少清欢。　　转头山上转头看[3]:路漫漫[4],玉花翻[5]。银海光宽[6],何处是超然[7]?知道故人相忆否:携翠袖,倚朱栏。

熙宁九年冬作。据《东坡纪年录》,所送之人是章传。章传,字传道,闽人。

〔1〕从:过从、交往。
〔2〕君不住:即留君不住。连苍天都降下大雪有意留君,则人意更不待言;而君却不得留,离情亦进一层。不住,或作"且住",似较逊色。
〔3〕转头山:据《一统志》,转头山"在诸城县南四十里"。当是章传途经之所。
〔4〕漫漫(读平声 mán 蛮):状路途遥远。
〔5〕玉花:状雪花洁白如玉。

〔6〕银海:状雪铺原野,弥漫万象。作者《雪后书北台壁》诗:"冻合玉楼寒起粟,光摇银海眩生花。"王本作"云海",今从毛本改。

〔7〕超然:即超然台。

南乡子

席上劝李公择酒

不到谢公台[1],明月清风好在哉[2]?旧日髯孙何处去[3]?重来:短李风流更上才[4]。　　秋色渐摧颓,满地黄英映酒杯[5]。看取桃花春二月,争开:"尽是刘郎去后栽"[6]。

李公择,名常,建昌人,神宗朝他初为右正言,因反对新法,被贬。苏轼于熙宁九年十二月移知河中府,离密州。此词是熙宁十年(1077)年初作者路过齐州时作。时李常方任齐州守。

〔1〕谢公台:在扬州。
〔2〕好在哉:无恙否?
〔3〕髯孙:三国时孙权有紫髯,这里戏用"髯孙"来指他们的好友孙觉。觉字莘老,高邮人。
〔4〕唐李绅生得短小,人称"短李",这里亦戏用来指李常。
〔5〕黄英:菊花。
〔6〕这里仍用刘禹锡游玄都观故事(见前《阮郎归》注〔5〕),并直用刘句,一以暗点上文"重来",再则设想明春桃花开时,自己将是"前度刘郎在千里"(作者《留别释迦院牡丹》诗句)了。

313

蝶恋花

暮春别李公择

簌簌无风花自堕[1]。寂寞园林,柳老樱桃过[2]。落日有情还照坐。山青一点横云破[3]。　　路尽河回人转舵。系缆渔村,月暗孤灯火[4]。凭仗飞魂招楚些[5]。我思君处君思我。

熙宁十年春末作。

[1] 簌(sù 速)簌:象声词,状细物纷纷落地声。堕:落。
[2] 谓柳絮飘尽,樱桃花事已过。
[3] 横云破:即破(冲出)横云。
[4] 此处"火"字作形容词用,即明的意思。因月暗而显出孤灯的光亮。
[5] 些(suò 所去声):语助词。《楚辞·招魂》:"魂兮归来,去君之恒干,何为四方些?"洪兴祖补注:"凡禁咒句尾皆称些,乃楚人旧俗。"

阳关曲

中秋作（本名《小秦王》，入腔）

暮云收尽溢清寒[1]。银汉无声转玉盘[2]。此生此夜不长好，明月明年何处看？

熙宁十年中秋在徐州作。是年四月作者调知徐州。此词亦载诗集，题"阳关词"，共三首。另二首是"济南春好雪初晴，行到龙山马足轻。使君莫忘雪溪女，时作阳关肠断声。""受降城下紫髯郎，戏马台前古战场。恨君不取契丹首，金甲牙旗归故乡。"于词集中则分见，有二三字的出入。

[1] 溢：满出、溢出。清寒：形容月色如水。
[2] 银汉：天河。

临江仙

送李公恕

自古相从休务日[1]，何妨低唱微吟。天垂云重作春阴。坐中人半醉；帘外雪将深。　　闻道分司狂御史，紫云无路追寻[2]。凄风寒雨有骎骎[3]。问囚长损气[4]，见鹤忽惊心〔5〕!

熙宁十年冬作。时李公恕为京东转运使,被召赴京。

〔1〕休务:停止办公。休务日即休息日。

〔2〕唐李愿罢镇闲居洛阳,某日大宴宾客,家妓百人,皆殊艺绝色,其中有名紫云者尤美。诗人杜牧当时为御史,分司洛阳,因为他是纠察之官,李愿不便请他。但杜牧却托人转达,愿来与会。李不得已,邀之。杜牧入座,便问谁是紫云?李指示之,杜牧说"名不虚传,宜以见惠",一时诸妓都回过头来笑。杜牧即席吟诗:"华堂今日绮筵开,谁唤分司御史来。忽发狂言惊四座,两行红粉一时回。"作者在这里戏以李公恕比作李愿,自比杜牧,可惜没有紫云。

〔3〕有:作又字解。他本作"更",意亦相近。骎(qīn 侵)骎:本义为马行速貌,这里指时日匆匆。梁萧纲(简文帝)《纳凉诗》:"斜日更骎骎。"

〔4〕作者当时是地方官,要审问囚犯的。但作者在他的长期官吏生活中,时常接触囚犯,也时常同情囚犯,曾经想"纵囚",这在他《除夜直都厅,囚系皆满,日暮不得返舍,因题一诗于壁》中写过:"执笔对之泣,哀此系中囚。……谁能暂纵遣?闵默愧前修。"他对于"问囚",认为是最"损气"(自己理曲气短觉得惭愧)的事,这在《戏子由》诗中又写过:"生平所惭今不耻,坐对疲氓更鞭箠。"

〔5〕表面上是用庾信《小园赋》"鹤讶今年之雪",应上文"天垂云重作春阴"、"凄风寒雨有骎骎"的"帘外雪将深"。骨子里却是上句"问囚长损气"的伸延,曲折地写自己进退两难的心情,作者有《鹤叹》诗可以参证:"园中有鹤驯可呼,我欲呼之立坐隅。鹤有难色侧睨余:'岂欲臆对如鹏乎?我生如寄良畸孤,三尺长胫阁瘦躯。俯啄少许便有馀,何至以身为子娱!'驱之上堂立斯须,投以饼饵视若无。戛然长鸣乃下趋,难

进易退我不如!"

浣溪沙

徐门石潭谢雨,道上作五首。潭在城东二十里,常与泗水增减,清浊相应。

照日深红暖见鱼[1]。连村绿暗晚藏乌。黄童白叟聚睢盱[2]。　麋鹿逢人虽未惯,猿猱闻鼓不须呼。归来说与采桑姑[3]。

元丰元年(1078)作,是年春旱,灾情严重,从作者的诗中"东方久旱千里赤,三月行人口生土"可以窥见。一州的地方官照例要向天求雨;下了雨,又要谢雨。当时作者去求雨和谢雨的地方是石潭,作者求雨时曾有《起伏龙行》诗;这五首《浣溪沙》是谢雨途中所作,极写农村得雨后的人民欢乐,风光好。

〔1〕《起伏龙行》诗序说:"徐州城东二十里,有石潭,父老云:与泗水通,增损清浊,相应不差。时有河鱼出焉。"故首句如此说。

〔2〕黄童:幼童。幼童的发毛还不曾黑,故称黄童。白叟:白头的老翁。韩愈《元和圣德诗》:"黄童白叟,踊跃欢呀!"睢盱:据《说文》:睢(suī虽),仰目;盱(xū须),张目。按,睢盱为同义复词,聚睢盱,犹如说聚观。又,《易经》中有"盱豫",疏:"豫谓睢盱,睢盱者,喜悦之貌。"《文选》王延寿《鲁灵光殿赋》:"厥状睢盱",注:"质朴之形。"

〔3〕来:一作"家"。

其二

旋抹红妆看使君[1]。三三五五棘篱门。相排踏破茜罗裙[2]。　　老幼扶携收麦社,乌鸢翔舞赛神村。道逢醉叟卧黄昏。

〔1〕旋(读 xuàn 炫):临时作、急就的意思。今多写作"现"。旋抹,急忙打扮。使君:作者自谓。

〔2〕排:推挤。排,一作"挨"。茜(qiàn 倩):草名。我国古代用茜草的红汁作染料。这里茜字作形容词用。茜罗裙,犹如说红罗裙。

其三

麻叶层层苘叶光[1]。谁家煮茧一村香!隔篱娇语络丝娘[2]。　　垂白杖藜抬醉眼,捋青捣䴬软饥肠[3]。问言豆叶几时黄?

〔1〕苘(qǐng 请):亦麻之属,《尔雅翼》:"叶似苎而薄。"

〔2〕络丝娘:指蚕妇,她们这时正在缫丝。《东坡乐府笺》云梭鸡、络纬。疑非!梭鸡、络纬都是秋虫,这时是初夏,上句刚刚说才在"煮茧";徐州是北地,怎么会煮茧时节就有蟋蟀和纺织娘叫?娇语实指妇女谈笑。《笺》似误以人语为虫声。

〔3〕捋:原作扶,并注"一作捋"。按当以捋为是。捋青,摘取新

麦。麨(chǎo炒):干粮。软:唐人以酒食接风叫"软脚";软,有慰劳义。软饥肠,犹如说饱肚。

其四

簌簌衣巾落枣花[1]。村南村北响缫车[2]。牛衣古柳卖黄瓜[3]。　酒困路长惟欲睡,日高人渴漫思茶。敲门试问野人家[4]。

〔1〕这句倒装,即枣花簌簌落衣巾。
〔2〕缫(sāo骚):通缲。缫车,即缲丝车。
〔3〕牛衣:蓑衣。又,曾季狸《艇斋诗话》:"余尝见东坡墨迹作半依。"
〔4〕因困渴而敲门求茶。

其五

软草平莎过雨新。轻沙走马路无尘。何时收拾耦耕身[1]?　日暖桑麻光似泼[2],风来蒿艾气如薰[3]。使君元是此中人[4]。

〔1〕《论语·微子》:"长沮、桀溺,耦而耕。"耦耕,两人二耜并耕。这里作者有归田之想,慕长沮、桀溺之意。

〔2〕泼:形容像洗过一般的光。

〔3〕薰:香气。

〔4〕元是:即原是、本是,含有先已是,后发现的意味。此中,指农间。此句意谓自己也是农民。作者也常爱说"我昔在田间"、"我是田中识字夫"一类的话。

浣溪沙

惭愧今年二麦丰〔1〕:千歧细浪舞晴空〔2〕。化工馀力染夭红〔3〕。　　归去山公应倒载,阑街拍手笑儿童〔4〕。甚时名作锦熏笼〔5〕?

此词作于元丰元年,时在徐州。朱本据毛本题:"徐州藏春阁园中。"

〔1〕惭愧:这里作难得、侥幸解。这词儿宋元人诗、词、小说、戏曲中习用。二麦丰:大麦、小麦都长得丰盛。

〔2〕植物分枝旁出叫做"歧"。麦有歧,古人看作是一种祥瑞,《后汉书·张堪传》:"桑无附枝,麦穗两岐(歧);张君为政,乐不可支。"这是当时的民歌,歌颂张堪的。细浪:形容麦穗受风吹动,摇荡如波纹。

〔3〕化工:天工、造物者、大自然的"主宰"。这词儿来源于贾谊《鹏鸟赋》:"天地为炉兮,造化为工。"馀力染夭红,是说化工除了使粮食足——"二麦丰"之外,还使得赏玩植物的花也开得好。夭红,形容花朵姿美色鲜,这里实指粉红带紫黄色的瑞香花,见下面注〔5〕。

〔4〕阑街:满街、遮路。这两句写游客醉倒、儿童欢笑,衬托出丰年

之乐。李白《襄阳歌》:"襄阳小儿齐拍手,拦街争唱白铜鞮。"山公即山简,参看《瑞鹧鸪·观潮》注[3]。

〔5〕锦熏笼:瑞香花的别名。这花在宋代始培植,是那时最受人欢迎的新品种,它的地位仅次于牡丹、芍药,所以在宋人诗词中被描写特多,如韩驹诗:"著叶团青盖,开花炷宝香。"杨万里诗:"诗人自有熏笼锦,不用衣篝炷水沉。"王十朋《点绛唇·瑞香》:"风流甚,阿谁题品:唤作熏笼锦?"方岳《水龙吟》:"巾飘沉水,笼熏古锦,拥青绫被。"……因为它花开如锦绣,气散如熏香,故名。按,此句与第三句同是咏藏春阁园中盛开的瑞香。这首词结构新巧,前三句以两句写丰年,末句捎带写花;后三句以两句写闾里的欢乐,末句仍点到花。意是三组,笔分四下。要是用另一形式表示,可以写作——

　　惭愧今年二麦丰:
　　千歧细浪舞晴空。

　　化工馀力染夭红。
　　甚时名作锦熏笼?

　　归去山公应倒载,
　　阆街拍手笑儿童。

浣溪沙

缥缈红妆照浅溪。薄云疏雨不成泥。送君何处古台西[1]。
　　废沼夜来秋水满[2],茂林深处晚莺啼。行人肠断草凄迷。

元丰元年在徐州送人之作。朱注据《东坡纪年录》,疑是送颜复、梁吉。

〔1〕古台:指项羽所筑的戏马台,徐州古迹之一。
〔2〕废沼:荒废了或者干涸了的池塘。

永遇乐

彭城夜宿燕子楼,梦盼盼,因作此词。

明月如霜,好风如水,清景无限。曲港跳鱼,圆荷泻露,寂寞无人见。紞如三鼓[1],铿然一叶[2],黯黯梦云惊断[3]。夜茫茫,重寻无处,觉来小园行遍[4]。　　天涯倦客,山中归路,望断故园心眼。燕子楼空,佳人何在? 空锁楼中燕[5]。古今如梦,何曾梦觉? 但有旧欢新怨。异时对黄楼夜景[6],为余浩叹[7]!

元丰元年作。彭城,即徐州。燕子楼相传是唐代张建封守徐州时所筑。张建封娶了当时有名的歌妓关盼盼为妾,让她住在燕子楼上。张死,盼盼守楼十馀年不嫁。这故事在封建社会长期传为"美谈",见于诗歌,播于戏曲,不外借美人情事来称颂封建道德。作者此词略无此种心眼。说"夜宿",说"梦",当是借托之辞。

〔1〕紞(dǎn胆):打鼓声;如:这里作语助辞用;紞如,犹紞然。古代

用打更鼓来报夜间时刻,自黄昏至黎明前有五次更鼓。三鼓:是第三次鼓响。

〔2〕写夜深沉,连一片叶落的声音都觉得"铿然"。韩愈《秋怀诗》:"空阶一片下,铮若摧琅玕。"

〔3〕宋玉《高唐赋》,楚襄王"游于云梦之台,望高唐之观,其上独有云气",那里有楚先王(怀王)曾经梦见的"巫山之女",她是"旦为行云,暮为行雨"的女神。这里梦云,借楚王梦巫山神女行云行雨事喻梦盼盼。惊断:惊醒梦断。

〔4〕觉来:睡醒来。

〔5〕这句意思是说只让燕子巢在楼中罢了。

〔6〕黄楼:作者守徐州时改建。《答范淳甫》诗云:"重瞳遗迹已尘埃,惟有黄楼临泗水。"自注:"郡有厅事,俗谓之霸王厅,相传不可坐。仆拆之以盖黄楼。"

〔7〕这两句由"燕子楼空,佳人何在?空锁楼中燕"感受而来,设想异时——若干年后,后人对于黄楼亦如我今日之对燕子楼。作者《送郑户曹》诗:"……荡荡清河堧,黄楼我所开。秋月堕城角,春风摇酒杯……他年君倦游,白首赋归来。登楼一长啸:使君安在哉!"与此同意。

江城子

别徐州

天涯流落思无穷。既相逢,却匆匆。携手佳人,和泪折残红。为问东风馀几许?春纵在,与谁同! 隋堤三月水溶溶〔1〕。背归鸿,去吴中〔2〕。回首彭城,清泗与淮通。欲寄相思千点泪,流不到,楚江东。

元丰二年(1079)三月作,时作者将调湖州。

〔1〕隋炀帝时,开运河,号通济渠,沿渠筑堤,世称隋堤。这条渠,主要是引汴水入河,与淮水沟通,《读史方舆纪要》所谓:"西通河济,南达江淮。"徐州非隋堤所经之地,此句是设想途中之景。

〔2〕这两句是说雁北归,我南去,故云"背"——背道而行。

南歌子

带酒冲山雨〔1〕,和衣睡晚晴。不知钟鼓报天明〔2〕。梦里栩然蝴蝶、一身轻〔3〕。　　老去才都尽,归来计未成。求田问舍笑豪英〔4〕。自爱湖边沙路、免泥行〔5〕。

元丰二年在湖州作。

〔1〕冲山雨:谓冲着雨走山路。

〔2〕此句与作者有名的诗句:"报道先生春睡美,道人轻打五更钟"(《纵笔》),意境相同,形容熟睡。

〔3〕用《庄子·齐物论》:"昔者庄周梦为蝴蝶,栩栩然蝴蝶也。"栩然,欢乐的样子。

〔4〕《三国志·魏书·张邈传》:"许汜与刘备并在荆州牧刘表坐,表与备共论天下人,汜曰:'陈元龙湖海之士,豪气不除。'……备曰:'君有国士之名,今天下大乱,帝主失所,望君忧国忘家,有救世之意。而君求田问舍,言无可采,是元龙所讳也。'……"求田问舍,指只打算置产

业,没有"大志"的人,为豪杰英雄所笑。这句是自嘲。

〔5〕写雨后湖边沙净无泥,利于行走。这句是自慰。

南乡子

晚景落琼杯[1],照眼云山翠作堆。认得岷峨春雪浪[2],初来,万顷蒲萄涨绿醅[3]。　　春雨暗阳台[4],乱洒歌楼湿粉腮[5]。一阵东风来卷地,吹回,落照江天一半开。

　　此词的编年,傅藻《东坡纪年录》谓"甲寅润州作",朱彊村注本据之编于熙宁七年。傅榦注本题作"黄州临皋亭作"。龙榆生《东坡乐府笺》附考云:"傅注本既作黄州临皋亭作,则当编辛酉,时先生年四十六,方寓居临皋亭也,朱刻既从纪年,编入甲寅,姑仍之,以待更考。"按此词设意遣词,与下首近似,或以傅注编年为是。又,苏轼元丰三年(1080)二月贬官来黄州,五月即迁居城南临皋亭,实为庚申而非辛酉。然此词乃写春景,故以编在元丰四年(1081)春作为是。

〔1〕琼:美玉。琼杯,泛指质地优良、制作精美的酒杯。宋代以瓷器之佳者称"假玉器"。

〔2〕岷峨:岷山和峨眉山,均在四川省北部。岷山下是岷江,南流入长江。岷峨山上的积雪,春来溶化,泻流而下,增加了长江的水势,故云雪浪。作者《与范子丰书》:"临皋亭下不数十步,便是大江,其半是岷峨雪水,吾饮食沐浴皆取焉,何必归乡哉!"

〔3〕蒲萄:即葡萄。西域人以葡萄酿酒,味极美。醅(pēi胚):未过滤的酒,亦作酒的泛称。此句言江水初涨,有如万顷葡萄美酒。

〔4〕阳台:借指欢娱之处,启下句的"歌楼"。宋玉《高唐赋序》:"妾在巫山之阳,高丘之阻。且为朝云,暮为行雨。朝朝暮暮,阳台之下。"
〔5〕粉腮:代指歌女。

满江红

寄鄂州朱使君寿昌

江汉西来〔1〕,高楼下〔2〕,葡萄深碧〔3〕。犹自带:岷峨雪浪〔4〕,锦江春色〔5〕。君是南山遗爱守〔6〕,我为剑外思归客〔7〕。对此间风物岂无情,殷勤说。　《江表传》〔8〕,君休读;狂处士〔9〕,真堪惜! 空洲对鹦鹉〔10〕,苇花萧瑟〔11〕。不独笑书生争底事〔12〕? 曹公黄祖俱飘忽〔13〕。愿使君还赋谪仙诗,追黄鹤〔14〕。

此词当是元丰四年在黄州作。鄂州,今武昌。朱寿昌,字康叔,时知鄂州。

〔1〕江:长江;汉:汉水。对于鄂州来说,长江自西南来,汉水自西北来。这里统言西来。
〔2〕这里高楼实指武昌黄鹄矶头的黄鹤楼,读本词末句可知。
〔3〕此句形容江水的颜色,兼写水势。
〔4〕以上三句,可参看前词《南乡子》第三、五句及注〔2〕、〔3〕。
〔5〕杜甫《登楼》诗有"锦江春色来天地"句,此用其语。
〔6〕地方官去任,还留下好的政绩,美之为"遗爱"。这句颂朱寿

昌,是应酬语,意在衬出下句。

〔7〕剑外:即剑南——四川的别称,因为对于唐代的首都长安来说,它是在剑门山外,即山之南。唐于此置剑南道。

〔8〕《江表传》:书名。这书已不存,只从《三国志》裴松之注中可以间接看到一部分,其内容是记载汉末群雄割据和三国鼎立时的荆、吴人物事迹。

〔9〕古代对不出来为朝廷服官的知识分子,称处士。这里狂处士指祢衡。衡字正平,汉末平原人,是当时很有才学兼有狂名的青年,与孔融友善,融荐他给曹操,但他却很看不起曹操,有名的"击鼓骂曹"的故事是历来为人民所熟知的。祢衡既不容于曹操,被送到荆州,依荆州刺史刘表,亦不见容。刘表又把他送往江夏(今汉阳)。为江夏太守黄祖所杀,亡年二十六岁。

〔10〕祢衡在江夏时曾写《鹦鹉赋》,汉阳城外的鹦鹉洲,由此得名。祢衡的墓也在洲上。

〔11〕萧瑟:象声字,象秋风声、草木摇落声。白居易《琵琶行》:"枫叶荻花秋瑟瑟",此用其意。

〔12〕底事:何事。这句中的"不"字,他本所无,论文意,有"不"较胜。

〔13〕飘忽:轻快,含有一瞥即逝的意思。这里说曹操、黄祖都不过很短时间的存在。

〔14〕谪仙:称李白。这一称谓,由贺知章说李白是"谪仙"而来。追:赶上、争胜。李白《登金陵凤凰台》诗,是用崔颢《黄鹤楼》诗原韵,想追胜崔诗的。李诗是:"凤凰台上凤凰游,凤去台空江自流。吴宫花草埋幽径,晋代衣冠成古丘。三山半落青天外,二水中分白鹭洲。总为浮云能蔽日,长安不见使人愁。"崔诗是:"昔人已乘黄鹤去,此地空馀黄鹤楼。黄鹤一去不复返,白云千载空悠悠。晴川历历汉阳树,芳草萋萋鹦

鹉洲。日暮乡关何处是?烟波江上使人愁。"

少年游

端午赠黄守徐君猷

银塘朱槛麴尘波[1],圆绿卷新荷。兰条荐浴,菖花酿酒[2],天气尚清和。　好将沉醉酬佳节,十分酒,一分歌[3]。狱草烟深,讼庭人悄[4],无吝宴游过[5]。

词有同调异体者,像《少年游》这一个调子,就有十一体,或全调字数多少不同,或调中句法变换有别。如本书前面题"润州作,代人寄远"那一首,全调是五十一字,句法是四、四、五、四、四、五。七、五、七、六。这一首是全调字数与前一体同,而句法却是七、五、四、四、五。七、三、三、四、五。元丰四年作于黄州。徐君猷,名大受,时任黄州太守。

[1] 麴:一作麯,含有麯菌的酒母,俗称"酒饼",发酵时呈淡黄,色如黄尘。麴尘,即淡黄色的代称。
[2] 兰叶是条形的,故称兰条。菖花,即菖蒲花,药用名为蒲黄。我国自古传下的风俗,端午节日浴兰汤,饮菖蒲酒,相传可以却病驱邪。实际上是这些植物有防御和治疗皮肤病的功用。
[3] 一分歌:一本作"十分歌"。
[4] 狱草烟深:形容监狱无人迹,是说没有囚犯;讼庭人悄,形容

法庭清静,很少有诉讼事。两句称颂太守的政绩。

〔5〕无恙:不惜、何妨的意思。过:这里读平声——guō(锅)。

浣溪沙(选二首)

十二月二日,雨后微雪,太守徐君猷携酒见过,坐上作《浣溪沙》三首。明日酒醒,雪大作,又作二首。

覆块青青麦未苏〔1〕。江南云叶暗随车〔2〕。临皋烟景世间无〔3〕。　雨脚半收檐断线,雪床初下瓦跳珠〔4〕。归来冰颗乱粘须。

元丰四年作。五首均用"苏"、"须"韵,这里选的是第一首和第二首。

〔1〕覆块青青:指麦苗覆盖着的土地。

〔2〕陈蔡凝《春云》:"入风衣暂敛,随车盖转轻。作寒还依树,为楼欲近城。"四句写春云的四态。这里取意于蔡诗的第二句,说春云如叶,轻而低,像是飘落在车盖上。

〔3〕临皋烟景:临皋是黄州江边水驿,这里泛指江天景色。

〔4〕雪床:原作"雪林",各本同。《东坡乐府笺》本作"雪床",并据汪穰卿笔记,谓:"见苏文忠手书《浣溪沙》五首,'雪林初下瓦跳珠'句,林作'床'。注:京师俚语,霰为雪床。"按雪、霰同是一物,不过雪是片状,南方俗称"棉花雪";霰是粒状,南方别称之为"珍珠雪"或"米雪"。

落下来,恰似"瓦跳珠"。作"雪床"较胜。跳,这里读平声——tiāo(挑)。

其二

醉梦昏昏晓未苏。门前辘辘使君车[1]。扶头一盏怎生无[2]？　废圃荒寒挑翠羽[3],小槽春酒滴真珠[4]。清香细细嚼梅须[5]。

〔1〕辘辘:象声词,状马车行走的声音。使君车:谓徐君猷的车辆。
〔2〕容易醉人的酒谓之扶头酒。上阕写饮酒的兴致,下阕写饮酒的情趣。
〔3〕翠羽:喻蔬菜。
〔4〕槽:指酒槽。此句用李贺《将进酒》"小槽酒滴真珠红"诗意。
〔5〕梅须:梅花的花蕊。傅注:"花香多在须间粉上。"

西江月

顷在黄州,春夜行蕲水中,过酒家饮;酒醉,乘月至一溪桥上[1],解鞍曲肱[2],醉卧,少休;及觉,已晓,乱山攒拥,流水锵然,疑非尘世也。书此语桥柱上。

照野弥弥浅浪,横空隐隐层霄。障泥未解玉骢骄[3],我欲醉眠芳草。　可惜一溪风月,莫教踏碎琼瑶[4]。解鞍欹枕绿杨桥,杜宇一声春晓。

元丰五年(1082)三月作。

〔1〕乘月:趁着月色——夜行。

〔2〕肱(gōng 工):臂膀。《论语·述而》:"曲肱而枕之"——曲着胳膊当枕头睡。

〔3〕障泥:马荐,用来上垫鞍、两旁垂下以挡住尘土的。玉骢:马名,这里作马的代称。《晋书·王济传》:"济善解马性,尝乘一马,著连乾障泥,前有水,终不肯渡。济云:'此必是惜障泥。'使人解去,便渡。"这里"障泥未解"和下句"我欲醉眠"是为下面"解鞍欹枕"先设。

〔4〕此句写驻马。琼、瑶,美玉。这里用来形容水光月色。

定风波

三月七日沙湖道中遇雨,雨具先去[1],同行皆狼狈,余不觉。已而遂晴,故作此。

莫听穿林打叶声。何妨吟啸且徐行。竹杖芒鞋轻胜马[2],谁怕!一蓑烟雨任平生[3]。　料峭春风吹酒醒[4],微冷。山头斜照却相迎。回首向来萧瑟处,归去:也无风雨也无晴。

元丰五年在黄州作。

〔1〕谓携雨具的人早离去了。

〔2〕芒鞋:草履。竹杖芒鞋,郊游野服。

〔3〕一蓑(suō 蓑):一件蓑(莎)衣。盖携雨具的人先去,临时借得蓑衣也。

〔4〕料峭:风寒的形容词。这词儿作者惯用,如"春风料峭羊角转"、"渐觉春风料峭寒"。

浣溪沙

游蕲水清泉寺,寺临兰溪,溪水西流。

山下兰芽短浸溪。松间沙路净无泥。萧萧暮雨子规啼。

谁道人生无再少[1]?门前流水尚能西。休将白发唱黄鸡[2]!

元丰五年在黄州作。据作者《志林》:"闻麻桥人庞安常善医耳聋,遂往求疗。……疾愈,与之同游清泉寺。寺在蕲水郭门外二里许,有王逸少洗笔泉,水极甘,下临兰溪,溪水西流。予作歌……是日剧饮而归。"庞安常,蕲水人,著有《伤寒杂病论》,作者拟为之作序。后南迁,序未成。该书今仅存黄庭坚跋。

〔1〕无再少:青春一去就不复返吗?时作者病愈,又见水西流,故作此欢乐语。

〔2〕白居易《醉歌示妓人商玲珑》,有"谁道使君不解歌,听唱黄鸡与白日:黄鸡催晓丑时鸣,白日摧年酉时没"之句,这里反用其意,并借慰

庞安常。

洞仙歌

　　余七岁时,见眉州老尼,姓朱,忘其名,年九十岁,自言尝随其师入蜀主孟昶宫中[1],一日大热,蜀主与花蕊夫人夜纳凉摩诃池上[2],作一词,朱具能记之。今四十年,朱已死久矣,人无知此词者。但记其首两句。暇日寻味,岂《洞仙歌令》乎?乃为足之云[3]。

冰肌玉骨,自清凉无汗。水殿风来暗香满[4]。绣帘开,一点明月窥人;人未寝,欹枕钗横鬓乱[5]。　　起来携素手[6],庭户无声,时见疏星渡河汉。试问夜如何?夜已三更,金波淡[7],玉绳低转[8]。但屈指西风几时来[9],又不道流年暗中偷换[10]。

　　元丰五年作。

　〔1〕孟昶(chǎng敞):五代时蜀国后主。他与南唐中主李璟、后主李煜同时,而又同样是一个好填词、知音律的小朝廷君主。在位三十一年(935—965),国亡,降宋。
　〔2〕花蕊夫人:姓费,孟昶的妃子,国亡后她和孟昶一起做了赵匡胤(宋太祖)的俘虏。曾赋诗云:"君王城上竖降旗,妾在深宫那得知。十四万人齐解甲,更无一个是男儿?"摩诃:梵语,意译兼有大、多、美好数义。宫池以摩诃命名,可见当时的崇佛风气。

〔3〕足:补成。

〔4〕水殿:即临水的便殿。

〔5〕欹:同倚。

〔6〕形容女性的手白,美称为素手。古诗:"纤纤出素手。"

〔7〕金波:月光。《汉书·郊祀歌》:"月穆穆以金波。"淡:言其皎洁。

〔8〕玉绳:星名,是北斗七星中的斗杓。玉绳与金波常联用,谢朓《暂使下都,夜发新林至京邑,赠西府同僚诗》:"金波丽鳷鹊,玉绳低建章。"玉绳低转,言夜已深。

〔9〕但:一作"细"。

〔10〕据《西溪丛话》:"孟蜀主水殿诗,东坡续为长短句。一云,昶与花蕊夫人避暑摩诃池上所咏《玉楼春》词也。"那《玉楼春》词,据《漫叟诗话》是:"冰肌玉骨清无汗,水殿风来暗香满。绣帘一点月窥人,欹枕钗横云鬓乱。起来琼户启无声,时见疏星渡河汉。屈指西风几时来?只恐流年暗中换。"这是附会之说,作者明明说了"但记其首两句。暇日寻味,岂《洞仙歌令》乎?"《玉楼春》与《洞仙歌》句调显然不同,何须寻味?还是《古今词话》说得较近情理:"东京人士,隐括东坡《洞仙歌》为《玉楼春》,以记摩诃池上之事。"但仍以那八句为《玉楼春》调,也是以讹传讹。《苕溪渔隐丛话》以为:"《漫叟诗话》所载《本事曲》……与东坡《洞仙歌序》全然不同,当以序为正也。"

念奴娇

赤壁怀古

大江东去,浪淘尽,千古风流人物。故垒西边[1],人道是:三国周郎赤壁[2]。乱石崩云,惊涛裂岸[3],卷起千堆雪[4]。江山如画,一时多少豪杰。　　遥想公瑾当年,小乔初嫁了[5],雄姿英发[6]。羽扇纶巾[7],谈笑间,强虏灰飞烟灭[8]。故国神游,多情应笑我,早生华发[9]。人间如梦,一樽还酹江月[10]。

赤壁,著名的有两处,其一在今湖北省蒲圻县所属的长江北岸,背靠乌林,是我国历史上"赤壁之战"的战场。孙权、刘备联军在这儿击败了曹操,以后就形成了三国鼎立的局面。作者所怀的就是这个古事、这些古人。但他所游的赤壁却是另一赤壁,在黄州城外,也叫赤鼻矶的。此外,还有武昌的赤圻、汉阳的乌林山,也都称赤壁。此词元丰五年七月作,同时还写了《赤壁赋》。

[1] 故垒:前人的营壁。
[2] 三国:一作"当日"。周郎:周瑜,字公瑾,当时东吴的将军,孙、刘两家联军的前敌总指挥。这一战役是他发挥了高度的战争艺术,因此赤壁的名字和他的名字联在一起,故云"周郎赤壁"(一作"孙吴赤壁",似逊)。说"人道是……",足见作者对于其地未经考证,不作肯定。文学创作并不等于史书、地志,似不必以苛细的考证来寻求一名之当不当,

一地之错不错。

〔3〕这两句各本不同,崩云或作"穿空",裂岸或作"拍岸",或作"掠岸"。

〔4〕千堆雪:形容浪花。李煜《渔父》词:"浪花有意千重雪。"

〔5〕小乔:《三国志·吴书·周瑜传》作小桥:"时得桥公两女,皆国色也,策(孙策)自纳大桥,瑜纳小桥。"事在建安三年,时瑜年二十四。赤壁之战在建安十三年,小桥嫁瑜,已逾十年之久,说"初嫁",是为词刷色,以加强英雄美人故事的气氛。

〔6〕英发:英俊开朗貌。这句写周瑜。《三国志·吴书·吕蒙传》载,孙权与陆逊论周瑜、鲁肃和吕蒙,他说"公瑾雄烈,胆略兼人";吕蒙"可以次于公瑾,但言议英发,不及之耳"。

〔7〕纶(guān关)巾:以丝帛做的便帽。羽扇纶巾,是在野的服饰。这句借服饰形容其雍容悠闲之状——藐视敌人。或以为指诸葛亮,那也许是错觉,由于元代以后小说、戏曲中把羽扇纶巾当作了诸葛装,而诸葛亮又恰是参加了赤壁之役的原故。

〔8〕这句是说曹兵为火攻所败,如灰飞烟灭。强虏,强大的敌人。当时曹操的军队——包括南下的中原兵和新降的荆州兵,约五十万,孙权、刘备联军仅五万,比例上是十对一。别本强虏作"樯橹",音相近;则此句指战船被焚,意亦可通。惟此战役,孙刘联军,水陆并进,以火攻开始耳。

〔9〕华发:半白的头发。

〔10〕酹(lèi累):奠酒。

336

念奴娇

中秋

凭高眺远,见长空万里,云留无迹。桂魄飞来[1],光照处,冷浸一天秋碧[2]。玉宇琼楼,乘鸾来去[3],人在清凉国[4]。江山如画,望中烟树历历[5]。　　我醉拍手狂歌,举杯邀月,对影成三客[6]。起舞徘徊风露下,今夕不知何夕[7]。便欲乘风,翻然归去,何用骑鹏翼[8]!水晶宫里,一声吹断横笛。

元丰五年作。此词较《水调歌头·丙辰中秋……》稍逊。

〔1〕桂魄:即月光。月初始见谓之"初生魄"(魄亦作霸),后人遂以魄为月亮的代称。传说月亮中有桂树,"桂高五百丈,下有一人常斫之,树创随合"(唐段成式《酉阳杂俎》),故称桂魄。

〔2〕此句写中秋夜空为寒冷月光所笼罩。

〔3〕宋王铚《龙城录》载唐玄宗游月宫,"有素娥十馀人,皆皓衣乘白鸾往来,舞于大桂树下"。此用其意。

〔4〕以上三句遥想月宫情景。"清凉国"与下阕的"水晶宫",均指月宫。

〔5〕历历:清晰、分明。二句设想在月中俯视人寰。

〔6〕李白《月下独酌》:"举杯邀明月,对影成三人。"

〔7〕此即作者《水调歌头·丙辰中秋》"不知天上宫阙,今夕是何

年"句意,可互参看。

〔8〕《庄子·逍遥游》:"鹏之背,不知其几千里也。怒而飞,其翼若垂天之云。……鹏之徙于南冥也,水击三千里,抟扶摇而上者九万里。"三句言自己去月宫自可乘风,不用骑鹏翼。

南乡子

重九涵辉楼呈徐君猷

霜降水痕收〔1〕,浅碧鳞鳞露远洲〔2〕。酒力渐消风力软,飕飕:破帽多情却恋头〔3〕。　佳节若为酬〔4〕?但把清樽断送秋!万事到头都是梦,休休:明日黄花蝶也愁〔5〕!

元丰五年在黄州作。

〔1〕收:这里犹如说落。

〔2〕浅:应上句水落;碧:形容水色;鳞鳞:谓微波如鱼鳞一片片,作者《和文与可洋州园池》:"曲池流水细鳞鳞。"

〔3〕晋孟嘉于重九日登龙山,被风把帽子吹落,嘉不觉。这故事当时以为笑谈,后来传为佳话。一般诗词中常以落帽事来咏重九登高,已成烂调;作者却反用其意,化陈腐为新奇。

〔4〕若为:犹如说如何、怎样,《宋书·王景文传》:"居贵要但看问心若为耳";又含有那堪、怎奈的意思,王维《送杨少府贬郴州》:"若为秋月听猿声!"这里两义俱有,读下句可知。

〔5〕此句并见作者《次韵王巩》诗。明日是十日;黄花指菊;蝶也

愁,似本郑谷《十日菊》:"节去蜂愁蝶不知",此处却更进一层,言愁之甚。

临江仙

夜归临皋

夜饮东坡醒复醉[1],归来仿佛三更。家童鼻息已雷鸣。敲门都不应,倚杖听江声。　　长恨此身非我有,何时忘却营营[2]?夜阑风静縠纹平[3]。小舟从此逝,江海寄馀生[4]。

元丰五年作。

〔1〕东坡:地名,在黄州。这原是一片数十亩的荒地,作者开垦躬耕于此,并以这个地名作了自己的别号。同时也是作者对于前代大诗人白居易在忠州(今四川忠县)东坡垦地种花的一种仰慕和趋步。作者曾自云"平日自觉出处,老少粗似乐天",此事可作一例。

〔2〕营营:本义是往来不息,引伸为奔走名利。

〔3〕縠(hù 胡,旧读入声):绉纱。縠纹,喻水波之细。

〔4〕末二句是设想之词。但在当时却引起了误会,后来并传为佳话。叶梦得《石林避暑录话》:"子瞻在黄州,与数客饮江上,夜归,江面际天,风露浩然,有当其意,乃作歌词,所谓'小舟从此逝,江海寄馀生'者,与客大歌数过而散。翌日喧传子瞻夜作此词,挂冠服江边,拿舟长啸去矣!郡守徐君猷闻之惊且惧,以为州失罪人(当时苏轼出狱未久,被贬黄州,是被看管着的),急命驾往谒,则子瞻鼻鼾如雷犹未兴(起床)也。"

卜算子

黄州定惠院寓居作

缺月挂疏桐,漏断[1]人初静。谁见幽人独往来,缥缈孤鸿影。　　惊起却回头,有恨无人省[2]。拣尽寒枝不肯栖[3],寂寞沙洲冷[4]。

元丰五年冬作。

〔1〕漏:我国古代的计时器,其法以水计时:用刻好度数的箭装置在铜壶中,壶中盛水,壶底有孔,水渐漏减,箭上的时刻度数便逐度露出。俗称"铜壶滴漏",就是这种制造。漏断,是漏声已停,这里指初更已过。

〔2〕省(xǐng 醒):知道、了解。

〔3〕不直说雁不栖于树枝,而说它不肯栖,是作者有所寄托,陈鹄云"取兴鸟择木之意"(《耆旧续闻》)。

〔4〕陈鹄《耆旧续闻》:"赵右史家有顾禧景蕃补注东坡长短句真迹云:'余顷于郑公实处见东坡亲迹书《卜算子》断句云寂寞沙汀冷,今本作枫落吴江冷,词意全不相属。'"此句原作"枫落吴江冷",今从别本作"寂寞沙洲冷"。

一丛花

初春病起

今年春浅腊侵年[1],冰雪破春妍[2]。东风有信无人见,露微意、柳际花边[3]。寒夜纵长,孤衾易暖,钟鼓渐清圆[4]。　朝来初日半衔山,楼阁淡疏烟。游人便作寻芳计,小桃杏、应已争先[5]。衰病少惊[6],疏慵自放[7],惟爱日高眠。

此词各本均不编年,玩其词意,似元丰六年(1083)初作,旁证见注〔1〕、〔2〕。姑置此,待更考。

〔1〕旧历遇有闰月之年,其前立春节候较迟,故云"春浅"。虽交正月,因未立春,按节令来说,还是腊月的节令,故云"腊侵年"。腊,本指岁终之祭,人们遂以腊月称十二月。苏轼在黄州期间只赶上一次"腊侵年",即元丰六年(是年闰六月)。

〔2〕破春妍:犹言露春意。作者元丰六年作《正月三日点灯会客》诗,首二句为"江上东风浪接天,苦寒无奈破春妍"。此词与诗意近,故疑亦同时作。

〔3〕信:信息、消息。虽有信息,无人察觉,只是在"柳际花边"稍有透露。

〔4〕钟鼓声音清圆是天气晴暖的征候。以上三句写自己意念中的感受。

〔5〕二句是设想之词。

341

〔6〕少惊(cóng丛):少欢趣。

〔7〕疏慵:闲散懒动。

满庭芳

　　有王长官者,弃官黄州三十三年,黄人谓之王先生。因送陈慥,来过余,因为此赋。

三十三年,今谁存者,算只君与长江[1]。凛然苍桧[2],霜干苦难双[3]。闻道司州古县[4],云溪上竹坞松窗[5]。江南岸,不因送子[6],宁肯过吾邦[7]？　　拟拟[8]。疏雨过,风林舞破,烟盖云幢[9]。愿持此邀君,一饮空缸[10]。居士先生老矣[11],真梦里相对残釭[12]。歌声断,行人未起,船鼓已逢逢[13]。

　　元丰六年五月黄州作。王长官,名不详,是位弃官隐者,此时方与作者相晤。陈慥,字季常,号方山子,蜀眉州人,是苏轼的故友。

〔1〕三句赞王长官为人坦荡,堪与长江相比。

〔2〕桧(guì贵):亦称桧柏,一种常绿的高大乔木。

〔3〕苦难双:实难相比。以上二句写王长官的品格刚直。

〔4〕司州古县:均指黄州。黄州古为黄陂县,唐时以黄陂县置南司州。"司州古县"即指黄陂。

〔5〕坞:村舍。

〔6〕子:指陈慥。

〔7〕宁肯:怎肯、怎么会。吾邦:我处。三句写过访缘由。

〔8〕摐(chuāng 窗)摐:敲打撞击声,形容下文的风雨。

〔9〕幢(chuáng 床):旗帜。王长官是冒着风雨过访的,烟盖云幢,犹如说烟如盖、云如幢,有烟云扈从。三句言王长官的潇洒风度。

〔10〕一饮空缸:一下子把缸里的酒喝光,也就是"一醉方休"。

〔11〕居士:自指;苏轼在黄州时始自号东坡居士。先生:指王长官。启下句的"相对"。

〔12〕釭(gāng 缸):灯。残釭,灯火将尽,言时间之长,已是深夜。

〔13〕逄(páng 旁)逄:象声词,状鼓声。《诗经·大雅·灵台》:"鼍鼓逄逄,矇瞍奏公。"末三句言分别之匆忙。

水调歌头

黄州快哉亭赠张偓佺

落日绣帘卷,亭下水连空。知君为我新作[1],窗户湿青红[2]。长记平山堂上[3],欹枕江南烟雨,杳杳没孤鸿。认得醉翁语:"山色有无中。"[4]　　一千顷,都镜净,倒碧峰。忽然浪起掀舞,一叶白头翁[5]。堪笑兰台公子[6],未解庄生天籁[7],刚道有雌雄[8]。一点浩然气,千里快哉风[9]!

元丰六年作。快哉亭筑于是年。张偓佺筑亭,苏轼题名,苏辙作《黄州快哉亭记》:"清河张君梦得,谪居齐安,即其庐之西南为亭,以览睹江流之胜。而余兄子瞻名之曰'快哉'。……"梦得,张偓佺字。

〔1〕新作:新建。

〔2〕湿青红:写窗户新加彩漆,而又面临大江,浴青山红日,——亭临水,水连空。

〔3〕平山堂:在扬州,欧阳修所建。

〔4〕欧阳修《醉偎香》(即《朝中措》)词:"平山栏槛倚晴空,山色有无中。"认得,记起、体会到。

〔5〕一叶:指小舟。白头翁:指操舟的老汉。

〔6〕兰台公子:指宋玉,他做过兰台令——文学侍从之臣。

〔7〕《庄子·齐物论》说有"人籁"、"地籁"、"天籁"。天籁是发于自然的神妙的音响,即指风声。

〔8〕刚道:硬说。宋玉《风赋》:"楚襄王游于兰台之宫,宋玉、景差侍。有风飒然而至,王乃披襟而当之,曰:快哉,此风!寡人所与庶人共者耶?宋玉对曰:此独大王之雄风耳,庶人安得而共之。"雄风是"清清泠泠,愈病析酲,发明耳目,宁体便人,此所谓大王之雄风也"。"庶人之风",那是"雌风":是"中心惨怛,生病造热,中唇为胗,得目为蔑……"。苏轼颇不以宋玉这番话为然,所以上面说"堪笑",笑他"未解";这里说他"刚道"——谓宋玉可笑,不解天籁,硬说风有雌雄。

〔9〕孟子:"我善养吾浩然之气。……其为气也:至大至刚,以直养而无害,则塞于天地之间。"(《孟子·公孙丑》)苏轼认为:胸中有"浩然之气",才能当此"快哉之风"。

鹧鸪天

林断山明竹隐墙。乱蝉衰草小池塘。翻空白鸟时时见[1],

照水红蕖细细香[2]。　　村舍外,古城傍[3]。杖藜徐步转斜阳。殷勤昨夜三更雨,又得浮生一日凉。

约在元丰六年作。
〔1〕翻空:翻翔在空中。
〔2〕蕖:芙蕖,即荷花。
〔3〕傍:同旁。

满庭芳

元丰七年四月一日,余将去黄移汝[1],留别雪堂邻里二三君子[2]。会李仲览自江东来别[3],遂书以遗之[4]。

归去来兮!吾归何处?万里家在岷峨。百年强半,来日苦无多[5]!坐见黄州再闰[6],儿童尽楚语吴歌[7]。山中友,鸡豚社酒,相劝老东坡[8]。　　云何!当此去,人生底事,来往如梭。待闲看秋风,洛水清波。好在堂前细柳,应念我,莫剪柔柯[9]。仍传语:江南父老,时与晒渔蓑。

元丰七年(1084)四月作。
〔1〕时作者奉调为汝州(今河南省临汝县)团练副使。
〔2〕雪堂:作者在黄州时所筑。

〔3〕会：正当、恰逢。李仲览：名翔。他是奉杨元素命来看苏轼的。

〔4〕遗（wèi畏）：一作馈，赠与。

〔5〕用韩愈《除官赴阙至江州寄鄂岳李大夫》句："年皆过半百，来日苦无多。"强半，大半。是年苏轼恰四十九岁。苦，甚、极之意。

〔6〕作者自元丰三年二月到此时，在黄州已超过了四年。其间元丰三年有闰五月，六年又闰六月，故云"再闰"。坐见：白白看着，空过了的意思。

〔7〕言长期在吴、楚，孩子们相随既久，已不复作乡音。《秀州报本禅院乡僧文长老方丈》诗中有云："万里家山一梦中，吴音渐已变儿童。"

〔8〕老：这里作动词用；东坡：这里是地名。老东坡，老死在东坡之意。苏轼在这儿开垦躬耕，原想终老于此，所以他以这小地名作自己的别号。参看《临江仙·夜归临皋》注〔2〕。

〔9〕好在：问候之词。柔柯：细枝，这里指柳条。《诗经·召南·甘棠》："蔽芾甘棠，勿剪勿伐，召伯所茇（音bá，野宿的意思）。"召伯在甘棠树下住过，那棵树就得到人民的爱护；这棵柳树是苏轼所栽。莫剪柔柯：嘱托之意。

渔家傲

金陵赏心亭送王胜之龙图[1]。王守金陵，视事一日，移南郡[2]。

千古龙蟠并虎踞[3]，从公一吊兴亡处[4]。渺渺斜风吹细雨。芳草渡，江南父老留公住。　　公驾风车凌彩雾[5]，红鸾骖乘青鸾驭〔6〕。却讶此洲名白鹭〔7〕,非吾侣,翩然欲下还飞去〔8〕。

　　元丰七年八月作。苏轼四月离黄州,并未直接去汝州,而是顺江东下,先至筠州(今江西高安)看望他的弟弟苏辙,再至九江游览了庐山,然后来到金陵——今南京市。

　　〔1〕赏心亭:据《景定建康志》载,在下水门之城上,下临秦淮河,是个观览的好地方。王胜之:名益柔,河南人,历知制诰,迁龙图直学士。

　　〔2〕南郡:今湖北江陵一带。

　　〔3〕《太平御览》引晋张勃《吴录》:"刘备曾使诸葛亮至京,因睹秣陵(南京别称)山阜,叹曰:'钟山龙蟠,石头虎踞,此帝王之宅。'"之后遂以龙蟠虎踞专称南京。言其地势险要。

　　〔4〕金陵是六朝(东吴、东晋、南朝的宋、齐、梁、陈)之都,更替频繁。游人登上赏心亭,自然容易触动怀古之思,所以说是吊兴亡处。

　　〔5〕这句是写王胜之来金陵赴任途中,却涂上了一层神奇的色彩。风车,传说中一种可从风远行的飞车。

　　〔6〕这句是说那风车中间驾着青鸾,两边套着红鸾。二句将王胜之写得乘鸾来去、恍若神仙,虽是假想之辞,却表现了王的超俗不凡,也为下文的说事作了铺垫。

　　〔7〕讶:吃惊。白鹭洲:原在金陵西南的长江中,今已与陆地相连。李白《登金陵凤凰台》:"三山半落青天外,一水中分白鹭洲。"

　　〔8〕以上三句写王胜之"视事一日,移南郡"。因为白鹭不是鸾的伴侣,所以又飞走了。暗示王胜之只做了一日金陵太守,便又离去。

浣溪沙

元丰七年十二月二十四日,从泗州刘倩叔游南山。

细雨斜风作小寒。淡烟疏柳媚晴滩。入淮清洛渐漫漫[1]。雪沫乳花浮午盏[2],蓼茸蒿笋试春盘[3]。人间有味是清欢。

苏轼从金陵北上,准备赴汝州。但他本意不愿去汝州,所以沿途行进迟缓,元丰七年冬方抵泗州,并在泗州写了《乞常州居住表》给皇帝。泗州在今江苏省盱眙县东北,故城已在清代康熙年间沉入洪泽湖中。

[1] 漫(mán蛮)漫:一般形容空间的广远或时间的长久,这里却是指水流的舒畅。三句均描写早春景象。

[2] 雪沫乳花:状茶水上的白泡,茶叶细嫩(所谓"雪芽")加上水沸适当(所谓"蟹眼")所呈的现象。唐、宋时喝茶讲究这些。曹邺《茶诗》:"香泛乳花轻。"盏(zhǎn展):即盏,茶杯。

[3] 蓼:野生植物,古称辛菜,可供食用。蓼茸是指它的嫩芽。蒿笋:这里指莴苣菜的茎。东晋时立春日以萝卜、芹菜置盘中送人,表示贺春,叫做春盘。这种风俗,宋时和宋以后还有。这里"春盘"点明尝试蓼、蒿的季节,与上句"午"字置于"盏"字之上以点明品茶的时间相对,而又是一白一绿——"雪沫乳花"和"蓼茸蒿笋",使人感觉轻快、鲜明,为下句"有味"、"清欢"设色。

满庭芳

余年十七,始与刘仲达往来于眉山。今年四十九,相逢于泗上。淮水浅冻,久留郡中。晦日同游南山[1],话旧感叹,因作《满庭芳》云。

三十三年[2],飘流江海,万里烟浪云帆[3]。故人惊怪,憔悴老青衫[4]。我自疏狂异趣[5];君何事奔走尘凡[6]?流年尽,穷途坐守[7],船尾冻相衔。　　巉巉[8]。淮浦外,层楼翠壁,古寺空岩。步携手林间,笑挽攕攕[9]。莫上孤峰尽处,萦望眼、云海相搀[10]。家何在?因君问我,归梦绕松杉。

元丰七年年尾作于泗州。

〔1〕晦日:阴历每月最后一天。
〔2〕从作者十七岁至四十九岁,共三十三个年头。
〔3〕与上句"飘流江海"同意,突出行旅的遥远艰险。
〔4〕这里的"青衫"用义如同"青衿",那是古代学子的服装,这里借指年轻的读书人。以上五句,均兼指作者与刘仲达双方而言。
〔5〕疏狂:狂放不羁。异趣:暗指自己与变法的执政者意见不合。此句申述自己"飘流江海"的缘由。
〔6〕尘凡:世间。
〔7〕因"淮水浅冻",船行不得,只能坐等,故云。

〔8〕 巉(chán 缠)巉:高耸的样子。
〔9〕 攕(xiān 仙)攕:形容女子纤细的手。
〔10〕 相搀:相接、相连。

满庭芳

余谪居黄州五年[1],将赴临汝,作《满庭芳》一篇别黄人[2]。既至南都,蒙恩放归阳羡[3],复作一篇。

归去来兮,清溪无底,上有千仞嵯峨[4]。画楼东畔,天远夕阳多[5]。老去君恩未报,空回首弹铗悲歌[6]。船头转,长风万里,归马驻平坡。　　无何!何处有,银潢尽处[7],天女停梭[8]。问何事人间,久戏风波[9]?顾问同来稚子[10],应烂汝、腰下长柯[11]。青衫破,群仙笑我,千缕挂烟蓑[12]。

元丰八年(1085)年初作。是年正月四日,作者离泗州往汝州。行至南都,得知他所上的《乞常州居住表》已获准。

〔1〕 苏轼在黄州自元丰三年至元丰七年,共五个年头。
〔2〕 一篇:此词已选,见前。
〔3〕 阳羡:今江苏宜兴。时作者已在那里购买田亩,安置家眷。
〔4〕 嵯(cuō 搓)峨:形容山势高峻。阳羡有荆溪、西山,风光甚美,以上二句即写此。
〔5〕 此句双关,于景物描绘中,暗寓晚年又多蒙皇帝的恩典。
〔6〕 铗(jiá 夹):剑。弹铗,用冯谖客孟尝君的故事,《战国策·齐

350

策》:"左右以君贱之也,食以草具。居有顷,(冯谖)倚柱弹其剑,歌曰:'长铗归来乎,食无鱼!'……居有顷,复弹其铗,歌曰:'长铗归来乎,出无车!'……后有顷,复弹其剑铗,歌曰'长铗归来乎,无以为家!'"这里作者以弹铗悲歌,借指自己遭贬的窘迫生活。

〔7〕银:指银河。潢:指天潢星。这里的银潢,不过是泛言星空而已。

〔8〕天女:指织女星。传说中天上的牛郎织女,每年七月七日才得相会;既相会,织女自然可以"停梭"了。这里作者借指与家人团聚。北齐·邢邵《七夕诗》:"秋期忽云至,停梭理容色。"

〔9〕风波:喻官场中的是非曲直。

〔10〕稚子:小儿子。谓苏过,时苏过十四岁。

〔11〕《述异记》载:"晋时王质伐木,至见童子数人棋而歌,质因听之。童子以一物与质,如枣核,质含之不觉饥。俄顷,童子谓曰:'何不去?'质起,视斧柯烂尽。既归,无复时人。"这里即用此事。柯,斧柄。

〔12〕此句写"青衫破"的程度,一丝丝的如同襄衣。结尾三句是戏笔,是对已往官场生活的自嘲,也是对放归阳羡的自慰。

菩萨蛮

买田阳羡吾将老[1],从来只为溪山好[2]。来往一虚舟,聊从造物游[3]。　有书仍懒著,且漫歌归去。筋力不辞诗,要须风雨时[4]。

元丰八年五月归阳羡后作。

〔1〕老:这里作动词用,即养老、度晚年。

〔2〕只为:各本多作"不为",从毛本改。作者是贪爱阳羡山水的,当以"只为"为胜。溪山:谓荆溪、西山。

〔3〕作者《前赤壁赋》云:"惟江上之清风,与山间之明月,耳得之而为声,目遇之而成色;取之无禁,用之不竭。是造物者之无尽藏也,而吾与子之所共适。"此用其意。造物,即大自然。

〔4〕傅榦注:"韦苏州(应物)诗:'那知风雨夜,复对此床眠。'子由尝感是语,遂与公相约,有早休之意。"据此,风雨时亦即归隐时。二句设想将来。"风雨对床",此典苏诗词中惯用。

渔父

渔父饮,谁家去〔1〕?鱼蟹一时分付。酒无多少醉为期〔2〕,彼此不论钱数〔3〕。

《渔父》词,自唐、五代以来,如张志和的:"西塞山前白鹭飞。桃花流水鳜鱼肥。青箬笠,绿蓑衣,斜风细雨不须归。"李煜的:"浪花有意千重雪,桃花无言一队春。一壶酒,一竿身,快活如侬有几人。"都是七、七、三、三、七的句法,声(平仄)虽异而调同。苏轼此调,是他自创的新形式,词学上叫做"自度曲"。这四首词,原载诗集中,朱彊村本从诗集采入,朱氏并据《三希堂法帖》所刻苏轼墨迹有这词前二首,题《渔父破子》为证,认为"是确为长短句,而词律未收,前人亦无之,或公自度曲也。"今从朱本选录,并依诗集订为元丰八年作。

〔1〕这句实是"酒家去"的藏词隐语。

〔2〕醉为期:喝到醉为止。

〔3〕彼此:指酒家和渔父。一方出酒,一方出鱼蟹,两方互不需付酒钱和鱼蟹钱。

其二

渔父醉,蓑衣舞[1]。醉里却寻归路。轻舟短棹任横斜,醒后不知何处。

〔1〕这里并非舞名,是形容渔父醉行之状。

其三

渔父醒,春江午。梦断落花飞絮。酒醒还醉醉还醒,一笑人间今古。

其四

渔父笑,轻鸥举[1]。漠漠一江风雨[2]。江边骑马是官人,借我孤舟南渡[3]。

〔1〕举:飞起。

〔2〕王维《积雨辋川庄作》:"漠漠水田飞白鹭";元稹诗:"度霞红漠漠"。漠漠:幽静地、无声地。风雨是动的、有音响的,这里却用作静默的抒状字,使人更觉得江上寂寞,渔父萧闲。

〔3〕上句"官人"泛指有公职出差的人；下句"我"是渔父自谓。两句写"官人"受羁绊和奔波，衬托出渔父自食其力、自得其乐之状。

临江仙

夜到扬州席上作

樽酒何人怀李白？草堂遥指江东〔1〕。珠帘十里卷香风〔2〕。花开花谢，离恨几千重。　　轻舸渡江连夜到〔3〕，一时惊笑衰容。语音犹自带吴侬〔4〕。夜阑对酒，依旧梦魂中〔5〕。

此词各本均不编年。苏轼平生至扬州不下十数次，或以为是元丰八年作者自常州赴登州任时途经扬州作。姑置此，待更考。

〔1〕用杜甫《春日忆李白》："渭北春天树，江东日暮云。何时一樽酒，重与细论文"诗意。草堂，杜甫在成都时自建的住所；江东，那时李白所在地。作者蜀人，流宦江东，隐以李白自况。草堂，一作"暮云"。

〔2〕杜牧《赠别》："春风十里扬州路，卷上珠帘总不如。"这里借以点明扬州。

〔3〕轻舸(gě 各)：小船。

〔4〕吴侬：带"侬"音的吴语。作者在江南多年，这里自写其语音情态。

〔5〕这里用杜甫《羌村》诗"夜阑更秉烛，相对如梦寐"句意。

水调歌头

  欧阳文忠公尝问余[1]:"琴诗何者最善?"答以退之听颖师琴诗[2]。公曰:"此诗固奇丽,然非听琴,乃听琵琶诗也[3]。"余深然之。建安章质夫家善琵琶者乞为歌词[4],余久不作,特取退之词稍加隐括,使就声律[5],以遗之云。

昵昵儿女语[6],灯火夜微明。恩怨尔汝来去,弹指泪和声[7]。忽变轩昂勇士[8],一鼓填然作气[9],千里不留行[10]。回首暮云远,飞絮搅青冥[11]。　　众禽里,真彩凤,独不鸣[12]。跻攀寸步千险[13],一落百寻轻[14]。烦子指间风雨,置我肠中冰炭[15],起坐不能平。推手从归去[16],无泪与君倾。

  元祐二年(1087)春作。时作者在京师为翰林学士,知制诰。此词是对韩诗的改写。

  [1] 文忠:欧阳修的谥号。他是北宋时代"载道"文学运动的领袖,是苏轼的前辈,而且是苏轼的座师。

  [2] 退之:韩愈的字。韩愈《听颖师弹琴》:"昵昵儿女语,恩怨相尔汝。划然变轩昂,勇士赴敌场。浮云柳絮无根蒂,天地阔远随飞扬。喧啾百鸟群,忽见孤凤凰。跻攀分寸不可上,失势一落千丈强。嗟予有两

355

耳,未省听丝篁。自闻颖师琴,起坐在一旁。推手遽止之,湿衣泪滂滂。颖乎尔诚能,无以冰炭置我肠!"颖,各本均作"颍",今从韩集改作"颖"。

〔3〕作者诗话中也有同样的记载:"昵昵儿女语……此退之听颖师琴诗也。欧阳公尝问仆:琴诗何者最佳?余以此答之。公曰:此诗固奇丽,然自是听琵琶诗,非琴诗。"在熙宁五、六年间,作者曾作《听贤师琴》一诗,想寄给欧阳修,而修已死,作者尝引以为憾。

〔4〕章质夫:名楶(jié节),时为吏部郎中。

〔5〕唐、宋诗多不能入乐,这里说使就声律,是把原作改写为词,使其能符合当时琵琶谱中的本调。

〔6〕昵(nì逆)昵:亲近貌。

〔7〕以上四句,与白居易《琵琶行》"小弦切切如私语"同样的描写。

〔8〕轩昂:高扬的样子,《三国志·吴书·孙坚传》:"卓(董卓)受任无功,应召稽留,而轩昂自高。"这里用以形容声音的高扬。韩愈另有《卢郎中云夫寄示送盘谷子诗两章,歌以和之》:"开缄忽睹送归作,字向纸上皆轩昂。"那轩昂又是形容书法、诗句的挺拔。

〔9〕阗:这里是象声字——形容鼓声,有时也写作阗。《孟子·梁惠王上》:"阗然鼓之";作者《初发嘉州》:"朝发鼓阗阗"。《左传》曹刿论战:"一鼓作气。再而衰,三而竭。"

〔10〕《庄子·说剑》:"臣之剑,十步一人,千里不留行。"

〔11〕青冥:青天。以上两句,写弦声第三段变化,似李颀《听董大弹胡笳》中的"万里浮云阴且晴",亦即白居易《琵琶行》中的"此时无声胜有声"。

〔12〕韩愈原句"喧啾百鸟群,忽见孤凤凰",李宪乔云:"写声至矣!亦可见琴德之高。"这里说独不鸣,亦有意在言外。

〔13〕跻:登高;攀:扳援而上。

〔14〕寻:度量名,古以八尺为寻。百寻,形容其高。以上均形容弦

声的变化,指法的神妙:忽泛、忽约、忽涩、忽滑。《许彦周诗话》:"善琴者此数声最难工。"

〔15〕东方朔《七谏》:"冰炭不可以相并兮",这里意谓冰炭同怀,用郭象《庄子注》:"喜惧战于胸中,固已结冰炭于五脏矣!"

〔16〕《庄子·让王》:"孔子推琴喟然而叹。"

水龙吟

次韵章质夫杨花词

似花还似非花,也无人惜从教坠。抛家傍路[1],思量却是:无情有思[2]。萦损柔肠,困酣娇眼,欲开还闭。梦随风万里,寻郎去处,又还被,莺呼起[3]。　　不恨此花飞尽,恨西园落红难缀[4]。晓来雨过,遗踪何在[5]?一池萍碎[6]。春色三分:二分尘土,一分流水[7]。细看来不是杨花,点点是:离人泪[8]。

此词亦元祐二年作。凡和人诗、词,依照原作的脚韵叫次韵,也叫步韵。章楶的原词是:"燕忙莺懒芳残,正堤上:柳花飘坠。轻飞乱舞,点画青林,全无才思。闲趁游丝,静临深院,日长门闭。傍珠帘散漫,垂垂欲下,依前被风扶起。　　兰帐玉人睡觉,怪春衣,雪沾琼缀。绣床渐满,香毬无数,才圆却碎。时见蜂儿,仰粘轻粉,鱼吞池水。望章台路杳,金鞍游荡,有盈盈泪。"其中坠、思、闭、起、缀、碎、水、泪八处是本调的韵字,亦即韵脚。

〔1〕此句描写杨花离开了枝头,落在路旁。

〔2〕思(读 sì 四去声):这里作名词用。此句用杜甫《白丝行》"落絮游丝亦有情"句意。

〔3〕以上写杨花全用拟人的手法。唐金昌绪《春怨》:"打起黄莺儿,莫教枝上啼。啼时惊妾梦,不得到辽西。"这里隐括其意。

〔4〕此句写落花,是陪衬的写法。缀,联系。

〔5〕遗踪:留下的踪迹,指雨后的杨花。

〔6〕这句是说杨花落水,看来像是浮萍。前人亦有杨花落水化为浮萍的说法。

〔7〕二分尘土:应上文"抛家傍路",言杨花三分之二在路旁。一分流水,应前句"一池萍碎",言杨花三分之一在水面。三分春色,就这样地消逝了。

〔8〕唐人诗:"君看陌上梅花红,尽是离人眼中血。"此用其意。曾季貍《艇斋诗话》曾举出,并誉为"夺胎换骨手"。按:《水龙吟》旧谱,末三句的句式是五、四、四,如章粢原词"望章台路杳,金鞍游荡,有盈盈泪";又如作者另一《水龙吟》末三句"为使君洗尽,蛮风瘴雨,作霜天晓";均同。这里却变化了句式,成为七、三、三,故应点作"细看来不是杨花,点点是:离人泪。"

如梦令

为向东坡传语[1]:人在玉堂深处[2]。别后有谁来?雪压小桥无路[3]。归去归去,江上一犁春雨[4]。　　手种堂前桃李,无限绿阴青子。帘外百舌儿,惊起五更春睡[5]。居士居士,莫忘小桥流水[6]。

这两首词,据毛本题作"有寄"。傅注本题作"寄黄州杨使君二首",并云"公时在翰苑"。按词意是很显明的,如第一首首云"为向东坡传语",便是寄人之作;次云"人在玉堂深处",足证身居翰苑。应是元祐二年或三年(1088)在汴京时作。

〔1〕这里东坡是地名,参看前面《临江仙》的"夜饮东坡醒复醉"和《满庭芳》的"相劝老东坡"句注。这句是说:请你传达我的话,告诉东坡。

〔2〕唐时翰林院设在宫中,称玉堂。以后玉堂就当作翰林院的美称。

〔3〕这两句是悬想东坡的情景。

〔4〕这两句是盼望仍过东坡生活。一犁春雨,是说雨量恰够,约略够犁头插入土中那么深浅——正好春耕。

〔5〕这四句也都是遥想东坡的情景。首句说堂,当指他自己当年建筑的雪堂。

〔6〕这两句,作者自呼自道。

好事近

西湖夜归

湖上雨晴时,秋水半篙初没[1]。朱槛俯窥寒鉴,照衰颜华发。　醉中吹堕白纶巾,溪风漾流月。独棹小舟归去[2],

359

任烟波摇兀[3]。

元祐五年(1090)重九日作。是时作者知杭州。

〔1〕半篙:写秋水本浅;初没:状雨后水量新添。隐用杜甫《南邻》"秋水才深四五尺"句意。

〔2〕棹:这里当动词用:泼水、行舟,犹如说摇、泛。

〔3〕兀:高下起伏。摇兀,犹如说摇荡、颠簸。

点绛唇

再和送钱公永

莫唱阳关,风流公子方终宴。秦山禹甸[1],缥缈真奇观[2]。北望平原,落日山衔半[3]。孤帆远,我歌君乱[4],一送西飞雁[5]。

元祐五年九月作。作者有《点绛唇·己巳重九和苏坚》词,己巳为元祐四年。翌年又作《点绛唇·庚午重九》,复用前韵。这首词仍用同一韵脚,故曰"再和"。

〔1〕秦山禹甸:泛指战国时秦地,是说钱永的去向。《诗经·小雅·信南山》:"信彼南山,维禹甸之。"据郑玄笺,大禹时将田地划分为丘甸来治理,方四里为一丘,四丘为甸。

〔2〕观:这里读 guàn(灌)。

〔3〕落日山衔半:即"山衔半落日"的倒装。落日自然是在西方,上

句云"北望",北字与结句"西飞雁"的西字互文,意即指西北。

〔4〕我歌君乱:即我唱你和的意思。乐曲的最后一章为"乱"。

〔5〕西飞雁:代指钱永。深秋大雁南飞,朋友却要北行,轻轻一笔,表露出伤别之感。

贺新郎

乳燕飞华屋[1]。悄无人,桐阴转午,晚凉新浴。手弄生绡白团扇,扇手一时似玉[2]。渐困倚,孤眠清熟。帘外谁来推绣户?枉教人,梦断瑶台曲[3]。又却是,风敲竹。　石榴半吐红巾蹙[4]。待浮花浪蕊都尽,伴君幽独[5]。浓艳一枝细看取,芳心千重似束。又恐被秋风惊绿[6]。若待得君来向此,花前对酒不忍触。共粉泪,两簌簌[7]。

《古今词话》:"苏子瞻守钱塘,有官妓秀兰……子瞻因作《贺新郎》,令歌以送酒……";《艇斋诗话》:"东坡《贺新郎》,在杭州万顷寺作。"疑此词或作于元祐四年至六年间,姑置于此。胡仔《苕溪渔隐丛话》谓此词"托意高远",不是"为一妓而发"。

〔1〕《艇斋诗话》说有真本作"乳燕栖华屋",然今各本飞字无从栖字者,故仍作"飞"。《战国策》:"苏秦见说赵王于华屋之下。"华屋,有雕饰彩绘的房子,这里指讲究的住宅。李白《感主人归燕寄内》:"岂不恋华屋,终然谢珠帘。"

〔2〕绡:生丝织品,色白。玉:形容扇色、手的肉色俱白。晋王珉和他嫂嫂的侍婢相爱,嫂责婢,婢歌《团扇郎》:"白团扇,憔悴非昔容,羞与

郎相见。"这里借指歌女。

〔3〕瑶台:指天上,犹如说"琼楼玉宇"之类。此句写那位"孤眠清熟"的女性初醒。

〔4〕蹙(cù促):缩紧、绉起,这里形容石榴花半开时像缩绉着的红巾。

〔5〕浮花浪蕊:指桃花之类,"浮"、"浪"隐含轻薄逐水之意。春日已去,春花尽残,只有榴花,故云"伴君幽独"。

〔6〕秋风:他本作"西风"。惊绿:是说被秋风吹落了花,只剩下叶。此推想之词,取皮日休《石榴》诗"石榴香老愁寒霜"句意。

〔7〕两簌簌:言花与泪共落。

八声甘州

寄参寥子

有情风万里卷潮来,无情送潮归。问钱塘江上,西兴浦口,几度斜晖?不用思量今古,俯仰昔人非[1]。谁似东坡老:白首忘机[2]。　　记取西湖西畔,正春山好处,空翠烟霏。算诗人相得,如我与君稀。约它年东还海道,愿谢公雅志莫相违[3]。西州路,不应回首,为我沾衣[4]。

参寥子,僧人道潜的号。他是於潜人,能诗,名句如"禅心已作沾泥絮,不逐东风上下狂",最为苏轼所激赏。他与苏轼友好。此词是作者于元祐六年(1091)从汴京寄赠他的。时苏轼又从杭州任被召入京任翰林学士,道潜在杭州。

〔1〕语本王羲之《兰亭集序》:"俯仰之间,已为陈迹。"非:变化了,过去了的意思。

〔2〕机:机心。《庄子·天地》:"有机械者必有机事,有机事者必有机心。"成玄英注机心是"机变之心"。有机心,在庄子看来是不好的。忘机,就是老子所谓的"弃智绝圣","返朴归真"。这里指无意功名。

〔3〕谢公:谢安。《晋书·谢安传》:"安虽受朝寄,然东山之志始末不渝,每形于言色。及镇新城,尽室而行,造泛海之装,欲须经略粗定,自江道还东。"这就是他的"雅志"——素志。作者早期有《水调歌头》寄他的弟弟苏辙云:"安石在东海,从事鬓惊秋。中年亲友难别,丝竹缓离愁。一旦功成名遂,准拟东还海道,扶病入西州。雅志困轩冕,遗恨寄沧洲。……"意与此词略同。作者每以谢安自况,这时任翰林学士,也算是"受朝寄",但却向道潜誓约:"雅志莫相违。"

〔4〕谢安"雅志未就,遂遇疾笃。……闻当舆入西州门,自以本志不遂,深自慨失"。后来谢安死了,他的外甥羊昙不忍过西州门,有一次醉中走过,就悲感起来,痛哭而去。西州:这里指润州。沾衣:谓落泪。

西江月

昨夜扁舟京口[1],今朝马首长安[2]。旧官何物对新官[3]?只有湖山公案[4]。 此景百年几变,个中下语千难[5]。使君才气卷波澜[6],与把新诗判断[7]。

王本无题,毛本、朱本题作"苏州交代林子中席上作"。朱注云:

"《咸淳临安志》:元祐六年二月,召轼为翰林承旨。是月癸巳,天章阁待制林希自润州移知杭州。按,题云交代,当作于是时。苏州疑杭州之误。"

〔1〕这句写林希,他昨夜坐船从润州来。

〔2〕这句写自己即将进京。汉、唐以长安为首都,后来习惯用长安指首都。——这里指当时的首都汴京。

〔3〕旧官:指作者自己;对:一作"与";新官:指来接任的林希。

〔4〕公案:公事、案件。这里说可交代者唯湖山而已。作者《次韵林子中》诗云:"雨馀北固山围座,春尽西湖水映空。"又:"十年簿领催衰白,一笑江山发醉红。"

〔5〕个中:这里面。

〔6〕这里使君指林希。

〔7〕前言"公案",此言"判断",而前冠以"湖山"、"新诗",均戏以俗词雅用。亦作者自用其《诉衷情》词意:"钱塘风景古今奇,太守例能诗。"

木兰花令

次欧公西湖韵

霜馀已失长淮阔。空听潺潺清颍咽[1]。佳人犹唱醉翁词[2],四十三年如电抹[3]。　　草头秋露流珠滑。三五盈盈还二八[4]。与予同是识翁人,唯有西湖波底月。

此题亦从毛本增入。这里西湖是颍州(今安徽阜阳)西湖。欧阳修在颍州时作有《木兰花令》:"西湖南北烟波阔,风里丝簧声韵咽。舞馀裙带绿双垂,酒入香腮红一抹。　　杯深不觉琉璃滑。贪看六幺花十八。明朝车马各西东,惆怅画桥风与月。"元祐六年八月,苏轼作了龙图阁学士,出知颍州军州事。这时欧阳修去世很久了,但当地的人还唱着这首词。苏轼在游西湖中听到,就次韵和作。

〔1〕两句写秋天大河水(长淮)落,小河水(清颍)浅。咽:喻流水声低而悲。

〔2〕醉翁:欧阳修自号,在滁州时曾作有《醉翁亭记》。欧阳修的词集名《六一词》。

〔3〕如电抹:像电光一闪地抹过,极言其快。

〔4〕这句说月——十五、十六夜的月。这句意思仍是说时间易过,月亮今天盈,明天就亏一分。

减字木兰花

　　五月二十四日,会于无咎之随斋[1],主人汲泉置大盆中,渍白芙蓉,坐客翛然[2],无复有病暑意。

回风落景,散乱东墙疏竹影。满座清微,入袖寒泉不湿衣。
　　梦回酒醒,百尺飞澜鸣碧井。雪洒冰麾,散落佳人白玉肌[3]。

　　元祐七年(1092)作,时作者自颍州移知扬州。

〔1〕无咎:晁补之的字。他是济州(今山东巨野)人,当时任扬州通判,是苏轼的属吏。他十七岁时随父在新城(今浙江富阳),作《七述》,赋钱塘山川风物之美,那时苏轼在杭州作通判,很赞赏他。他与秦观、张耒、黄庭坚共称"苏门四学士",为宋诗名家之一,著有《鸡肋集》。随斋,是无咎在扬州的寓所。

〔2〕翛(xiāo 萧):无牵挂。《庄子·大宗师》"翛然而往",成玄英注:"翛然,无系貌也。"

〔3〕佳人白玉肌:指白芙蓉——即白荷花。

青玉案

和贺方回韵送伯固归吴中〔1〕

三年枕上吴中路〔2〕。遣黄犬〔3〕,随君去。若到松江呼小渡,莫惊鸳鹭,四桥尽是——老子经行处〔4〕。　辋川图上看春暮〔5〕。常记高人右丞句〔6〕。作个归期天已许,春衫犹是,小蛮针线〔7〕,曾湿西湖雨。

元祐七年作。《苕溪渔隐丛话》引《桐江诗话》谓此词为姚进道作,《阳春白雪》录入作姚志道词。均非。

〔1〕贺方回:名铸,号庆湖遗老,宋代大词人之一,著有《东山乐府》。他的《青玉案》原作是:"凌波不过横塘路。但目送,芳尘去。锦瑟华年谁与度?月桥花院,琐窗朱户,只有春知处。　碧云冉冉蘅皋暮。彩笔新题断肠句。试问闲愁深几许,一川烟草,满城风絮,梅子黄时雨。"

他并因此词而得名,人称"贺梅子"。黄庭坚诗云:"解作江南断肠句,人间唯有贺方回。"伯固:苏坚的字,他曾任杭州监税官。苏轼在杭州太守任内对西湖的一些建设如开湖、筑堤、疏河等,多半是出自苏坚的建议和设计。

〔2〕朱注:"案:伯固于己巳年从公杭州,至壬申三年未归,故首句云然。"

〔3〕《晋书·陆机传》载,机有黄耳犬,能从洛阳带书信到吴,又从吴带回报到洛。

〔4〕老子:年老者自称,宋人习用此语。

〔5〕辋川:地名,在蓝田县,是唐代诗人、大画家王维的隐居处。辋川图是王维绘在蓝田清凉寺的壁画。

〔6〕高人:高蹈不出仕的人,犹如说隐士。王维曾作过尚书右丞,过去习惯上称他为王右丞。这里上句说"春暮",下句说"归期",用王维《归辋川作》:"悠然远山暮,独向白云归。"

〔7〕小蛮:人名,唐代大诗人白居易的家妓,善舞。这里苏轼借以指他的妾朝云。

浣溪沙

桃李溪边驻画轮〔1〕。鹧鸪声里倒清樽〔2〕。夕阳虽好近黄昏〔3〕。　香在衣裳妆在臂,水连芳草月连云。几时归去不销魂〔4〕。

此词似记别离之作。作词时地不可考。

〔1〕画轮:有雕绘的车子。
〔2〕鹧鸪叫起来仿佛是"行不得也哥哥"。此处寓行路之难。倒清樽:犹如说干杯。似有祖饯之举。
〔3〕唐李商隐《登乐游原》:"向晚意不适,驱车登古原。夕阳无限好,只是近黄昏。"此用其语,并隐含"不适"意。
〔4〕几时:一本作"几人"。梁江淹《别赋》:"黯然销魂者,惟别而已矣!"

浣溪沙

送梅廷老赴上党学官

门外东风雪洒裾[1]。山头回首望三吴[2]。不应弹铗为无鱼[3]。　上党从来天下脊[4],先生元是古之儒[5]。时平不用鲁连书[6]。

此词亦难编年。上党,今山西省长治市。自古以来,那儿是太行山以西的重镇。

〔1〕裾:长袍的衣襟。这里指衣。
〔2〕这句是想象梅廷老别去途中对三吴有所留恋。三吴:由来说法不一:《通典》说是会稽(今绍兴)、吴兴(今湖州)、丹阳;《水经》说是吴兴、吴郡(今苏州)、会稽;《指掌图》说是苏州、常州、湖州;《名义考》说是东吴苏州、中吴润州、西吴湖州。这里泛指江南。
〔3〕此句用冯谖客孟尝君故事,意谓梅廷老做了学官,总算是"食

有鱼"了,不应弹铗闹待遇、唱归来。

〔4〕脊:屋脊。天下脊,形容地势之高,形势之胜。作者《雪浪石》诗:"太行西来万马屯,势与岱岳争雄尊。飞狐上党天下脊,半掩落日先黄昏。"

〔5〕先生:指梅廷老。此句暗点他像古之大儒,当任天下事,岂是今之小儒,只能任学官!

〔6〕鲁连:即鲁仲连,战国时齐人。他好为奇谋。曾游于赵国。当秦兵围赵时,魏劝赵投降,奉秦为帝。鲁仲连极力阻止了魏国的游说。后信陵君救赵,围解,赵平原君以千金酬谢他,他不受而去。司马迁在《史记》里是赞美他的,在李白的诗篇里也是歌颂他的。上党是赵地,梅廷老是高士,这里苏轼隐以鲁仲连称道梅廷老。表面上是说时代承平,用不着鲁仲连的那一套,骨子里却以为朝廷不大用梅廷老于政事,仅小试于学官。

蝶恋花

花褪残红青杏小。燕子飞时,绿水人家绕。枝上柳绵吹又少。天涯何处无芳草[1]! 墙里秋千墙外道。墙外行人,墙里佳人笑。笑渐不闻声渐悄。多情却被无情恼。

《历代诗馀》引《冷斋夜话》:"东坡渡海,惟朝云王氏随行,日诵'枝上柳棉'二句,为之流泪……"又《林下词谈》:"子瞻在惠州,与朝云闲坐,时青女初至(秋霜初降),落木萧萧,凄然有悲秋之意。命朝云把大白,唱'花褪残红'。"此词疑是谪岭南时期的作品。

〔1〕《林下词谈》说朝云唱到这两句就"泪落衣襟",唱不下去。后来,"朝云不久抱疾而亡,子瞻终身不复听此词"。这记载未必确实,但前者揭示了封建社会作妾的女性怕遭遗弃的忧虑和对于许多被遗弃者的同情;后者写诗人苏轼对待他的妾妇是有爱情的。

浣溪沙

绍圣元年十月二十三日,与程乡令侯晋叔、归善簿谭汲同游大云寺,野饮松下,仍设松黄汤,作此阕。余家近酿酒,名之曰"万家春",盖岭南万户酒也。

罗袜空飞洛浦尘〔1〕,锦袍不见谪仙人〔2〕。携壶藉草亦天真〔3〕。　　玉粉轻黄"千岁药",雪花浮动"万家春"〔4〕。醉归江路野梅新。

宋哲宗绍圣元年(1094)四月,苏轼以讥斥先朝罪贬英州(今广东英德),未至贬所,复贬惠州(今广东惠阳),乃于十月二日达惠州贬所。这首词即到达惠州后不久所写。侯晋叔、谭汲,都是新结识的地方官。《归善县志》:"大云寺在邑治西八十里。"

〔1〕这里用曹植《洛神赋》"凌波微步,罗袜生尘"句意,曹植是写女性行走动态,苏轼是写自己酒后醉态。

〔2〕谪仙人:指李白。参看《满江红·寄鄂州朱使君寿昌》注〔14〕。此言自己没有李白的酒量。

〔3〕藉草:坐在草地上。天真:自然真率。

〔4〕"千岁药"、"万家春"皆酒名。二句言酒色之美。

西江月

玉骨那愁瘴雾,冰姿自有仙风〔1〕。海仙时遣探芳丛,倒挂绿毛幺凤〔2〕。　素面常嫌粉涴〔3〕,洗妆不褪唇红〔4〕。高情已逐晓云空,不与梨花同梦〔5〕。

绍圣三年(1096)十月作于惠州。这是一首咏梅词,盖借梅以寄托对亡妾朝云的哀悼。朝云卒于是年七月。苏轼《朝云墓志铭》:"东坡侍妾曰朝云,字子霞,姓王氏,钱塘人。敏而好义,事先生二十有三年,忠敬若一。绍圣三年七月壬辰,卒于惠州,年三十四。八月庚申,葬之西湖之上,栖禅山寺之东南。生子遁,未期而夭。"

〔1〕二句写岭南梅花的气质和风韵。

〔2〕绿毛幺凤:一种美丽飞禽。庄绰《鸡肋编》:"东坡在惠州,作梅词云'玉骨那愁瘴雾……'。广南有绿羽丹觜禽,其大如雀,状类鹦鹉,栖集皆倒悬于枝上,土人呼为'倒挂子'。"

〔3〕素面:脸不施脂粉。涴(wò 卧):为泥土所沾污。

〔4〕《冷斋夜话》卷十:"岭外梅花,与中国异。其花几类桃花之色,而唇红香著。"此句言梅花色美,中白而外红。

〔5〕作者自注:"诗人王昌龄,梦中作梅花诗。"传王昌龄有《梅诗》云:"落落寞寞路不分,梦中唤作梨花云。"或谓为王建所作。

减字木兰花

己卯儋耳春词

春牛春杖[1],无限春风来海上。便乞春工,染得桃红似肉红。　　春幡春胜[2],一阵春风吹酒醒。不似天涯,卷起杨花似雪花[3]。

己卯为宋哲宗元符二年(1099),儋耳即今海南儋州。苏轼于绍圣四年(1097)再贬儋州。

〔1〕古代习俗,"立春之日,夜漏未尽五刻,京都百官皆衣(这里作动词,穿)青衣,郡国县道官下至斗食令史,皆服青帻,立青幡,施土牛耕人于门外,以示兆民"(见《后汉书·礼仪志》)。沿习至宋,海南岛亦然。

〔2〕幡:旗子;胜:剪纸,作吉祥图案、文字。均当时迎春习俗。

〔3〕海南地暖,立春时桃花已放,杨花亦已飘飞。